桐は遠くに

北澤 繁樹

東京図書出版

［目次］

回帰できぬ旅路

頂点が丸く扁平《へんぺい》にへこんだだけで、中折帽《なかおれ》のような気取ったダンディさがない帽子に目がとまり、導かれるように手が伸びた。濃淡グレイのウール地の裾《すそ》をシルクの黒いリボンが一周し、古い城塞を模した紋章が刻まれた、くすんだ真鍮《しんちゅう》のボタンで留められている。朴訥《ぼくとつ》な風体《ふうてい》というだけでなく、触れてみて、田舎紳士のようなざらりとした無骨さがある手触りも気に入ってしまった。サイズもぴったりだ。それなのに、いささか高額とはいえ、たかが帽子ひとつを買うか買うまいか迷った挙句《あげく》に、「ウーン」と小さく唸っているのに気がつき、情けなくなってしまう。

太平洋戦争で大敗北を喫し、あらゆる物資が欠乏してしまった世に生まれたというだけでなく、もともと〝無駄金は使わない〟のが賢明とされてきた農村で育ったから、物欲を抑えるのも、倹約するのも美徳であったのに、長じて都会でサラリーマンになるころには、欲しいものが巷《ちまた》に溢れ出し、欲望に誘いをかけてきた。この流れに呑まれつつも、消費に走るだけでは、翌年の種籾《たねもみ》を残せないような不安にも襲われ、金の遣《つか》い方が不器用になってしまった。ことに自分の物になると我慢して、学生時代には食事代と天秤《てんびん》に掛けた書籍の購入を除き、つまらぬ金惜しみを後悔することになる。

アメリカ東部のノースカロライナ州に移住した次男一家を訪ねての帰途、大陸を横断して今回の旅の終着地であるバンクーバーに到着し、初めての街中をそぞろ歩いているなかで、妻が見つけた帽子専門店の一隅。ビジネスに臨むスーツやネクタイを除き、身なりの洒落には縁遠く過ごしてきた夫が、珍しく衣装鏡の前で帽子を被《かぶ》ってみたり値札を睨《にら》んだりと迷っている様子を見かねて、「とっても素敵よ」と自分の帽子選びの手をとめ妻が褒《ほ》めてきた。その一言で手に入れようと決めたが、「買ってくれるの」とからかってみる。

「もちろんですとも。今回の旅行も頼りきりで、お世話になっていますもの」

子どもが独立してからは、ほどほどの散財に慣れてきている妻が、背中に隠していた悪戯《いたずら》を表に明らかにして楽しむように、動じるふうもなく胸を叩いた。

異国の老夫婦の様子に気づいて寄ってきた若い女性店員から、英国製だと言われ、やはりこはイギリス連邦のカナダだったなと、あらためて確かめさせられる。

「ポークパイ・ハット」

イギリスの伝統的なパイ料理の形状から名づけられたと補足し、さらに帽子の説明を続けようとする店員を制して、

「スータブル（似合うかい）」とポーズをとってみる。

「アブソルートリー、サー（とってもです）」

旅行中によく耳にした危険な一言だ。それでも、二人の女性の笑顔にも押されるかたちを調《とと》のえてから、フェルト地のハットを買った。半世紀よりも前に学生帽を脱いでからは、ゴルフの際の日よけを別にすれば、日常生活で自分が被《かぶ》る帽子をわざわざ買ったのは初めてだったが、保温にも優れ、薄くなりかけた頭髪に至極快適で、冷たいにわか雨も降る旅先では、昼といい夜といい手放せなくなってしまった。

そういえば、明治後半に青年期を過ごした祖父や大正生まれの父の古びた写真には、カンカン帽やハンチング姿がおさまっていた。近年は、帽子が似合う若者もよく見かけるようになっていて、着帽の習慣がないのは、学生時代の青、白、赤……、色とりどりのヘルメットを卒業と同時に投げ捨てた、団塊の世代の男たちだけかと思えてくる。〝やる気、ガッツ、根性〟を働く心構えとされてきた働きバチたちには、気合注入の鉢巻《はちま》きは許されても、帽子は無用の長物だったのだろう。

投宿した、イギリスの陶磁器メーカーの名前を冠する古いホテルの一室は、設備は一新されているのに、家具はすべて重厚な木調で、そのひとつとして帽子スタンドもあったから、外出する際に、掛けておいた帽子を取りあげれば、ロンドンを散策する紳士のような洒落た気分に誘《いざな》われてしまう。これで、ステッキでもあれば申し分ないところだ。妻がにやりと冷やかすのを気にもかけず、ドアを開ける前に、鍔先《つばさき》をやや下げた程合いを姿見で確かめてから、夕刻の街に出かけてきた。

バンクーバーの街中は、晩秋というのに、昼間は木枯らしを縫う日差しが思ったほど地表に沈み込まず、落葉した黄色いカエデの絨毯《じゅうたん》に弾《はじ》かれているが、やはり夜ともなると光の浮力が消えてしまい、空気は重く、中心街をすこし外れただけで、都会とは思えぬほどに闇も深くなる。

光と闇との隙間に立つ建物の三階に、北米との別れの宴に選んだ店はあった。

滞在中に幾度となく、ホテルから散歩がてらに坂道を下りて、無人の渡場《わたしば》で模型のようなポンポン船に乗りこみ、穏やかな瀬戸を越えてパブリック・マーケットに足を運んだが、その小島にはビールの醸造工場もあった。旬日を越えて親しんできたこの地ビールで喉をうるおし、旅路の最後の晩餐だからと、レストランの入り口横に据えられている頑丈そうな水槽の底で、ゆったり動いているダンジネス・クラブを奮発して、近郊の白ワインを二人で空けた。北太平洋の潮流で凝縮された濃密な肉質が、ドライな冷たさで嚥下《えんか》されていくあいだに、眠りから覚めた酒精と絡みあい、のんびりしていた細胞をいきいきとさせるだけでなく、北米大陸を横断してきた三週間が終わり、ようやく明日は帰国かと、気持ちまで弾ませてくる。

清算は妻に任せて、一足先に酔いを引きずりながら階段を下り、外に出てみると、ほてった頬に霧雨が触れてきた。見上げた闇の深くで生まれた極細の糸筋が、地上を霞ませている。建物に戻って、道路を挟《はさ》んだ公園の街灯が雨粒を烟《けぶ》らせているのをぼんやり眺めていると、幾日もカナダの先住民の彫刻や絵画に触れすぎたのか、点描画のようにみえる混みあった木々の隙間から、狼たちの末裔《まつえい》が身を潜め、殺気を放ちながら、ガラス越しにこちらを窺《うかが》っているのが幻視された。

狼たちだけではない。

夏から秋にかけて、焚火《たきび》を囲んで〝どんじゃらほい〟と手拍子、足拍子をして夜を楽しんでいた、童話から抜け出してきたような小人たちが、色とりどりのとんがり帽子を脱いで、シャーロック・ホームズばりのディアストーカー（鹿追帽）で耳を覆《おお》い、寒さに震えながら、過ぎし宴遊の時が遠ざかってしまったのを惜しみつつ、柏《かしわ》の根元に堆積した枯れ葉に隠れるように、ひそひそと囁きあっている姿まで幻想してしまう。なにをぶつぶつ言っているのか耳をそばだてると、いつの間にか、長く馴染んできた天然に従う生活に、不意に闖入《ちんにゅう》してきた者たちが跋扈《ばっこ》して、時の速度や密度が変えられていくのをつい傍観《ぼうかん》していた迂闊《うかつ》、それに気づくのが遅すぎたことへの後悔や、侵入者たちのあまりにも条理なき振るまいへの不満と嘆き。そのうち、離れたところから、ぼやきを傾聴している者がいるのに気がつくと、会話を跡《と》ぎらせ、息をこらした視線を向けてきた。

海峡や地表を見下ろしながら天空を飛翔していた神鳥が、トーテムポールに姿を変えられ、海原《うなばら》をシャチが治め、陸では濃い緑と凍原《とうげん》の狭間《はざま》を狼が徘徊していたという時代は、短い間にカナダの西岸から遠ざけられてしまった。大西洋を渡ってきたヨーロッパ人たちが、北米大陸を西に進み、ほんの初めだけ遠慮がちに海辺に家を建て、すぐに昔から住み着いていたかのごとく、森を切り崩して建物を高く伸ばし、海峡に橋を架け、大きな船を浮かべ、時間の進み方も時計の振り子の動きに合わせてから、たかだか二百数十年。はるか昔に北ユーラシアの雪原を東進し、結氷したベーリング海峡を渡り、さらに南下して、北太平洋沿岸の空や海や大地に染まりきり、凍土の記憶を忘れかけてきていた先住民たちは、突如現れた一群に火器を向けられ、追い払われただけでなく、持ち込まれた感染症で人口を激減させてしまう。その後も景色が変わり続け、今ある地平の姿は、幾層にも積み重なった古代の都市遺跡の表層のように、時間の顛末《てんまつ》を顕《あらわ》しているにすぎない。

ただ、ここビクトリア州の政治を司る議会議事堂は、高層建築が林立する都心から遠く離れた海の先の島で、古い佇まいをタイム・カプセルの中に置いている。その現在の主《あるじ》は、前庭にブロンズ像が立つビクトリア女王の誕生から、ほぼ百年後に生まれたエリザベス女王。彼女たちのそれぞれ六十年を超す治世の橋渡しとなる、わずか五十年間を埋めた四人の王たちの時代に、世界を冠された大戦争が二回あり、近代が現代に移ってしまう。

一時間ほどのフェリー渡航で時代を遡《さかのぼ》れるバンクーバーは、時間の迷路に誘《いざな》う魔力を備えているようで、時間を往来しての船酔いのような心地よい困惑にも浸れた。ではあっても、余韻をいつまでも引きずっているわけにもいかない。

（英国渡来のディアストーカーが、すっかり似合っているように、悔いたところで、戻れはしない。時の流れが変える風景に、これからも染まっていくまで）

慌てて頭に手をやる姿を思い浮かべながら、小人たちの悔悟《かいご》を突き放すと、楽しくもあった旅の夢からするりと抜け出て、現世に戻った。そして、店からなかなか出てこない妻を待っている間に、携帯しているスマートフォンで、先ほどからの話題の解を、まずは探ってみた。

「お待たせしました。化粧室に寄っていたものだから」

しばらくして、エレベーターのドアが開き、妻が姿を現した。

「センテナリアンというらしいね」

「百歳を過ぎた人たちを、そう呼ぶの？」

「ああ。日本人だけで六万人、世界全体では五十万人を超す勢いらしい」

妻が小さく首を振った。彼女の友人の姑《しゅうとめ》が、百歳を迎えた祝宴で、市長から贈られた表彰状を胸に、さらなる長寿を願っただけでなく、高額な化粧品まで所望したという話題に唖然《あぜん》としたところだった。

「それにしても、そんな数字がすぐに調べられるなんて、すごい時代よね」

「確かに。昨夜みたいに、ノースカロライナで一緒だった孫たちの表情を、十数日ぶりにタブレットで確かめながら会話できたなんてことも、ついこの間までは、未来社会の夢のシーンだったものな」

「センテナリアンの人たちには、こんな社会の姿が、どんなふうに映っているのかしら」

「それは分からない。生命力がある人たちだろうから、面白がっているかもしれない。それにしても、一世紀というのは感覚としてはとてつもなく長い時間だと感じてきて、それはそれで見当違いではないのだろうが、センテナリアンがそんなに多いのなら、百年の歴史といっても、たった一世代の出来事にすぎなくなってしまう。もっとも団塊の世代の我々だって、まもなく七十歳。その間でさえ、いろんなことがあって、気がつけば、世の中が大きく変わっていたものね」

黒いカシミヤのコートの襟《えり》に刺さった、赤色鮮やかなポピーのピンブローチを外すと、妻に手渡した。百年ほど前の戦争と平和に起因する、真っ赤な花の習慣からようやく逃れ、時の軛《くびき》から解放された気になれた。

「明日は帰国だから」

「そうですね。今日が十一月十一日で終戦記念日というのも、なにか因縁めいていますよ」

妻も赤い花を外して、大切そうにバッグのなかに入れた。

「第一次世界大戦というのは、春子お祖母《ばあ》ちゃんが生まれたころのことだったみたい。この話題には、お祖母ちゃん子だった弓子さん、感慨深げでしたね」

次男の妻が慕っていた祖母は、生地《せいち》の松本で数年前に、九十余歳の天寿を全うしていた。

「センテナリアンにはなれなかったけれど、あの人の夢は、お祖母ちゃん子だった孫娘に託せたようだな」

「その時代の松本って、どんなだったのでしょう」

「あなたの故郷じゃないか」

傘を広げ、軽く帽子に触れてから左手を闇の奥へ掲げると、溜息まじりに応じてきた。

——分かった、と言うしかないようだな。

一　志信

ヨーロッパに派遣された海軍の一部に犠牲はあったものの、世界中を巻き込んだ大きな戦《いくさ》で、日本は戦勝国の一員となった。小さな怪我のわりには、中国大陸や南太平洋での確たる権益を手に入れ、上《うわ》ずった空気が国の隅々まで醸《かも》されていく。

この戦勝を祝って、年が明けてから買い換えた柱時計のゼンマイを、実平《じっぺい》が加減をよく確かめもせず力任せに巻き切ってしまい、修理して戻ってきてからは、父はなにも言わずに日課として、毎朝そろりと感触を確かめながらネジを巻くようにしていて、雨模様や曇りの日だと、昼間でも、調子がよくなった時計の打つ音が、生活を回しがちになっていた。振り子がちくたくと左右に振れ、三十分で一つ、一時間で二つと、打つ鐘の数が違う最新式の時計である。ボーン、ボーンと重く響いた音が合図となって、鳴るのに応じた妻の志信《しのぶ》が、子どもの手を引いて奥から出てきた。

ごく細めに割って手元のミカン箱に積んである薪《まき》を、父がいつになくせわしなく焼《く》べていたため、囲炉裏の火勢が強くなっているのが実平は気になっていたので、隅にさしてあった、火掻《か》きや灰寄せに使う鉄製の十能《じゅうのう》に手を伸ばして灰をかけ、火を大人しくさせてから腰を上げた。わざわざ息子を見送るために、正面に座っていた父親も、「よいしょ」と声をかけて立ち上がる。

「欧州の戦が終わってからは絹糸の仕事にも陰りがみえてきているようだし、米の値上がりであちこちの母ちゃんたちが騒いだりしたのは、いったんは収まったようでも、これから面倒なことがおきてくるかもしれねえな」

この間まで、戦勝に浮かれていたのに、先ほど向かい合わせに座ってからは、顔つき渋く、話も暗い。

「でも、とにかく勝ったから目出度いかぎりじゃないかい。清やロシアだけでなく、ドイツまでやっつけちまうなんて、大したものさね。なにせ、今や米英と肩を並べる一等国と言ってもいいずら」

今から百年ほど遡る大正七年（1918年）の十一月十一日に、戦闘員と民間人を合わせると、戦死者が少なくとも一千五百万人とされ、四年を超す長きにわたった第一次世界大戦が終結した。一方、この翌年にかけて、世界各地でスペイン風邪が猛威をふるい、世界人口の三分の一近い六億人が感染し、五千万人を超す犠牲者が数えられている。

感染症のパンデミックによる病死者が、戦死者を上回りがちな過去との別れとなる、人類史の大きな転換期であった。

当たり前ながら、日本もその渦中にあった。近代工業化を駆け足で進め、主戦場が遠く離れていた日本は、物資の供給地としてこの世界大戦によって景気が過熱し、戦時景気の影響による物価の高騰も一因に、米騒動が発生したのみならず、終戦後は一転して戦後恐慌に向かう波乱のなかで、こちらも海外から伝染してきた流行り風邪によって、ほぼ四十万人が命を落としている。

それにもかかわらず、富国強兵策で積み重ねられてきた戦勝ゆえ、実平もそうであったように、国運は一直線に上っていくとの錯誤が定着し、勢いのままゼンマイを巻きすぎてしまい、その先に混迷が、さらに全土を覆う混沌《こんとん》が待ち受けているのには、誰も気づきはしなかった。

「そういうけどな、良いことばかりじゃあるめいよ。浮かれたあとにゃ、後始末が必ず待っている」

父の真意を探ろうと首をひねったところで、折よく時計が時をうった。

「そりゃあ、考え過ぎってものだと思うよ。それより、そろそろ行ってくるわい。小父《おじ》さんから呼ばれるなんて珍しいが、なにかいいね」

盆地だけでなく、田毎《たごと》に月が映る姥捨《おばすて》をはじめ、山南面の傾斜地にまで稲田が開かれたここ信州とて、米価高騰のあおりを受け、さらに大戦景気にのって活況を呈していた製糸業も、糸価が一挙に暴落して不況におちいり、先行き不安な世相が口を開けていたのは、父親の言葉のとおりであり、これには実平もすぐに気づかされることになる。

この日、その前兆でもあるまいに、考えもしなかった事件に唖然としてしまう。彼にとっては、間違いなく大事件であった。

すでに下駄を突っかけ、土間で待っていた女房の志信のねんねこにくるまれて、隠れるように眠り込んでいる赤子を覗きこみ、母親に手をつながれた長男には、腰をかがめていがぐり頭を撫で、頬を軽くつついてやった。

「父ちゃん」と、嬉しそうに両手を伸ばしてきたので、高く抱き上げてやり、そっと下ろすと、父子の姿に満足げな志信の笑顔に応えた。

「それじゃ行ってくるでね」

冬の間、酒粕《さけかす》にもぐらせておいた小ぶりの松茸を、丸のまま並べた小さな杉の折箱が、風呂敷にくるまれ、手土産として手渡された。志信が漬物がわりに秋に漬け込んだもので、相手の好物である。

「義父《とう》さんや義母《かあ》さんに、宜しく言ってください」

「ああ、分かっている」

そう言いながら傘を手にした実平の後ろ姿に、父が珍しく声までかけてきた。

「雨が降るかもしれねえっていうのに、済まねえな。宜しく言っておいてくれや」

いつもと違う父親の様子に首を傾げながら家を出てきたが、そんな話が待っていようとは思いもしなかった。手短に事情を聞かされてから、「とにかく確かめてみろや」と誘われて、後から従ってきたところである。

先を歩いていた男にしてみたら、自分の割烹《かっぽう》旅館だから、誰かに見つかっても咎《とが》められることはないが、しらをきるのも弁明するのも煩わしいので、あらためて部屋の外に視線をめぐらし、人気《ひとけ》がないのを確かめてから、襖《ふすま》をそっと閉ざした。欄間《らんま》を透かして廊下から心もとない明かりが漏れてくるだけの小座敷に、旅館の法被《はっぴ》をまとった老年の主人《あるじ》が、親子ほども歳の離れた実平を伴って、しのび足で入ってきた。隣の広間を覗けるように、あらかじめ細く開けておいた隙間におそるおそる顔を近づけ、中の様子を窺うと、前にくるように手招きした。

耳にしたばかりの信じがたい事態を、じかに目で確かめさせようとする指図には従うしかないものの、大人しく平穏だったはずの諏訪湖の湖面が、一夜で氷結してしまい、せり上がった氷の冷たい亀裂が朝日を受けて、舌なめずりしているような不安からは、逃げ出したくなっている。そういえば、今年は一度ならず、二《に》の御神渡《おみわた》りもあったという。

時計のゼンマイを、父まで切ってしまったのか。

そろそろ春を誘い出すはずのしとしと雨が、寒かった冬をなおも引きずったまま、木造建築の空気を重たくしている。十畳に敷き詰められた畳も、年末に表替《おもてが》えした青みを中途半端に残していて、それがかえって薄暗さの中で、寒々しい。畳表が、奈落を隠す呉座《ござ》一枚にも見える。その一方で、怖いもの見たさがあるのにも気がついていた。「女盛りだよ」と聞けば、これから拘《かかわ》らざるをえない女だけに、いつわりなく興味が湧いてきて、退きたい気持ちとうらはらに、足先がそろりと前に進む。

(どんな女なのだろう)

広間に人の動く気配はかすかにあっても、いまだ視野の外にある。不承不承《ふしょうぶしょう》、言われるままに身を隠し、息を殺して身をかがめている日焼けした壮年の刈り上げ頭に、背伸びをするように血色のよい主人が顎《あご》を寄せてきた。肌身にしみついているのか、ふわーっとした硫黄の香りが、従っているだけの実平の気持ちを、いささかなりとも弛《ゆる》めてくれる。

そのうちに、細い蒲公英《たんぽぽ》の帯を締めた女が、濃苗《のうびょう》色の裾の乱れを気にすることもなく腰を曲げ、一人で宴会の座布団を並べ直しながらゆっくりと近づいてきた。女が横へ動くたびに足袋《たび》の上に顔を出す、そこだけ素肌のくるぶしが、白い匂いを鼻腔《びこう》まで届けてくるように艶《なま》めかしく、実平はつい目がいってしまう。あらかじめ事情を聞いていたせいか、よく見ると、腹帯《はらおび》のようにも見える春の色彩は低めに締められ、その上の腹部はやや膨らんでいて、動作も重たげにみえる。二人の前を通り過ぎたところで、腰を屈伸させ続けるのに疲れたのか上半身を起こし、後れ毛に手をあて、握りこぶしの甲で腰を軽く叩いてから、周辺を見渡し誰の視線もないのを確かめると、足袋の先で座布団を調え始めた。

「こらっ」

目の前を行き過ぎてすぐに、思いどおり真っすぐにならなかったのか、布団の端を蹴飛《けと》ばしているのを目にして、あきれて顔を見合わせた男たちは、いたずら小僧の茶目っ気ぶりが目に飛び込んできたようで、思わず吹き出しそうになってしまう。慌てて口を押さえて、気づかれないようにその場を離れた。なにか物音がしたような気もしたが、遠くとはいえ雨の音もしていて、女には空耳としか思えなかったようで、

「誰かいるなら、手伝ってよう」

暢気《のんき》に独りごとを言いながら足の作業を続けた。

しかとは分からなかったものの、まったくの素人女でもなければ、白粉《おしろい》をおとしても化粧あとを感じさせる芸者の素顔とも違う。珍しく酔った父親を仲居として離れに案内し、湯桶《ゆおけ》の水に浸した手拭いを額に当てたりしながら、夜っぴてかいがいしく介抱したのが始まりだというが、いかにも気働きのよさそうな、それでいて小粋《こいき》な佇まいに、思いもよらなかった話を確かめさせられた気になり、あらためて吐息が漏れてしまう。

「あれが、父さんのこれさ。ちょっといい女ずら」

歩きながら後ろを振り向いて、立てた右手の小指をあらためさせてから、さっきまで事情を説明していた、渡り廊下の先にある離れの座敷に戻ると、待合の四畳半の座卓を挟んで座り直し、半開きとなっていた奥の部屋に顎を向けた。雨粒が当たったわけでもないのに、廊下を往復する間に、湿潤が身体を濡らし、座布団も先ほどより冷えてしまっている。広間に連れていくまでは、はなから信じる様子をみせなかった実平の表情に、軽い変化があるのを主人は確かめた。

「あの夜はたまたま適当な部屋が埋まっていたから、珍しく泥酔しちまった父さんをやむなくここに運んできたのさ」

「からかうのは駄目だでね。どう見ても、俺より若いくらいじゃないかい」

襖の向こうの空間が恨めしくなる。気を落ち着かせようと煙管《きせる》を取り出し、鹿皮の煙草《たばこ》入れから刻《きざ》みをつまんで雁首《がんくび》に詰めると、本人は煙草をやらなくとも、袂《たもと》にいつもマッチ箱をひそませている旅館の主が、客相手でもないのに珍しく火をつけてくれた。

「そうさ。だから、孕《はら》んだのさ」

「でも、あの親父が、信じられないよ。万一そんなことがあったとしても、本当に親父の子かいね。冗談はなしだじ」

「俺だって初めはえーっとたまげたさ。でもなあ、子どものころから神童でならしていて、落第すれすれだった俺なんかずっと頭が上がらなかったから、〝真面目一筋のこいつでもそうか。男だものな〟って、なんだか嬉しくなって冷やかしたら、悪さを見つかった餓鬼みたいに、舌を出してにやりとしていやがったのによ。それが今になってあたふたする始末になっちまった。父さんに聞いてみりゃいいが、でも実平よ、俺がお前にでたらめを言うと思うか」

一切の道楽とは縁遠くきて、還暦に近い父親に女ができたうえに、相手が身ごもったと告げられても、まるで狐につままれたかで、にわかに信じられるわけがない。

「父さんとのことは早くから知っていたが、見て見ぬふりをしたくなったのさ。硬い一方の親友が初めて味わう濡《ぬ》れ事よ。小うるさい女房もいなくなったあいつが、浮き浮きしているんだぞ。お前だって、俺のそんな気持ちは分からんこともあるめいよ。もっとも、子ができるとは思いもしなかったがな」

「小母《おば》さんは、変だと思わなかったのかね」

なにをつまらぬことをといった表情で、問いが無用なものだったのに気づかされる。

「ここで働いている女を、人前に顔を出さなくてもすむ裏方の気楽な仕事に回せるのは一人だけ。俺の差配でないのは分かるだろう。もちろん、あちらが先。おやっとは思ったものの、相手が誰かは分かっていたから、初めは首をひねったらしい。それでもと念のため、半信半疑で本人に確かめたら、申し訳なさそうに首を縦に振ったというのさ。これが父さんでなくてお前だったら、こうよ」

両手の人差し指で頭に角《つの》を作った。

「女将は〝はね親〟とはいえ、お前たち夫婦の母親でもあるからな。ことに志信ちゃんは、娘がいない女将にとって実の娘みたいなものだから、亭主の浮気など見逃すまい」

念を押すように、十手《じって》がわりに親指と人差し指の田舎チョキをつきだした。

「実平、御用だ」

「小父さん、勘弁してよ」

剽軽《ひょうきん》に気持ちをほぐそうとしてくれるのには、苦笑いするしかない。

「今日にしても、お前が確かめやすいように、そっと段取りしたのは女将さ。お前にだけは、事情を知っておいてもらわなけりゃまずいだろう」

「そうなっているのを知りながら、小母さんは、なんで止めてくれなかったかいね」

温泉地で生まれ育った旅館の女将として、大勢の女を使い、芸者や酌婦たちの出入りも多いから、本人たちが隠したとしても、色事の動きに疎いわけがない。適当に口を挟みもすれば、時には静観もする。今回は知らぬ顔をしていただけのようだ。

「言いにくいがな、お前の母さんだよ。むしろ父さんのことは、知らぬ顔の半兵衛どころじゃないさ」

高飛車《たかびしゃ》だとの評判どおり、平気で女を敵にしていた母が他界していたこともあって、お膳立てしたのかと疑いたくなるほど、女将は鷹揚《おうよう》だったらしい。

「あんなに真面目に働きとおしてきて、つまらない女房がいなくなったのだから、一度くらい道からそれたって、大目に見てもやりたくなるってものでしょう。男と生まれて、女の柔肌にも触れない人生なんて、気の毒じゃないですか」

「でも、女房はいたし、子どもだって二人生まれたじゃないか」

「あんな、かす。女とはいえませんよ」

ため込んでいた嫌悪の情を、気持ちいいほどあふれだしたうえで、

「あんたのように女房運に恵まれたのに、脇見をしてきた男には、もう脇道どころか枝道だって無用なのは、言うまでもありませんがね」

ついでに睨まれてしまったと首をすくめ、舌を出してみせた。

日ごろはさほど煙管を口に運ばない実平なのに、吸い殻を灰皿にぽんと落とすと、すぐに刻みを詰め直して、灰皿の底に落ちた種火で煙を吸いこんだ。〝驚き〟と〝怒り〟と〝嘆き〟の表情が丸い象牙の三面に刻まれた根付《ねつけ》が、男の心中を見透かし、嘲笑《あざわら》っているように思えてしまい、煙草入れの下にそっともぐらせた。先祖から伝わってきていて、父から引き継いだもの。

（なにをあたふたしている。これしきのことで、みっともないぞ）

そんな声が聞こえてきそうだ。

「お前の母さんの気位の高さにしても、亭主のつまみ食いを見て見ぬふりしてでも家業の看板に傷をつけたくないという女将の我慢も、体面を保ちたいところでは同じかもしれんなあ。大切なものを守りきろうと腹を固め、あるいは恨みを晴らさんとする女の執念は呆れるほどよ。怪談じゃあないが、時には化けて出さえするからな」

なにか話の流れに腑《ふ》に落ちないものもあったが、母には人前で何度も恥をかかされたという女将の意趣も働いていたとしたら、納得できる流れに思えてきたところへ、小父さんが渋面《しぶづら》で駄目をおした。

「女は怖いぞお」

その世慣れた女将にしても、自分の亭主とは違って、汗を流し、身を粉《こ》にして働き続けてきた男の眠らせていた精力をあなどってしまい、女が妊娠するとは予想だにしなかったようで、これには珍しく慌てているという。

小父さんは、明治九年に長野県でもっとも古い小学校として開設されたばかりの開智《かいち》学校に、父と一緒に通った仲だと聞かされていたし、幼いころから可愛がってくれ、彼が入り婿になった浅間温泉のこの割烹旅館には、父親に連れられて弟と一緒に何度も遊びに来ていた。農繁期が終わるのを見計らって声をかけられ、妻の眼を気にして正月や祭りの宵を除いて家では酒を飲まなかった父が、子どもたちを傍らにおいて、知友相手に気をゆるめ、楽しそうに酒を酌み交わしている姿が鮮明に残っている。小父さん夫婦は、実平が嫁を迎えるに当たっては、結婚後の二人の親代わりとなる〝はね親〟として、神前で親としての誓いをたて、披露宴では新郎新婦の両側に並んでくれただけでなく、数年後に生まれた長男の名付け親でもある。でたらめとは初めから思ってもいない。

それでも受け入れきれないまま家に戻り、座敷の仏壇横に父を手招きして確かめてみると、ちらっと位牌に目をやって、しょんぼりと認めるだけでなく、手まで合わされてしまった。嫌味のひとつも言いたくなる。

「小父さんの口なんか通さなくたって。親子じゃないかい」

「俺からお前に、どう言えっていうだかね」

項垂《うなだ》れている父親を責める気にはならないのも、初めから予期していて、すぐに同心に近づいていく。実平には、母より先祖の位牌の方が気になって、腰近くの根付に手を添え、平静に受け止められるようにと、仏壇に軽く頭を下げた。

(親父を責めないでやってください。なんとかしますから)

しばらくの間は親子二人で額を合わせて相談し、そのうちに小父さんも交えて手だてを講じる日々が、答えを見出せぬままいたずらに過ぎてしまった。男たちがあたふたするだけに業を煮やした小母さんの知恵で、ようやく方向が見えてくることに。

「頼む。分かったと言ってくれ」

夫がなにか不審な動きをしていることに気がついていた志信も、正直に打ち明けられた出来事は信じがたいものであり、「実の子として育ててほしい」と頭を下げられても首を振るしかなかったし、夫に対する不信感さえ芽生えてしまう。

事が急がれるからと、最後の手段のように舅《しゅうと》と夫が志信を泣き落としにかかってきた。土間の水場で朝餉《あさげ》の後片付けをして、エプロンで手を拭きながら居間に戻ってきた彼女を、二人が正座して待ち構えていたのである。

残り火がちょろちょろと頼りなげに揺らめき、自在鉤《じざいかぎ》に吊るされた鉄瓶《てつびん》の注ぎ口から、かすかに湯気が出ている。その静かな囲炉裏端で説得する夫の横にじっと座って頭を垂れていた舅が、息子の言葉が途切れるのを待っていたかのように不意に立ち上がり、裸足のまま冷たい土間に下りて向き直ると、刈り上げられた胡麻塩の頭を深々と下げた。膝に手をあて折り曲げた腰を伸ばすように求めたとき、もはや拒めないのを彼女は悟った。舅の手は節くれだっていて、長い間、畑道具を握り続けてきたのを確かめさせられる。

志信は、舅を守ってやりたい気持ちにもなっていたところに、よちよち歩きも心もとない弟の遊び相手をしてやっている、楽しげな息子の声が聞こえてきた。

（どうせなら中途半端でない、気持ちが通いあう、私の家族のかたちをつくってやろう）

幾度か小さく首を振り、自分を踏んぎらせた。

「お爺ちゃん、分かったから」

舅の斜め後ろで、父親を追って飛び下りた夫が、苦虫を噛みつぶしたような口元は崩さずに、それでもほっとした表情を浮かべた。親子の横には小ぶりの叺《かます》が並び、その藁莚《わらむしろ》の袋に詰められた種籾が出番を待ちかねている。田植えの時期が迫ってきていて、農作業の段取りに追われる慌ただしい中で、いつまでも喉に小骨を刺したままの状態にしておくわけにもいかない。

（私が、うん、と言うより仕方がないし、前を向こう。ここが先途《せんど》のようだ）

家長である舅の意向に逆らうにはそれなりの覚悟がいる。舅なり夫からこうすることにしたと頭ごなしに命じられたとしても不思議ではないが、周りを見渡しても珍しいほど日ごろから押しつけてはこない。姿かたちも老壮の違いがあるだけで、よく似た親子であった。それとはまったく逆だった姑は、すでに亡くなって、この世にいない。だから、そんな男たちに頭を下げさせたのが負い目となってしまい、否応ない気持ちにさせられた。それになによりも、夫への疑念が払拭できたのが気持ちを前に進めた。

こんな秘密が保てるとは当事者の誰もが思ってもいなかった。世間は狭く、しかも田舎では、赤子の尋常でない出生にかかわる噂などたいていは事実と重なっていた。なにせ女子《おなご》の腹が膨らまずに子どもは生まれない。ただ父親が誰であるかを闇に埋もれさせられるだけだ。

世界中に飛び火した大戦が終結する年の梅雨時に、信州の古い城下町である松本の温泉地で、ひとつの生命が未婚の女性の胎内に宿り、翌年の桜が開花するころに、訳《わけ》あって隣町の諏訪湖の湖岸で産声を上げた。難しい経緯《いきさつ》を背負ってこの世に生を受け、生まれた季節にあやかっただけの名前をつけられたこの赤子は、娘となるころに第二次世界大戦に出会い、市井の一女性として、自国がまいた時世《じせい》の火の粉を浴びながら生きてゆき、なんとか平和な時代にたどり着く。

春子は、誕生の秘密を産着《うぶぎ》としていた。春子の母となった志信は身ごもった姿を示していなかったし、彼女が久しぶりに二人目の子どもである次男を産んでから一年ほどしか経っていなかった。

「意外といやあ意外だが、まあそんなこともあるずらよ。なにせ男盛りだ。まめに働きっぱなしだから、たまにゃあ浮いた話の一つや二つもなけりゃ、付き合いきれねえってもんじゃないかね」

首をすくめながら陰で嬉しそうにからかう男たちがいる一方で、女たちの視線は表向き冷ややかだった。彼女たちにしてみれば、男の浮気に知らぬ顔はできない。他人事であるから気楽なうえ、非難に同調しなければ仲間外れにされかねない。

「年子《とし ご》だといわれても、見え透いているものねえ。祝い事だっていうのに、隣近所に声もかからなかったし。猫が魚《とと》を食わないような顔をして、お爺ちゃんは、あんなにかたい一方の人だっていうのにさ」

隣近所の女たちも、はなから父親の方を外している。豊かなわりには腰が低く、ちょっとした賃仕事を心配ってくれる気配りも働く、評判の良い父子でもあった。それだけに、乳飲み子がいるというのにまだ目も見えない赤子が一家に加わったのだから、つまらぬ憶測と陰口が飛び交うのもやむをえなかった。最近の実平の動向を探ってみたところで、相手にまったく見当がつかなかったのも、興味に拍車をかけた。田植えに駆り出された近くの農婦たちにしてみたら、賃作業の合間に、田圃《たんぼ》の畔《あぜ》でぬるくなった薬缶《やかん》の茶をすすりながら、こそこそと楽しく交わせる恰好《かっこう》の話題であり、眉をひそめながらも口もとの笑みは隠しきれなかった。志信にしたら罪もない夫がそんな見方をされるのも嫌であったが、本人が納得してのことであり、人の噂も七十五日と諦めたのである。

「私は武士の娘として育てられましたから」

そんな言葉を繰り返しては、士族出身を鼻にかけていた姑と違って、舅は嫁に来てからずっと温かな眼差しを向けていてくれたから、赤子を引き取るのはやむをえないかと腹を括《くく》ってはいたものの、自分の娘とするとなるとわけが違う。寝ぼけ眼で夜中に乳を与えるのを厭《いと》う気持ちがわいてこないのも、おむつの酸っぱい臭いに鼻を近づけたくなったことさえあったのも、わが子だからだ。産声を聞くまでの春夏秋冬が母にしてくれている。

こまかな事情は分からないにしても、子供の父親が舅であるという確信めいた夫の言葉に嘘はなさそうだし、産んだ母親が産後数日で死んでしまったというのでは、まんざら知らぬ顔もできない。「おばちゃん」と呼ばれ、どこからか子守娘を雇ってきて、その後ろで笑顔を向けてやる覚悟はした。だが、「母ちゃん」と呼ばれ、育てるとなると、まったく別の話。そんな嘘がいつまでもまかりとおっていくわけがないし、長じて娘が事情を知って味わう苦汁を、ともに呑まなければなるまい。

「お婆ちゃんに恨まれ、あの世でもいじめられたくなんかない」

皮肉交じりに夫に答えたのは本音でもあった。

「俺だって、妹から父ちゃんなんて呼ばれたくはないさ。でも、爺ちゃんは、なんか可哀そうな気もするよ。あれだけ一所懸命働いてきて、死んでからもあの婆さんにうじうじと言われ続けるわけだ。それに、生まれてきた子どもには、なんの罪もないもんな。もうらしい俺の妹をほっとけまいよ」

溜息をつくしかない志信が、思わず顔を上げてしまった。

「爺ちゃんには、俺と違って、お前のような女房がいなかったものなあ」

ぼそっとした夫の一言にあきれてしまう。甘い言葉など寝屋でもささやいたことがない夫だけに、こんな場でと、こぼれそうになる可笑《おか》しさを隠すには、首にかけていた手拭いで口を覆うしかなかった。それは嘘でも戯言《ざれごと》でもなく、農家の出身で野良仕事の辛さや張り合いを知っている妻に、実平は夫として満足していた。

「お母さんに、家風に合わないと叱られてしまいました」

実平の母親が刀自となってから、家で漬物を作る習慣が途絶えていた。志信にしてみたら、女たちが水場に集まり、晩秋の冷たい水で野沢菜の茎《くき》の隙間を丁寧に洗ってから大きな樽に漬け込み、塩を振ってから、善光寺の七味唐辛子を散らせて辛みを潜ませ、あるいは塩辛をまぜたりするのがその家独自の味であるから、嫁ぎ先の味付けを訊ねたところ、冷たい視線が返ってきただけだった。真冬には表面の薄い氷を割って樽から取り出した野沢菜を、わんぐりした皿に山盛りにし、おしゃべりの茶請けにするのが、女たちの農閑期の楽しみでもある。それにだいいち、農家の主菜である漬物がなければ、朝飯のおかずをどうするかに毎朝頭を悩ませなければならない。ほんの一事にすぎないようでいて、同じようなことを日々突きつけられてしまい、姑に歯向かえない嫁としては、農家の出という出自《しゅつじ》ゆえに、近づくのを拒否する敷居の高さに独り隠れて涙するしかなかった。

ことに、なかなか子どもが生まれなかったのには、

「私は相続人だけでなく、二人目も男の子を産んで、お役目を立派に果たしたのに」

嫁いでしばらく時をおいてから男児が誕生した折には、これでようやく見返せる生活が始まると、赤子の顔に涙を落としてしまうほどだった。ところが、この子の一歳の誕生日を待たずして、姑は風邪をこじらせて肺炎になってしまい、憎まれ口をきけないところへ行ってしまったのには、最後まで嫌味な仕打ちを受けたようで腹立たしくさえあった。

実平は、母親はけっしてそんな姿を見せなかった姉さんかぶりで、不平も夫相手に遠慮がちにこぼすだけの妻の愚痴にはよく耳を傾けたものの、漬物の一件にしても、そんなものとして育ったから、初めは慰めながらも妻を優しくなだめるにとどめた。やがて諸事にわたり、母の方が世の常識から外れているのを覚《さと》らされるようになる。

「俺も、おふくろが漬けてくれた野沢菜が懐かしいよ。干し塩梅《あんばい》のいい、ちょっとかための沢庵漬けも歯ごたえよく、旨かったぞ。ポリポリってな」

志信と結婚してからは、母の短所にいちいち気づかされてしまう。農作業の合間に腰を伸ばしながら二人で一服入れたりするときに、良い記憶だけを残し早世してしまった母親を思い出している父の姿が、妻への不満の裏返しのように実平には思えてしまい、言葉にはしなかったものの、そのぶん志信には感謝していた。

（親父のように、俺は、おふくろをさほどに懐かしむことはないのかもしれない。それだけ、

女房にはめぐまれたということか）

　商人としての実平の祖父が出入りしていた松本藩士の娘を、先方からの声掛けに応えた嫁取りだったのは、母からも聞いていた。彼の祖母が他界し、すでに二人の伯母たちも嫁いでいて、農業だけでなく商家も営む豊かな男所帯なら、気が強く我儘《わがまま》な娘でもうまくやっていけるだろうという母の両親の深慮であり、これに祖父と父が律儀《りちぎ》に応えた婚姻であったことなど、母はまったく気づいてもいなかった。

「百姓、商人の家に嫁に来てやったのです。当たり前ですが、有難がっていましたよ」

　やがて娘から「爺ちゃん」と呼ばれるようになる春子の実父は、松本市の中心を東西に流れる女鳥羽川《めとばがわ》に並行して、多様な商店が集まる中町で、馬具を取り扱う商いをしながら、松本と塩尻の境、桔梗《ききょう》ヶ原にあった先祖伝来の水田を守るだけでなく、競争相手ばかりの養蚕《ようさん》に見切りをつけて桑畑を果樹園にかえ、紅玉《こうぎょく》や国光《こっこう》種のリンゴに加えて、ナイアガラやデラウェアといったブドウ栽培まで始め、不作や不況を乗り越えて農地を広げ、この地では珍しく選挙権を与えられるほどの富農になっていた。

　知識欲が旺盛で、常日頃は野良作業に汗を流すか、文字をおっている姿が、子どものころからの実平の記憶に色濃く、農作業の記録を中心にした日記を、朝早くの一仕事を終えてこまめに手際よく書いていたのも印象深い。長じて、父親が読んでいるのが、農事にかかわる書物だけでなく、政治や経済といった七面倒《しちめんどう》くさいものにまで及んでいるのには驚かされた。酒色におぼれる気配など微塵《みじん》も感じさせなかった。そんなところが買われて、選挙への出馬も何度か打診され、この動きに母はやけに乗り気になり夫の説得を試みたりしたが、実平の父は邪心に動かされることなく、妻をいたく失望させている。

息子は妻に言うのは控えたものの、襖越しに覗き見てからは、母とまったく異なる様子の女を、（親父は本気で好きだったのだろう）と確信した。老いらくの恋は、息子としてみれば腹立たしいかぎりであるものの、女とのかかわりで、父がまったく満たされなかった寂しさから生まれた不祥事に、同情し始めてもいた。垣間《かいま》見た先で揺らめく蒲公英の軽やかな彩りと違って、母はニガイチゴみたいに、なんとか咲いている花よりも、果実の芯の苦さや棘《とげ》が際立つ女だった。息子としての母に対する思いは別にして、高慢ちきで嫌な女だという、幾度も耳にしていた悪口や雑言《ぞうごん》も分からなくはなかったのである。

「後釜《あとがま》として、家に入れるわけにはいかないずらよ。それなら、生まれた子どもは、一人では育てられないから引き取ってほしいと言われちまったら、仕方あんめい。駄目だって言うなら、玄関先に置いていくより手がないって泣きつかれちまったらよ」

そんな場面でさえ、大きくなりかけたお腹《なか》をさすりながら、父親に甘えるようないつもどおりの仕草で身を寄せられ、心がほどけて、女を手放すのが惜しくなってしまったと正直打ち明けたうえで、それがならぬことであるのを放念もできなかったと、唇を噛んだ。

「親父としたことが、とは言いたいが」

今は息子の腰にある、父親から受け継いで長年手の上で転がしてきた根付の人面が、三様の表情に化した先祖たちに思えてしまい、それが恨めしくとも、とにかく謝るしかない心情が伝わってくる。

「目が覚めたら、布団の端で、あれがこっちに尻を向けて寝ていたのさ。枕元の水に手を伸ばして口に含んだところで頭がすっきりしてきて、すやすやと寝息をたてている顔を覗いているうちに、これは神様が俺に褒美《ほうび》としてくれたのかもしれねえと思えてきてな、つい手が出ちまった」

女は固まったように熟睡していて、それでいながら、ほどいた帯を引き抜こうとすると、無意識のうちに、違和感から逃げるように身体を反転させた。否も応もない姿にされてさえぼんやりしている若い女は、天の差配による恩遇と男は確信してしまった。

「倅《せがれ》にそんなことを言うかね」

こんな結末になるしばらく前までは、独りで思い出してはほくそ笑んできた、時間を止めて戻っていきたい情景だとまで告げられては、なんとかしてやるしかない。

「お前に済まねえ気持ちはやまやまだが、未練がましいのも無様だからよ。これ以上醜態をさらしたら、お前たちにも恥をかかせちまうし、ここは俺よりお前の子にしたらおさまりがいい。頼む」

松本市街から北東の六助池近くの山に、父親が若い頃に植林し、切りごろに育っていた檜《ひのき》を十五本ほど売り払ったのは、二人だけの秘密とした。小父さんの紹介で諏訪の温泉旅館に預かってもらった女は、ひそかに諏訪湖を望む旅館で赤子を産み、受け取るものを受け取ると、約束どおりに一切の縁を切った。

父親の浮気の後《あと》始末は大切《おおぎ》りを残しているだけであった。

「家の一切をお前に譲り、隠居する」

夫から伝え聞いていた言葉からは、舅の切羽《せっぱ》詰まった苦衷が伝わってきた。夫がどこかの女に産ませた子どもではないかとの疑いを薄れさせる一言にもなったし、女の子だというのにも娘がいない彼女の心が動き、気持ちを前に進めようと努めてはいたものの、それでも心を決めかねていたところに駄目を押された。頭を下げる舅を前にして、彼女が守りぬこうとする夫や子どもたちに舅が加わってきただけであり、むしろ姑に一矢《いっし》報いられるようにも思えてきた。

実平は妻が覚悟してくれたのを察して、「女は恐ろしいぞ」と身震いしてみせた小父さんの諫言《かんげん》には、裏があるのに安堵した。

(腹を据えたら、なんとまあ逞《たくま》しいことか。恐ろしくもあるが、それだけ頼もしい)

（もう一人、私の家族が増えたと思えばよい。きっと守りぬいてやる）

信州のような寒冷地に生きる百姓家の女は、水で手をきらなければ家事ができないのを、誰に教わらずとも、母親の日常の姿から身につけていく。大人しい性《さが》で生まれたとしても、田の草取りで泥水に馴れ、川から引いた水で野菜を洗い、寒風のなかでも家事につきものの冷たさに辛抱し、そこそこ忍耐強くなってはじめて、妻にも、母にもなれる。志信はその典型のような娘として育ち、嫁いできた〝信濃の女〟である。


兄夫婦を実の父母とし、春子と名付けられて役所に届けられた赤子は、長ずるにつれて生来の明るさを発揮する女の子として育っていく。

「親父の相手の女はきっと明るい性分だったのだろう」

それとは逆に、士分の娘が百姓に嫁いだのを、長じた実平にもよくこぼしていた母親は、日ごろから渋い顔つきを隠さずにいて、選挙の立候補騒動の後には、気に入らないと、居丈高《いたけだか》に夫をののしったうえで、唇の端をゆがめる表情を浮かべた。幼いころから両親の諍《いさか》う姿に嫌な思いをしてきていたので、妻を亡くしたとはいえ、葬式で父が寂しそうにしているのが不思議に思えたほどだ。

「弱音や泣き言を実家ではこぼせなかったと思えば、武家の娘という気位の高さも、むしろ哀れなものさな」

　志信を驚かす話もあった。

「あれの実家の法事に行ってみたら、鯉濃《こいこく》の隣に、漬物が般若湯《はんにゃとう》のあてに出ているのにびっくらこいて、それとなく聞いてみたら、野沢菜を漬けた樽をおいてあるというじゃあないかい。これにはたまげちまったが、相手にも首を傾げられたよ。当たり前じゃあないだかね、てな」

　これで、姑がいなくなったら、思う存分に漬物を作ろうと思っていた意気込みがすっかりそがれてしまった。見え透いた嘘をついてまで、つまらぬ沽券《こけん》にこだわってきた女が、自分の夫の母親であるのが腹立たしく、そんな女を妻にせざるをえなかった舅が気の毒になる。いずれの男も、哀しい。

「母ちゃんの漬ける野沢菜を食べてみてえ」

　舅が、嫁との垣根が低くなったかに、積年抑えていた親しみを示してきて、志信は気に入られていたのが実感できて嬉しくなる。

「お爺ちゃんご免なさいね。長く漬けないうちに、作り方をすっかり忘れてしまったの」

　志信も、姑が存命中には決して許されなかった言葉遣いになっている。もっとも、意地でも漬けようが、断じて漬けるまいにかかわってしまっていたから、舅の願いには、実家から分けてもらってきて応えている。

弔いの流れであるかのように、農作業を終えた夕餉では親子でしんみりと晩酌をするようになっていて、いそいそと酒肴《しゅこう》を調え、手があくと酌をしてくれる嫁の姿に、涙ぐんだりもしていた。それも三回忌を過ぎるころから様子が変わった。ブドウの木の剪定《せんてい》をしながら口笛を吹いているのに驚かされたのをかわきりに、ともに農作業に精出す時間が長かっただけに、なぜかと訝《いぶか》りたくなる変化に実平は気づいていた。小うるさかった妻の死から二年も過ぎたら、一時の寂しさから解放され、気分も伸びやかになるのだろうと受け止めていて、まさか女ができたとは推測の埒外《らちがい》でしかない。迂闊であったものの、父親らしい女選びになっていたのは不幸中の幸いであった。

(悪い女ではなかったようだ)

からりとした去り方に尾を引く陰湿さは感じられなかったし、春子のさっぱりとした陽気な気質は、きっと母親から受け継いだものであろうと思えたのである。

たしかに、この女性は浅間温泉を去ってから、彼女自身のその後の成りゆきもあって、松本に戻ってくることはなかった。

「見染められて、縁づいたとのことさ。もう諏訪にもいねえ」

春子の誕生から一年ほど経って、宿の主人が親友に告げてきた。

「そうか、幸せになりそうか」

「おそらくな」

主人が男の不安を拭うように、付け加えた。

「南の駒ヶ根《こまがね》から手伝いに来ていた、宿の遠縁で、真面目だけが取り柄の男だそうだ」

「駒ヶ根か。よい縁のようでなによりだ」

男は、寂しそうに薄く笑顔を浮かべ、すぐに顔を崩した。

「天から貰ったご褒美だって言っていたじゃないか。ならば、時が来たら、天に返さなくちゃ。未練を残したら罰があたる」

「そうだよな、お前や女将には厄介《やっかい》をかけた」

刈り上げにぞろりと手を触れる男に、大きく首を振ってみせた。

「俺たちなんか大したことではないし、どうでもいい。なによりは、志信ちゃんだ」

「ああ、つくづくいい嫁だ。頭が上がらないよ。たった一度の人生で、あんな女と添えられた倅が羨《うらや》ましいほどさ」

この一年ほどの間に、友人が急に老け込んでしまったのに、主人は心を痛めていた。初めは心労の色が濃いだけだったが、なんとか形におさまってしまうと、むしろ空疎《くうそ》な喪失感が疲労として重なっていくのが明らかだった。悲運でさえあった男の妻帯や忍耐を知っているだけに、あの女は褒美どころのものでなかったのだ。だから、女のその後に触れるのに迷いはあったが、伝い歩きできるようになった春子のためにも、中途半端なままの気持ちで、ふらふらしているのを放置しておくわけにはいかない。引導《いんどう》を渡すのが辛い役割と踏み切った。

「小ちゃな可愛い宝物が残ったじゃないかね」

「切ないようでもあるがな」

主人が、男の肩に片手を置いて、すぐに背を向けた。女を手放してしまった親友の後悔は、分かりすぎるほど分かっていた。

(もっといろんなものを捨てる覚悟をしたら、なんとかなったのではねえか。つまらねえ体面にこだわってしまい、娘まで、娘でなくなっちまった)

生涯で初めての冷たい判断を、老境を迎えて迫られ、今になり、その決断を本気で悔いている。もう少し大きくなって、家族の間柄が分かるようになった実の娘から、「爺ちゃん」と呼ばれたら、朝夕ともに暮らしていくだけに、男が独りになると奥歯を噛みしめるのが察せられ、ひたすら気の毒で、哀しい。

春子には兄たちしかいなかったので、末の一人娘として可愛がられやすい境遇だったことは、本人だけでなく育てる側にも幸運であった。桃の節句は左右の大臣まで配された七段の雛飾りで祝われ、七月には青や紅の薄地の着物をまとった絵付け板の七夕人形が、何対も家の中に吊るされた。「大兄《おお》ちゃん、小兄《ちい》ちゃん」と慕うことになった二人の兄たちも明るくする、一家の笑顔の中心として大事に育てられたから、母が産みの母親でないとの陰口が、少女となった彼女の耳に入るようになっても、周りが心配したほどには暗い影とならなかった。

「母ちゃん」と呼ばれながら育てた志信も、母となるのを決断した際に懸念した負担を、さほど重く感じずに過ぎていく。彼女は連れてこられた赤子に乳首を吸いつかれ、安心しきって身を委ねてくる可愛い姿に触れているうちに、夫が父親でないのもあって心乱すこともなく、すぐに母親になれていた。

だが、事情を知らない娘はすっきりしない。

（父さんや母さんには確かめられない、つまらない噂。嘘にちがいないし、嘘であろうがなかろうが、嘘だ。だいいち、父さんについては違うといった噂さえもない。相手の姿どころか影さえも見えないではないか。二人とも、親としてまったく同じように可愛がってくれている。父さんが、どこかの誰かにというのであったなら、母さんだって焼餅を焼いただろうから、こうなるわけがない）

もっともらしい風聞が春子の耳に入ってくるようになってからは、母と顔立ちが似ていないのが気になったりはしたものの、陽に焼けてはいても端正な父親の風貌は写し取っていたし、色の白さは母親ゆずりのもの。春子は母親から、痛いほどだったという旺盛な乳の吸い方を冷やかされてもいたので、噂を否定はした。それでも、火のないところに煙はたたないような、なんらかの事情があったのかもしれないと、胸に残るもやもやしたしこりを拭いきれはしなかった。

(膝にのっけて、昔話やお伽話をよく語り聞かせては、舐《な》めるように可愛がってくれた、離れの爺ちゃんが生きていたら、聞きやすかったのに。父さんの父さんなのだから、火種があるのなら、なにも知らなかったわけがない)

二　春子

1　戦争と疑念と恩寵《おんちょう》と

　春子のやや年の離れた長兄は、旧制の中学校を卒業すると、成績が良かったにもかかわらず、農家の慣習どおり家業を継ぐべく、父の実平とともに不満も言わず農事に汗を流している。歳違いの兄は家督を相続しないかわりに、上級の学校への進学も可能であったが、学業より身体を動かすのを好み、野球が盛んで甲子園球場の全国大会で優勝したこともある、市内の商業学校に進学し、勉強そっちのけで白球を追っかけていた。

「小難しい勉強なんかより、俺には算盤勘定《そろばんかんじょう》が向いている」

　その兄と春子は、授業がある日は通学に便利な中町の住まいに移り、休みになれば桔梗ヶ原に戻る生活をしていた。野球の練習で兄が一人残ることも多かったが、春子は両親のもとに必ず戻り、いつまでも末っ子の甘えん坊として、この時ばかりは心安らぐ時間を過ごした。猫かわいがりのようでいて、童話だけでなく、歴史物語や偉人伝まで語ってくれる中で、春子の知識欲や向上心を高めてくれた祖父は、数年前に亡くなっていて、その隠居部屋であり本や紙束が積まれた離れの一室を、家に戻った際に彼女は勉強部屋とした。秀才だったという祖父に励まされるようで、母の心配をよそに、夜遅くまで学業に励む時間を楽しんだ。

　春子は、勉強が大好きな娘だった。

　中町の店舗には、兄妹の賄いや店掃除といった雑仕事をするために雇われた、いたって無口な女のほかに、先代からの番頭格で日常の商売を扱っていた通いの男がいたが、すでに隠居年齢になっており、小遣い稼ぎに留守番を果たすだけになっていた。市街が広がるにつれて町中から馬も減ってきていたうえに、陸軍の松本連隊と称された大部隊が実践に備えての準備を進める中では、馬具等の装備も一商店が係われる範囲を超えていて、店を畳むことも俎上《そじょう》に上がりはした。それも、商いを変えるなりして、いずれ次男に店の方は引き継がせようと実平は考え、看板は下ろさず細々と商売を続けていたので、子どもたちの様子をみながら、ちょくちょく中町にも顔を出していた。そんなある夕刻のこと。

「馬鹿たれ。お前はなんていうことを口にするだいね。この大馬鹿者めが」

　息子の一言に、子どもたちがいたずらをしても、見せたこともない険相《けんそう》で怒鳴りつける父親の姿に、叱られた本人だけでなく、一緒にいた春子も凍りついてしまった。

「俺は、春子とは違って勉強は好きじゃあねえし、同じ兄妹《きょうだい》とは誰も信じないいずら」

それでも、父はすぐに落ち着きを取り戻した。

「お前だって、春子と同じ父ちゃんと母ちゃんの子どもじゃないかね。上の学校に行けないのが分かっていた兄ちゃんだって、頑張っていたじゃないかい。やりもしねえで諦めるようなことを言って、どうするだ」

兄は励まされてもしょぼんとするだけであったが、春子は背中に悪寒が走るような思いに包まれてしまう。春子が家族の愛にくるまれて過ごした少女の域を脱して、女学校に入学するころから、それまで陰で囁かれながらも左程気にしていなかった〝その噂〟に、しっかり向き合わされるようになっていたから、父親の怒りの激しさで、噂の事実を当の本人から確かめさせられたように思えたのである。番頭が賄い女に「腹が大きくならなかったのに、いつの間にか嬢ちゃんが生まれていたのにはびっくりこくしかなかったよ」とつぶやいているのを、耳にしてしまったこともあった。

よほど衝撃が大きかったのか、この日を境に兄の態度が変わった。周りが引き留めるのを振り払って野球部を退部し、学業に集中するようになる。

「小兄さん、ご免ね」

複雑な思いで頭を下げる妹に、当然ながら兄は意外そうな表情を見せるだけであった。

「春子に謝られる理由なんかなにもないずら。父ちゃんとお前に、目を覚まされたように思うよ。怠けていただけだからな。それに、野球部を辞めたのだって、時勢を考えりゃ、潮時だったようにも思うのさ。土手の応援団もえらい減ってきちまっているし、うかうかしていたら、また陸軍の司令官にどやしつけられちまうよ」

ここの野球部が甲子園で優勝した祝賀の松本市民のあまりの熱狂ぶりに、当時の松本連隊の司令官が市長に談じ込んだのは語り草になっていたが、それも一昔前のこと。戦火の臭いが漂ってきているうえに、その後は野球部の戦績が振るわなかったこともあり、確かに野球熱は下がってきていた。盛んな頃には、野球部が練習するグラウンドを見下ろせる土手の上には、隠居姿だけでなく、立錐の余地もないほどに大勢の男たちが選手たちの動きを追っていたが、これも櫛の歯が抜けるように減ってきていたのである。

目の色を変えた勉強ぶりで、次兄の成績は短い間に急上昇し、答辞を読んでここを卒業すると、家で取引があった信用組合に就職して、白米の飯に大ぶりの梅干を埋めただけのアルミの弁当箱を提《さ》げて、早朝から勤めに通い始めていた。父親から家業の一つである商いの方を譲り受け、取り残されつつある馬具商売にこだわらず、時代にあった品物を取り扱いたいと目論み、社会に出るのと同時に、小遣いの中から毎日新聞の経済雑誌『エコノミスト』の購読を始め、同居する妹を驚かせることに。

「春子は学年で一番で、それも開校以来の成績だってさ。先生がたまげていたよ」

「よく勉強しているもの。女の子なのがもったいないようなものじゃないですかね」

「爺ちゃんの血かな」

「いいえ、お父ちゃんです」

すでに二人は戸籍のうえだけでなく両親になりきっていて、女であるのを惜しみながらも、自慢の娘に鼻を高くしていた。この頃には「母さん」と呼ばれるようになっていた志信は、産むだけでなく育てる時間も、真摯に向き合えば母にしてくれるのを味わっていたのである。兄たちも明るく賢い妹を可愛がり、この地方の才媛たちが集まるとされた松本高女への進学を心から祝ってくれた。

ところが、無口なはずの賄い女は、客も来ないなかでお喋りする相手がいなくて、本性を隠していただけであった。彼女の親戚の娘が春子の同級生にいて、〝その噂〟が広がっていくのに合わせるように、とびぬけて成績がよく、しかも器量の良さも裏目に出てしまい、親しかった友人さえ、徐々に距離をおいていく寂しさを味わうことになる。

上の兄とて、母の乳にしゃぶりついている姿を見ていたから、春子が実の妹ではないとは、つまらぬ噂が耳に入ってきても一笑に付していた。ところがこの長兄が嫁取りの年頃を迎える中で、彼女が才色兼備の小姑というだけでなく、その出生の秘密までが障《さわ》りになるのを、親たちは、もしやと抱いていた懸念が、やはり現実のものとなってくるのにしょげかえらざるをえなかった。

「やっぱり世間はしつこいな」

「私たちが、春子を守ってやるより仕方ないって」

「悪《わり》いが、仲人口《なこうどぐち》でも隠しきれねえってこともあるだわね」といった、つまらぬ言葉が家族に伝えられるようになり、妹の誕生にかかわる秘め事がなにかあるのかもしれないと、疑念が頭をかすめるようになった兄は、縁談には首を振って、

「独りで羽を伸ばしていたいから、嫁なんかまだまだ先の話さ」

家族の気持ちとは裏腹に、くちさがない噂は膨らみを増し、春子が本気で悩み、大きくふさぎ込む姿を見せるようになる。

(もしそうなら、大兄ちゃんに済まない。母さん、どうなの。教えて)

母に訊ねたところで、返ってくる答えがひとつしかないのも分かっていた。それでは真偽のいずれであろうとも母を悲しませるだけで問う意味もない。確かめるのが無駄であるのを察したとき、春子は確信に近づいていく。

(なにかある。でも、母さんはたった一人だけ)

「もしお前にその気があるなら、東京の学校の試験を受けてみるかい。叔父さんに相談したら、部屋は空いているし、叔母さんも娘がいないから楽しみだって。どんなもんずら」

実平と志信夫婦が、二人で相談してひねり出した答えだった。

「なにも勧めているわけではないのよ。春子の気持ちしだいだし、本音をいえば、お嫁にいくまでは毎日顔を見ていたい」

まだ踏ん切りがついていないなさそうな、母の迷いを払ってやりたくなった。

「父さん、母さん、有難う。女だし、とても言い出せなかっただけで、勉強は続けてみたかったから、春子は嬉しくて」

「そうなの。しばらく寂しくなっちゃうね」

悲しそうな眼を向けられ、本当に久しぶりに母の胸に顔を埋めた。

(やはり、母さんは一人しかいない)

抱きしめられ、背中をさすられているうちに、涙をこらえきれなくなってしまう。

実平の弟は、春子を、兄がどこかの女に産ませた子どもゆえ、母親にさせられた義理の姉との間がぎくしゃくしているのかと考えた。彼は次男だったので家業を継ぐことなく、医者になりたいという希望を貫けていて、東京の慈恵医大を卒業し、そのままこの病院に勤務していたのである。弟としては好き勝手をさせてもらい、それを温かく見守ってくれた、父親譲りで自分よりも秀才の誉れ高くとも、長男ゆえに田舎に残らざるをえなかった兄には負い目があって、兄夫婦の負担を少しでも軽くしてやりたい気持ちに傾いた。

「娘のつもりで甘えたらいい。私たちを両親として、この家から嫁にいってもいいと思っている。可愛い姪だから学資も負担したいと言ったのだが、〝親はもっと可愛いし、張り合いだ〟って、兄貴に叱られてしまったよ」

叔父にそこまで言わせるのは、姪への愛情を超えているように思え、母についての彼女の疑いは、増幅するばかり。

このころ世の中は、実平だけでなく、多くの日本人が描いたイケイケの方向に進みながらも、期待した想定を徐々に裏切っていく。春子が上京した年に日本と中国が軍事衝突し、翌年には国家総動員法が誕生するなど、東京には落ち着かない空気が漂い始め、彼女が三年生になった年には次兄が徴集され、仏印《ふついん》に向かったとの連絡を受けた。家業を継いでいる長男には、銃後の守りとして召集令状が届くことはなかった。

つまらぬ噂から遠ざかっていたかったので、東京で働き先を見つけようと考えていた春子の思惑は、卒業の年に夢と消えた。松本の母が肺病を患い、自宅近くにできたばかりの県立結核療養所に入院してしまったのである。長兄は春子が家を離れるのを待っていたかのように嫁を迎え、長男が生まれていて、感染を恐れての入院でもあっただけに、母の面倒をみるのを彼女は期待されることになる。

「母ちゃんのことなんかほっといていいから」

「なに言っているのよ。東京にいても、いつも思い出していたのは母さんの姿だった。毎日でも会いたくて恋しかった、私のもっとも大事なたった一人の母さんを独り占めできて、本当に嬉しいのよ。それに、こんなご時世で、同級生たちも働き口探しに汲々《きゅうきゅう》としているところなの。だから、なにも気にしないでね」

「春子」

涙を拭いていた手を慌てて口に移し、咳《せ》き込む母の背中に手を回すと、背骨をくっきりとなぞれるほどであった。母は、寄り添う娘の体を思わぬほど力を込めて両手で押し戻した。

「有難う。有難うよ。春子が生まれてきて、本当によかった。でも、ご免ね」

春子は涙をこらえたが、聞きたいのは別の言葉だった。

(「春子を産んでよかった」と、なぜ言ってくれないの、母さん)

この年十二月に始まった太平洋戦争の開戦を待たずに、母の志信が息を引き取った。その翌年の厳しい寒さの中で、妻の死に意気消沈していた父の実平までこの世を去るというのは、予想だにできなかった。さらに、次兄戦死の報が二人の死を追った。東京も彼女が戻れる状況ではなくなってきていて、叔父夫婦も連れ戻すのをためらわざるをえない。

母の看病で松本に戻ってからの春子は、女学校時代の彼女の勉強部屋であり、実の父である祖父が生前使っていた離れを自室としていたが、父が他界してからは、当時は商売をやめていた中町の一部屋に移り住んでいた。

引っ越しのきっかけは、時おり離れに顔を出していた幼い甥の一言だった。

「叔母ちゃん、〝いかず後家《ごけ》〟ってなあに」

前夜に母親が発した言葉に、父親が珍しく激怒したという。

「つまらないことを言うな」

その怒気に、なんの話か聞きそびれてしまったらしい。全身に冷水《ひやみず》を浴びせかけられたような衝撃に、あどけなく訊ねてきた表情にどう答えたのかずっと思い出せないでいる。兄嫁に対しては気遣いをしていたし、彼女も愛想よく応じてくれていたので、良い関係が保たれていると勝手に判断しているだけであった。これが重なる不幸にとどめを刺した。

「〝小姑《こじゅうと》一人鬼千匹〟っていうくらいだから、どこか無理があるのは、仕方ないのかもしれない。私にとって懐かしい古巣に戻るだけだから、気にしないで、大兄さん」

正直に真情を打ち明けられた兄の、無念そうに苦り切った渋顔には微笑んでみせた。松本高女に通っていた頃は、平日は学校に近い中町の家で過ごす時間が多かったとはいえ、この家を継ぐはずだった次兄を亡くし、店を閉じた今となっては、彼女は空き店《たな》の留守居役でしかない。唇を噛むだけの、妹の心痛に添えてやれない家長としての辛さが、かえってこたえた。それでも、これから先はどうしても兄嫁の顔をまともに見る気になれず、彼女に挨拶せざるをえない法事にも一切顔を出すことなく、その都度ひそかに供養の墓参りをするだけで、育った家から足は遠ざかり、疎遠になり、やがて実家とは絶縁《ぜつえん》することになってしまう。妹の将来や心中《しんちゅう》に心を痛めていた長兄が、時おり中町まで足を運び、決して生活に不自由をさせまいと心配るだけであった。

春子はすでに二十三歳と結婚適齢期を越えかねない年齢であり、しかも多くの若者たちが戦地にいて、田舎で彼女に見合う結婚相手の選択肢は多くなかったうえに、いくつか持ち込まれた縁談話の結末にも失望していた。いつの間にか大きな力によって、一切抗することもかなわぬまま翻弄《ほんろう》されている不安しか、春子には残されていなくなる。

「運命《さだめ》」

この頃にはキリスト教に入信していた春子には、はるか遠い過去から流れてきた宿罪《しゅくざい》が、彼女の血にも伝わってきているという、自分を呪縛してくる責苦に苛《さいな》まれ、いかなる苦難に向き合っても、決して使うまいと決めていた〝絶望〟という言葉にたどり着きかけてしまう。

(誕生の時から、いやもっと前から定められ、茨《いばら》が待っていた道筋であったのに、これまで気がつかなかっただけなのか)

どこまでも続いている燭台をいくらぬって歩いても、ロウソクの縮《ちぢ》こまった明かりは、あたりを照らさず、手をかざしてもむしろ冷気しか感じられない。そんな先行きが見えぬまま深い暗闇に引きずり込まれていく、大きな不安と恐怖に包み込まれてしまう。

「救われたい。誰か、私を助けて。誰も救ってくれないなら、母さんや父さんが待っている天国に行きたい。でも、神はお許しにならないから、自力ではいけない」

在京中にクリスチャンだった叔母に伴われて教会通いをしていた春子が、松本に戻ってからも松本城近くにあった同じ教派の教会に祈りを届けていて、彼女の不幸に間近で接してきた牧師から、そんな折に、内山辰夫との結婚を打診されたのである。これが彼女には神からの福音に思えた。彼女は、ぼそっとしていて真面目だけが取り柄の辰夫に魅力を感じたわけではなかったが、端正な顔つきからにじみ出てくる誠実さには好感が持てたので、十字架を背にした牧師の誘いに未来を委《ゆだ》ねた。

「この女性を生涯の伴侶《はんりょ》として、敬い、愛し続けますか」

夫となる男が、顔を真っ赤にしながらも、精一杯はっきり答えた「はい」の力強さに、春子は久しぶりに落ち続けていく感覚を脱し、日差しある大地に戻れるかもしれないと希望が湧いてきた。一基の燭台のロウソクが春子の頬を照らし、揺らめく炎にため込んでいたぬくもりが、かすかであっても撫でていく触感に、大粒の涙があふれ出すのをこらえきれず、これに驚いた牧師が言葉を詰まらせ、祈りがひと時途切れてしまった。

戦時を理由とした辰夫の意向のままに、結婚式は二人だけで挙げられたのが、むしろ神の恩寵に思えた。式の形などどうでもよかったし、むしろ幸せそうな表情は今の自分には不似合いでしかない。

「たいしたことをしてやれずに済まねえな」

春子の兄は妹の心情を慮《おもんぱか》り、妻を帯同せざるをえない結婚式への参列は控えたものの、言葉とは裏腹に、戦時中にもかかわらず嫁入り支度を調え、涙で送り出してくれた。義姉には内緒という持参金もそっと手渡されている。当主がひそかに保持してきている山林の一つを、嫁入りする際に贈与するよう亡父から託され、長兄がすでに処分していた貯えに、自分たち夫婦に代わり母の看病に尽くしてくれた妹への感謝の気持ちを合わせ、二、三軒の立派な家作《かさく》を建てられる多額なものであった。

「兄さん、長い間、本当に有難う。そんなことを言えるのは、短い間に、大きい兄さんだけになってしまった」

中町まで一人で足を運んでくれた兄には、涙を拭《ぬぐ》いながら感謝の気持ちを伝えるしかなかった。いよいよの別離に震える妹の身体を力いっぱい抱きしめてくれる、新しい家族と引き換えに、ともに暮らしてきた家族が、彼の手元からすべて離れていく悲しみも涙もこらえる兄に、春子は心の中で土下座して許しを請うた。

（すべてを断ち切りたい、自分勝手。大兄ちゃん、ご免なさい。本当にご免なさい）

東京の叔父から、結婚祝いにミシンか蓄音機のいずれかを選べと打診され、蓄音機は叔父の家で叔母とともに楽しんだ思い出があったが、迷いなくミシンを選んだ。希望したとおり、どこからか無理して手に入れたのであろう、亡き母が使っていたのと同じシンガー・ミシンが届けられた。

（母さん、せめてもうしばらくだけ、側にいて。お願い）

春子の夫となった内山辰夫は、大正二年（1913年）生まれで、彼女より六歳年長であった。松本市の南隣の諏訪市に生まれ、旧制の諏訪中学を卒業し、学校の大先輩の紹介をえて司法省に奉職し、二人が出会った当時は、松本少年刑務所に勤務していた。辰夫は中学在学中に、同級生の影響を受けてキリスト教の教えに傾倒し、誘われるままに親には内緒でひそかに洗礼を受けた。親の意に反するのは分かったうえで、彼がそれまでの人生で唯一ともいえる、独断で強く決した入信であった。

少年から青年に移りゆく多感な辰夫たちを取り巻いていたのは、軍靴の音が高くなりつつある時局であり、昭和維新から超国家主義に傾斜していく世情に抗するように、小作争議や教員赤化事件といった新聞の紙面を飾る出来事が、日常茶飯事のように周辺で起きていた。中学に進学できた彼らは恵まれている環境を自覚して、社会に報いるべくひたむきに熱情を注げる対象を模索し、軍に身を投ぜんとして陸軍士官学校や海軍兵学校へ進もうとする者から、社会運動に目を向ける者たちまで多岐にわたっていく。

拱手傍観《きょうしゅ》はさげすまれる空気のなかで、辰夫は博愛の理念に共鳴して、キリスト教に走り込んだのである。両親は驚き、あきれたが、どんな説得にも、唯一残された選択として黙し、頭を下げるだけの辰夫を翻意させるのは無駄だと悟る。

「〝赤〟になるよりはまし、と思うしかあるまい。それに、こんなご時世。辰夫に家を継がせるのが良いのか悪いのか」

不況というだけでなく、産業の盛衰のなかで養蚕が取り残されてきていて、家業の製糸業の行く末も不安だらけな状況であった。長男としての期待や心残りは消しきれないものの、こうと決めたら一途に走り、融通のきかない息子の性格も分かっていた。

「実直だけが取り柄の辰夫には、酷な時代になっちまったのかもしれない」

慰める夫の胸に妻は涙を流すしかなかった。

「耶蘇《やそ》の教えはともかくも、御国《おくに》には尽くせ」

キリスト信仰が許されない家の事情から、相続放棄も約束させられたが、もちろん異存はなかった。ただ、家を継がないかわりに、上級学校への進学を許されていた弟の夢を諦めさせることになり、涙をこらえているその姿にはまともに向き合えず、身勝手の罪深さにおののき、瞼《まぶた》を閉じてひたすら逃げた。親兄弟だけでなく故郷からも遠ざかっていかざるをえなくなる。

松本少年刑務所に勤務していた昭和十七年（１９４２年）、通っていた松本城近くの教会の牧師から春子との結婚を持ちかけられ、これが、独りで生きていく決心をしてはいたものの、信仰の深化とは裏腹に、社会や人とのかかわりに無策のまま、いたずらに馬齢を重ねていく実感しかないのに辟易としていたところへの救いの手となる。

「内山さんなら、一人の女性として彼女を認めていただける、と」

牧師の持って回った言い方が気になったものの、この地方に不似合いなまぶしさを備えた女性なだけに、多少はややこしい過去を持っているのだろうと憶測した。

「人は過ちを犯すもの。償わんとする気持ちこそ大切と信じます」

キリスト者として困難な立場にある者を救う使命にかられて、（与えるは受けるより幸い）と一瞬でも考えたのは欺瞞《ぎまん》であり、嘘であるのにすぐに気がつき、思わず牧師から目を伏せてしまった。春子に惹《ひ》かれていただけにすぎないのに赤面し、冷や汗が出てくる。牧師は照れ切った辰夫の表情から、彼が春子にひそかな好意を抱いていながらも、高嶺の花と諦めているのが、察していたとおりであったのにほっとした。

「私は、彼女の過去を問いません」

にわかに敷居が低くなったのが嬉しくなり、心を弾ませて発した辰夫の余計な一言に、牧師があきれた表情を浮かべた。

「なにか勘違いをされているのかもしれませんが、彼女には問われて困るような過ちなどないと思いますよ。つまらんしがらみが縁談の邪魔をしているのは確かですが」

「やはりクリスチャンということでしょうか」

「それもあるかもしれませんが、なによりも学歴です。それに、お母さんの病気やらなにやらと、心無い視線を向ける人たちがいるようです」

「よく分かりません。どういうことでしょうか」

牧師が苦笑いを浮かべた。

「東京女子師範学校卒業という高学歴が嵩《かさ》高いと、二の足を踏む男が多いようです。実に情けなく、嘆かわしい。確かにあの娘《こ》は自分の考えを持っていますし、意見もはっきりと言いますが、かといってそれに固執するわけでもなく、むしろ柔軟です。お母さんの病だって、彼女に否があるわけではないし、むしろ献身的な看護の姿には、胸をうたれるものがありましたよ」

教会での結婚式に辰夫の両親は、息子の強い意向を受け入れて、渋々ながら出席を差し控えたものの、春子を諏訪に連れていくと、願ってもかなわぬほどの嫁として、安心した表情をみせて喜んでくれた。もっともこれを機に生家からの音沙汰は減じて、辰夫と故郷とはますます遠ざかっていく。弟は左向きになった家業をなんとか支え、すでに結婚して子もなしていたのである。彼がキリスト教に入信してしまったため、諏訪大社の古くからの氏子として神事にも深く携わってきた生家は、弟が継いで、帰省する機会もあまりなくなっていたのを、春子は結婚する直前に知らされた。夫が生家と疎遠だったことに、すべて無に立ち戻って旅立ちたかった彼女はひそかに喜んだ。

「黙っていて済まなかった」

「いいえ、私も同じです。二人で始めましょう」

結婚式の翌日、妹を嫁がせた長兄が、その報告をしようと両親の墓参りに赴くと、たまたま春子とその夫の姿があった。とっさに彼は、木の陰に身を隠して二人に会うのを避けた。顔を見合わせ、春子が礼を言っている様子に首を振り、妹の背にそっと手を触れて促し、肩を並べて去っていく男の背中に、兄は深々と頭を下げ、手を合わせた。

(互いに、哀しみを引きずってはいけない。振り返ってはならない)

春子は兄に気がついていたが、夫と仲良く連れ添う後ろ姿で別れを告げた。

その春子の兄が懇意にしていた松本少年刑務所近くの農家の、先代が隠居部屋にしていたという離れを借りて、春子が望んでいた夫婦だけの新婚生活が始まった。事情を聞いていたようで、多くは語らぬもののよく面倒をみてくれ、親類づきあいを減じた二人にとって、この一家は生家や実家代わりとなり、長く世話をかけることになる。兄からの有形無形の支援が、ひそかに続いていくのを、彼女は知らない。

もっとも時節柄、安穏《あんのん》とした生活というわけにはいかないのを、春子はすぐに自覚せざるをえなくなる。ことにクリスチャンである二人の生活には、戦争の色が濃くなるにつれて、危《あや》うい影が忍び込んできた。夫から語られることはなかったが、教会の動きに注意が払われ、探られているのに、春子は勘づいた。受難の経験は、抑圧の動きに鋭敏にならざるをえなく、存続を問われかねない立場を自覚して、キリスト教会の布教活動は慎重になり、世情に折り合いつつも、彼らなりに良心を捻《ね》じ曲げるのをよしとはしていないのが、彼女には察せられた。

実家に届けられていた地元の『信濃毎日新聞』を、春子は結婚してからも夫にねだって購読していたが、この新聞はかつて軍の大演習を批判したことで、高名な主筆が退社に追い込まれるなど痛撃を受け、抑え気味の言論さえ封じざるをえなく、軍の広報活動の一翼を担っているかの論調が強まっていくものの、報道者としての忸怩《じくじ》たる思いが行間に潜んでいることもあり、キリスト教会の姿勢とどこか相通じるものが感じられた。物資の配給が厳しくなるのと裏腹に、標語が勇ましくなっていくのは、戦況が厳しいのだろうと推測していたから、同じように受け止めている人たちがいるのに、勇気づけられていた。

（すくなくともキリスト教会は、嘘を信じ込んではいないし、真実を覆いきって、信者を騙《だま》そうとしてはいない）

夫の隣で耳にする、二人を結び付けてくれた牧師が、戦況に触れる話のなかに真偽が混在しているのに、彼女はそ知らぬ顔を通している。

「ヴァチカンが、日本軍の勢いに驚き、感服している」

これは嘘だ、と直感した。ヴァチカンが、日本の動きによしんば驚くことはあっても、感服するわけがない。ありえない。

「兵たちの気力が横溢《おういつ》し、戦線は南太平洋の島々まで広がり、陸地でも戦いの場は、西へ西へと延びているようですから」

無理をしているから、兵は疲弊しており、やがて撤退に転じざるをえない窮状を伝えているのが、かえって推し量《はか》られる。主語がヴァチカンで語られる時には、陰約が潜んでいるのに春子は気がついていた。欧州の一国から出兵した兵士の親が、自国政府に息子の所在地を尋ねたところ、「戦局が混沌としていて、こちらでは分からない。ヴァチカンに聞いてくれ」と返答されたという冗談めいた話を、彼女は牧師から囁《ささや》かれている。もっとも情報に通じている、そんな最高の権威だからこそ、人はその言葉を有難がり、納得もする。夫には余計なことをささやかない方がいいのも分かっていた。嘘を真実と受け止めているから、彼はありのままに報告するし、それに疑いを持つような者はいない。

（いたら、こんなことにはなっていない）

今後とも、この牧師は種明かしなどしないだろうから、夫が葛藤し、悩むことにもならないと、春子は沈黙を守っていく。牧師も、夫婦それぞれを知っていた。

やがて長女の優香が生まれたものの、すでに太平洋戦争が始まってから時が過ぎ、大本営から発せられる楽観とは違って、戦局の先行きに首を傾《かし》げざるをえなくなっていく。産めよ増やせよの社会の風潮の中で、乳飲み子がいる彼女は免除されたが、昼間の護国神社の境内では婦人会が白鉢巻き姿で竹槍《たけやり》訓練をしていたし、夜には灯火《とうか》管制が布《し》かれる中での空襲警報に敗色が実感され始め、防災頭巾もかぶれずに赤子を抱えて防空壕に避難するようになり、社会からすべての落ち着きが消えた。

牧師から、それとなく戦況も聞いていたから、敗戦を告げる玉音放送にも涙は出なかった。

（これからどうなるのか分からないが、これまでのような理不尽がまかり通りはしないでしょう。パンドラとて、一旦は閉じた箱の蓋《ふた》を再び開けて、底にひとつだけ残っていた〝希望〟を確かめ、解き放ったのだから。今さらなにもできないとしても、希望は持ちたい。せめて誰かに夢をつなげたい。強く願っていけば、主は必ずかなえてくださるだろう）

戦争が終わったのに安堵し、敗戦とはいえ、むしろ暗闇を裂く灯火《ともしび》を感じた春子とは違って、辰夫はしばらく落ち込んでいた。

（心を定めれば、疑心を持たないのが、この人の長所。いったん信じ込めば、石橋を叩くどこ

ろか、吊り橋の危うさを確かめもせずに渡っていく）
その辰夫でさえ、敗戦の衝撃の傷を癒《い》やす暇《いとま》など、わずかしか与えられていなかった。新しく入所してくる、戦後の荒廃した世相や困窮が生み出した少年囚たちの姿の多くは、戦争が残した傷跡から膿《うみ》がとどまることなく流れ出てくるようで、容易に収まらない。その過酷な状況を呆然と眺め、手をこまねいているだけの辰夫には、徐々に生活に落ち着きが戻りつつあっただけに、もやもやとしたもどかしさから遠ざかれず、神への祈りだけに平安を求め、教会へは足繁く通っていた。
（なすべきことを、なせていない。なすべきことがなにかさえ判然としない。神よ、教え、導き給え）
その辰夫も間もなく元気を取り戻し、次女の杉恵、三女の音子が立て続けに生まれた。皮肉なことに、あの産めよ増やせよの声がかき消え、姉妹たちが生まれたわずかな間に、後に団塊の世代と称されるほど出生者数が膨れ上がり、太平洋戦争による死者の数をはるかに上回ることになる。たまたま春子の青春の数年間に、その幸せを一挙に墨で塗りつぶし、吹きつけてきた嵐はようやくなりをひそめ、歴史の表層に、新しい時代の姿が徐々に顕れてきたのであった。その代償でもあるまいに、いずれは夫婦で自宅を建てる際の助けにしようと、箪笥《たんす》にしまっておいた持参金は、激しいインフレの波に洗われてしまい、彼女は溜息をつくことになる。

2　痛惜をいかにせん

「鶴林堂《かくりんどう》では在庫がなくなったところだというので、注文してきました」

教会に来るついでに、辰夫はやや大回りをして、松本城近くの繁華な交差点の一角で、明治の半ばから鶴林堂の看板を掲げ商売をしている、大きな書店に立ち寄ってきた。

「そうですか。それなら奨《すす》め甲斐があった」

終戦から八年も経つと、すでに諏訪を離れて長くなっていた辰夫には、中学時代の仲間として時おり連絡を取り合う数人の友人はいたが、仕事を離れたところでは、松本の教会での付き合いが中心となっていた。同じ信仰のもとにあるだけで心が許しあえ、そのなかでもっとも仲良くしていた一人が、やや年長で旧制松本中学出身の百瀬であった。彼は長野師範学校を卒業して、母校の中学の社会科の教員となり、新制高校にあらたまった後も、引き続きこの学校で教鞭をとっていた。その彼から半月ほど前に、戦没学生の遺稿集だという一冊の本を手渡され、読むように勧められ、読了したところであった。

『きけ　わだつみのこえ』の書名からしても、ほぼ推測できた内容の本を、次の日曜日に教会で返した。出版されてすでに数年が経ち、議論も巻き起こしていたというのに、少年刑務所内では話題に上がることもなかった。少年囚だけでなく、所員たちも、なんとなく浮世から隔離されている気分が漂っていたのである。

百瀬が、戻ってきた本の表紙にいとおしそうに目を落とし、溜息をついた。

「この人たちは、本人の気持ちとかかわりなく、全員が英霊として祀《まつ》られるのでしょうね」

その場にいて、すでに読み終えていた牧師が顔を曇らせた。

「その中の一人は、〝天国に行くから、靖国には行かないよ〟と親御さんたちに言葉を残したようですが、靖国神社で手を合わせられ、そんなことで自分の死をご破算になどされてたまるか、という思いが強かったのでしょうか。もっとも、戦友と〝死んで靖国で会おう〟と誓いあって、軍神として靖国に祀られるのに救いを求めた若者も多くいるのでしょうが、いずれも悲しみしか残してくれなかった」

百瀬が、牧師の言葉に首を振り、珍しく抗した。

「私は、先生ほど優しい気持ちになれませんね。徴兵されていた人たちが、戦後になって発表した記録などには、兵営の中で鍛錬に名を借りた上官の暴力が繰り返され、戦っている敵にもまして危険で恐ろしい状景としてしばしば登場しますが、味方であるはずの自軍の者に殺された兵も少なくなかったのがうかがわれますよ。彼らは、自らを傷つけ、死に追い込んだ者とは、共に祀られたくなんかないだろうに、そんな願いには一切心をいたさず、閉ざされた神殿の奥に、むりやり一緒に封じ込めるというのは、死して後も鞭《むち》うつようなふるまいにさえ思えます。

死者の魂が伸び伸びとできるような、もっと明るい祀り方をしてやればよいのに。それがせめてもの労《ねぎら》いであり、悼《いた》むというものでしょう」

「たしかに。死をもってもあがなえない、許されざる罪もありますからね」

「そうでしょう。戦死をしたなら、戦争中の所業に係わりなく、とにかく英霊だという考えに私は与《くみ》しません。静かに祈る自由までは否定しませんが、あくまで静かに、ですよ」

公務員とはいいながらも、百瀬にはひそかにであれば、左翼に心を寄せる自由はあったが、辰夫にはそれも許されていない。辰夫は気がつかないようにはしていたが、少年刑務所の刑務官という立場の彼に、キリスト教会の動向を、それとなく探らせようとする意思が働いていたのを知っていた。気にかけるようなものではなかったので、それに正直に応じてきたし、戦後になったとて、法の裁量を握る機関の末端にいるのは自覚している。戦時中であれば、課せられた役割を、なおさら厳格に果たさざるをえなかったのも。

教会を後にして、誘われるままに、威容を誇っている松本城のお濠《ほり》の外側に百瀬と二人で向かった。城は修理のために外壁を木や竹の足場で取り囲まれていた。米軍が繰り出すB29の空襲には、首をすくめていた天守閣の先端が、工事の覆いから顔を出して空に向かって伸びをしているかにみえる。

二人の視界を二、三羽の燕が横切った。

「最近、燕が増えてきたと思いませんか」

「あまり気にしたことはありませんでしたが……」

「南から飛来する燕が増えたのか、燕に目がいく余裕が生まれたのか」

そういえば、安曇野の水辺に北から渡りくる白鳥に関わる記事を、この冬に新聞で読んだのを辰夫は思い出した。

「渡り鳥ではありませんが、二の丸の一角に松本中学の校舎があった最後のころに毎日、城勤めするような気分で私たちも濠を渡って通ったものです。もっとも寒暖を求めて遠い旅さえいとわない鳥たちとは違って、冬でも晴れていれば敢えて下駄ばきでしたが、今から思えば、嵐の前の静けさの中での暢気な学生時代だったのかもしれませんね。めぐまれた青春で、弊衣破《へいいは》帽《ぼう》が誇らしくも楽しかった。内山さんも同じでしょう」

「数年間しか違いませんが、もう少し重い空気が流れていたように思います」

「そうですか。塩尻峠で隔てられただけでも、土地柄の違いがあるのかもしれませんな」

彼が卒業したすぐ後に、この中学校は北の丘陵中腹にある今の場所に移転したという。

「新しい校舎に移った母校で教職を得て、戦地にも行かず終戦となったものの、年齢もあって兵役につかなかった私は、教え子の悲報をしばしば耳にするようになってしまったのです。敗戦の動揺が落ち着いてから、卒業生の動向を調べ始めてみると、戦死した世代がひと塊《かたまり》であるのに、あらためて気づかされることになりましたよ。当たり前といえばそのとおりだが、戦時に二十代の者たちばかり。これに三十代が加わるようになっていき、この中学からでも予科練に入って二十歳前に命を落とした者もでてくる」

戻された本の表紙にあらためて視線を落とすと、近くに転がっていた丸太に腰をかけ、タバコを一本抜き出してマッチで火をつけた。

「煙草の名前に〝新生〟とは、よく名付けたものですな。罪を負った島崎藤村の小説にあやかったのなら、私も罪の煙を吸っていることになりますか」

発した自分の皮肉に自嘲しながら、軽くゆっくりと吸い込み、煙を大きく吐き出した。

「そういえば、眼鏡をかけたら、島崎藤村に似ていると言われたことがありました」

喜怒哀楽をあまり示さない辰夫が、不愉快そうに口にした。

「なんと失礼な」

見上げた百瀬が辰夫の顔を確かめ、すぐさま応じた。

「ええ、私はあんな偽善者、この信州が生んだ文豪だかなんだか知らないが、人として許せませんよ。妻を亡くした後の家事を担《にな》っていてくれた十九歳の姪を妊娠させ、これを小説に書くなんて。しかも、その後はほったらかしで見捨ててしまう」

島崎藤村のいくつかの詩は、戦火が迫る異郷で、春子が青春と重ねて愛誦《あいしょう》していたなど、辰夫が知るわけもなかった。そんな藤村が夫婦の話題に上がったなら、彼女は一言くらい、「倫理だけでは評しきれないのではないのでしょうか。たった一行の詩文に人は救われ、生に執着し直せることもあるのですから」と、弁明に努めたかもしれない。

「安易に入信したかと思えば、いとも簡単に棄教した姿に重なりますね」

「一事が万事、ということですか。いかなる葛藤が心の内にあったかは知りませんが、自己防衛の自堕落《じだらく》にしか思えません」

「同感ですね。それにしても、卑劣な奴はいつの時代でも、どこにでもいるものですなあ」

勧められるままに丸太に尻をのせた。

「この本の冒頭に遺稿が掲載されている上原良治は、私の教え子だった。特攻隊員に任じられ、終戦の一か月前に鹿児島の知覧《ちらん》基地から飛び立って、定められたとおり戦死した。先ほど牧師さんが触れた若者ですよ。生家は穂高の医院でね、周辺から聞いたところ、彼は日本の敗戦が遠くないことを予感していたらしい。自由主義者であることを標榜《ひょうぼう》し、慶應の経済学部の学生だった彼にとって、学徒動員され、特攻で敵艦に突っ込むことがいかなる意味を持つものか、よく分かっていたと思いますよ。心ならずもの行為であり、無念であっただろうなあ。その遺稿でも触れられている彼の兄を私は知らないが、やはりこの中学を出て、慶應の医学部に進んだのち、彼の死の二年前に戦場に散っている」

「そうでしたか。穂高といえば、救護院があります」

話の腰を折る気はなかったが、つい少年刑務所の弟のような施設に言い及んでしまったのに、百瀬は苦笑いしながら相槌《あいづち》をうってくれた。

「ああ、もともとは感化院といった施設ですかな。建物は、『鐘の鳴る丘』のモデルとなりましたよね。夕方になると毎日のように、ラジオから〝緑の丘の赤い屋根、とんがり帽子の時計台〟の歌が流れていたのを思い出すが、あれは戦災孤児たちの話だった。彼らに非はないのに、浮浪児《ふろうじ》なんて言葉を、原因をつくった鉄面皮《てつめんぴ》な連中ほど、蔑《さげす》むように平気で使っていた。ふざけた話ですよ」

しばらく無言で地面の小石を戯れるように転がしていた百瀬が、動きを止めて、横向きに辰夫の顔をのぞき込んだ。

「自分はいったいあの時期になにをしていたのだろうと。戦場に関わりない学生たちと日々接して、戦地に赴かなかった自分のことを考えると、その狭間の若者たちに課された運命の過酷さと、傍観するしかなかった無力に震えることがあります」

「あの当時、小官は結婚していただけに、妻帯していた人が、新妻を残して戦地に赴き、死を予感しながら愛妻を想う心情を綴った遺稿などは、本当に胸にしみてきて、辛かったですよ」

「必死の任務を課された上原たちが死地に赴く前夜、出撃を命じた上官から、〝お前たちだけに名誉を与え、勇者にはさせない。最後の一機で必ず後を追う〟と檄が飛んだようだが、この輩（やから）は、後に準備された飛行機に乗り込むのを忌避して、〝死ぬだけが途《みち》ではない〟と生に執着した。そんな卑劣な奴だけではなく、キリスト者としては同調できないものの、潔く自決して罪をあがなった者がいるのも聞いています。ただ、往々にして大きな声で勇ましいことを言う奴ほど、いざとなったら逃げ腰になる。我々よりもっと年長で、もっと戦争に責任を負わなければいけない者に限って、安全地帯から掛け声だけをかけていた。人の世とはそんなものかと空しくもなるが、それだけでもあるまいと信じたいものです」

「松代に大本営を移す計画も同じようなものでしたか」

東京から、軍の中枢機能や主立った行政機関を、長野県の松代に移す事業については、県内に奉職している末端の官吏である辰夫の耳にも入ってきて、これを知った彼は、さすがに違和感を抱いた。前線に兵を置き去りにしたまま、司令部がひそかに撤退するように思えてしまい、耳を疑ったのである。安全地帯という百瀬の言葉で、不意に忘れかけていた風聞を思い出してしまった。

「社会科の教師として興味があって、調べたことがあります。終戦の一年前からの突貫工事だった。ポツダム宣言を受諾するまでに、地下坑道を掘り進め、七割以上も進捗していたらしい。真偽のほどは定かでありませんが、帝都である東京から動かないという聖意が当初示されたとも聞いています。ならば、理屈はいかにもつけられようが、危険になった首都からの逃避ですよね。東京の住民は見捨てられたということになるのかな。地下道のひとつには象山地下《ちか》壕《ごう》なんて名前がつけられていたようですが、いくら松代藩出身だからといって、かってに名前を使われた泉下《せんか》の佐久間象山《ぞうざん》は、志とは違《たが》うものとして怒っていると思いますよ」

彼らが松代への避難を図っている間にも、東京への空襲は繰り返され、たった一回で十万人以上の死者、百万人を超す罹災者《りさいしゃ》がでた大空襲もあった。

「戦争を導いてきた者たちが、自分たちが逃げ込む穴ぐらを掘っている間に、です」

小さく首を振ると、「一人一人の異なる死を数で括りたくないが」としながらも、この間に国内の民間人で生命を奪われた沖縄の住民、広島、長崎の原爆被災者、各地の空襲での犠牲者を数え、さらに戦場に散った兵士や、日本の戦争に巻き込まれた海外の多くの被害者の人数を確かめていくうちに、百瀬の言葉が途切れてしまった。

「結局、弱いところにしわ寄せがいく。国民を引き連れて、アジア諸国に土足で侵入して甚大な被害を与え、負けた代償として、先人たちが命を賭して得た多くの領土まで失って、彼らはいったいなにをしようとしていたのですかね」

百瀬は感情を抑えつけようと、淡々と言葉を吐き出した。

「東亜解放の聖戦という一面もあったのでしょうがね」

末端とはいえ、辰夫は国策遂行の一翼を担っていた。疑義を感じることもあったが、大きな方向の正しさまでを疑ってはいない。

「そんなものは、まったくない。本気でそんなふうに思っているのですか」

「いや。でも、すべてが悪かったとは。それに、米英という猫を噛まざるをえなかった窮鼠《きゅうそ》といえなくもなかったのでは」

百瀬は、面前に敵がいるように辰夫を睨みつけ、すぐにそれを後悔するように、恥じらう表情を浮かべて話題を変えた。

「名簿を調べていくうちに、終戦の年の十月に戦死したという記録を残している卒業生がいたのですよ。その死地がどこかなどは不明ですが、八月十五日に終戦を迎えたといっても、それは日本が降伏しただけで、実際の戦争は続いていたのですね。すくなくとも、戦闘は終わっていなかった。進出していた地からとはいえ、凍土のシベリアに不条理に抑留されたまま、帰国できていない人たちもまだ数多いというし、南方のジャングルの中で、敗戦を知らずに戦い続けている人たちがいるかもしれない。残酷なものです」

交戦中の日本兵がいるかもしれないという話には、「まさか、そんなことはないでしょう」と首を傾げた辰夫に、百瀬が付け加えた。

「つらくとも、悲惨な戦争を直視し、その残滓《ざんし》に立ち向かうことだけが、今できる唯一の償《つぐな》いかもしれない」

「戦争の残滓ですか。償い、ですか」

神が差し伸べてくれた手がかりとなる言葉のように耳に届いた。


司法省に入省して以来、少年刑務所の刑務官として、辰夫は真剣に職務に励んできたつもりでいたが、戦後の混沌とした社会情勢が落ち着いてくるにつれて、故郷や親兄弟と疎遠になってでも選んだ歩みの先には、ぽっかりと空洞が待っていただけで、あがいてでも手に握りしめたいものがなにもないのに愕然《がくぜん》となる。この間に、行政府の見直しが図られ、彼のよりどころであった司法省の名前が消え、姿を変えてしまった。

それでも、日々の職務は大きく変わることもなく、相手が少年囚だけに、心身の保護に繊細できめ細かな対応が必須であり、個人にとってはその後の人生を左右しかねないものだとしても、業務としての起伏は小さく、ぴりぴりするような刺激からは程遠い。時に感じられる小さな満足も、初冬の、不安で落ち着かない寂しさを届けてくる粉雪と同じで、手の感触もないままに虚《うつ》ろに消えていってしまう。

（戦場に散った者や、今なお社会の変革に邁進している同級生がいるのに、それぞれが信じるところに従って遠くまで行こうとし、自分だってそうであったのに、ここは一体どこだというのだろう。妻子に恵まれ、ほどほどに過不足ないこの時間にたどり着いて不満はないものの、なにかが不足していて、空しい不惑をむかえてしまった）
そんな中で、少年囚の社会復帰に向けた新たな試みを図りたいという、降ってわいたような指示が、所長から下《くだ》った。その意図も心情も、辰夫だけでなく所内の刑務官たちを奮い立たせ、何事もないのを最善とするだけの日常に、夢を与えるものであった。敗戦の後に、司法省から強大な権力の一部が削られ、法務庁、法務府と行政府としての名前も変遷してきて、ようやく法務省として落ち着いたところであり、組織の再出発を期待する土壌に蒔《ま》かれた、変化を願う貴重な一粒の種にも思えた。
「部長や課長たちには予《あらかじ》め私の考えと思いを説明し、一応の理解と賛同は得られたと思っているが、前途は容易ではない。そこでまずは教育課長を中心に、いかなる方策があるかを検討してもらうこととした。多忙な中、職務外の事柄に考えを巡らさざるをえないことになるが、一人でも多くの少年たちを救いたいという、私の願いに応えてほしい」
退官までの時間が限られてきていた所長は、椅子から立ち上がると窓の外を見回し、ようやく建設に着工したばかりの独居房棟に目を細めた。戦後間もないころには、一室に十数名が詰め込まれた雑居房があるなど、いくら少年囚とはいえ劣悪な環境が続いてきていた。それも、ようやく独居房や雑居房とはいえ一室に三名までの新しい住居棟が、近隣の刑務所から集められた建築技能を持った服役囚たちの手により建設され、居住環境に改善が図られようとしているところである。外を見やるのが彼の習慣になっているのは辰夫も知っている。所内の動きや変化に敏感になっているのは、少年刑務所長が身につけた習性であろうと受け止めていた。

あらためて机を取り囲むように座っている、各部署から集められた数人の中堅職員たちに、やや硬い表情を向けた。

「所長である私が率先し、部長や課長をはじめ、職員すべてで取り組んでいくつもりだが、まず方向を模索するために、諸君には、教育課長と一緒になって知恵を出し合ってほしい。すでに耳に入っているむきもあるとは思うが、私の思いを直接伝えておきたくて、集まってもらった。いかなる事態になろうとも、すべての責任は私がとるので、日ごろの職務柄からすれば奇異に聞こえるかもしれないが、伸び伸びとやってくれ」

職場の性格からして長上に異を唱えるには勇気がいるが、つまらぬ押しつけをする人物でないというだけでなく、集まった者たちは耳を傾け、引き込まれていった。

所長はまず戦争の話と終戦後の混乱に触れたが、日本が連合国と戦い、同胞だけでも数百万人の命を失い敗戦してからまだ八年しか経っておらず、誰にとっても今日に続く昨日の出来事のような新鮮な記憶であった。戦場で父親を亡くし、あるいは焦土の中で親兄弟の行方が不明になって親類の間を転々とする者や、捨てられて親を失った少年や少女たちが大勢いた。食べるものに窮する社会の貧困はなお尾を引いており、修学環境が悪く、義務教育といいながら、義務であるはずの教育を受ける権利を取り上げられたような状況の中で、今日の糧《かて》だけを求めて生きざるをえなかった子どもたちも少なくない。これに追い打ちをかけるように、ばたばたと学制が改められ、新旧の制度の断層に埋没してしまった者もいたのである。

「彼らに日々接している諸君も、社会で生きていくための、彼らの学力の低さというか、同じ年代の者と較べて、知識や常識の欠如に驚かざるをえないのではないか」

全員が迷わず頷いたのに所長の顔は曇った。

「この少年刑務所には、現在２５５名の受刑者がいるが、調べてみたら、このうちの２００名近くが、いわゆる義務教育を修了していない。この未修了の義務教育には、いまでいう中学校だけでなく、小学校も含まれているのだ。学びたくとも、小学校さえろくに通えていなかった子供たちが少なくない現実に触れ、私は戦時中に相応の責任ある立場にあった大人として、恥じ入るものがあるのを否定できない。痛恨の極みであり、自分に対して痛憤せざるをえない」

しゃべるうちに感情が高ぶってきたのか、穏やかな所長の声が潤いを含んできた。溢れるものをこらえんと天井を見上げ、首を振ってから再び職員たちに視線を向けた。

「ここにいる少年たちの犯罪を、すべて社会の所為《せい》にすることができないのは分かっている。まったく同じような状況の中でも、歯を食いしばって真面目に生きている者たちのほうが、間違いなく多数ではあろう。しかし、彼らの犯した罪は、大人たちが導いた戦争や戦後の混迷を土壌として生まれたものであるのも疑いはない。だから私は、彼らの一人でも多くを救ってやりたい。開戦や戦争の継続に手をこまねき、戦の終結に不作為だった大人の責務として、自己弁護せずに、遅ればせながらもできることをやらなければ」

所長の話は長かったが、終わってからも皆がうなだれていた。同席していた教育課長が、声を励まして空気をかえた。

「今日は、それぞれの持ち場に戻ってもらうが、あしたからはねじり鉢巻きで頑張ろう」

しばらく前から彼が漠然と感じ、模索していたものの輪郭が、ぼんやりと見えてきた気がして、テーブルに置いた両手に力を込めて辰夫も椅子から立ち上がった。

「本当に立派なことだと思います」

聞きなれない言葉に戸惑うだけでなく、妻の春子が久しぶりに真っすぐに見つめてきたのに、辰夫は顔がほてってってしまう。

社会の混乱がおさまり、暮らしが落ち着いてくるにつれて、春子には真面目《まじめ》だけが取り柄《え》の夫が物足りなくなってしまっていた。もともと恋愛を素通りした結婚であった。東京での生活の中では、ほのかに異性に胸を焦がしたことさえあったはずなのに、その名残《なごり》さえ実感できていない。

（仕方なかったとはいえ、人生に大切な忘れ物をしたまま来てしまった。かすめるだけでもいいから、恋というものに触れてみたかった。小説の中に恋愛を仮託するしかなかったというのは、あまりにも寂しい）

　窮地から救い出してくれた男への感謝を忘れたわけではなかったものの、あの頃の苦しみはすでに遠い記憶として霞んでいる。もはや出生の疑念への葛藤や身近な親族たちの死に向き合い、落ち込んでいた娘ではない。出産や子育ては彼女に自信をつけさせ、春子本来の明るく活発な姿にたち戻らせていた。

（社会がこんなにも違ってきたのに、なぜ夫は変わらないのか。せめて、夢だけでもみたい私はどうしたらいいの）

　彼女が生まれた松本でずっと暮らしてきていたなら、そんなものかと納得し、夫への斯《か》かる不満は生じなかったかもしれない。だが、たとえ軍靴の音が近づいてきていたとはいえ、私鉄や路面電車で移動できる東京には、なおも活気と華やぎが残されていた。首都を象徴するかのように、地下鉄まで走っていた。多くの若者が集まる浅草に行けば映画館や劇場があり、日本橋の三越百貨店に一歩足を踏み入れると、戦雲たなびく中での派手さをひかえつつもめかし込んだ人々が行きかい、日比谷公園では憲兵隊の動きに注意しながら若い男女がささやきあう姿も残されていた。叔父たちと洒落た資生堂パーラーに食事に出かけもした。華やぎに近づく機会が多くはなかったものの、叔母と一緒に新橋の教会に顔を出せば声をかけられたくなるような青年もいたし、叔父の部下だという医者の卵が家に遊びに来ることもあった。その景色を記憶にだけ残して戻った故郷の日々が苛烈だったから、いったん忘れはしたが、忘却しきってはいない。

なによりも、若い女性たちが、東日本を中心とはいえ全国から集まってきていたキャンパスでの日々は、同じ地平で気兼ねなく知見を交わしあえ、あまりにも充足されたものであった。だから、これだけは思い出の片隅からこぼしつくさなければ前には向けなかった。友との別離は、すべて永遠《とわ》のものと定め、初めて、俯《うつむ》きながら、落差が大きい故郷の城下町に戻れた。でも、いかに固く心を決めていたとはいえ、ぼんやりとした郷愁を誘う青春のひと時があったことまでは消し去れはしない。

（選択を許されない、石ころだらけの細い道をとぼとぼと歩いてきただけなのか）

辰夫が沈ませている煩悶《はんもん》を春子が察することはなく、逆に夫も妻の心内に気配りしているとはいえ、心底にはたどり着けない。娘たちがいなかったなら、春子は青春への回帰を試み、夫と別れて東京に戻っていたかもしれない。たとえ手を差し出し、連れていってくれる相手がいないとしても、だ。独りでぼんやりとした夢を追いかけにいっても、戦争で焼失してしまった大学病院も再建され、再び落ちついた暮らしぶりに戻った叔父夫婦が、彼女を温かく迎えてくれるのは間違いなかろう。もしかしたら、そんな選択を後悔させない出会いが、待っているかもしれない。

（でも、こんな道とても、道端の花は愛おしい）

彼女が出生の事情に悩んだだけに、娘たちへの母としての自覚や責務は強くなっていたし、なにより優香、杉恵、音子の三人は可愛かった。春子は諦めて、納得した。

（すべては運命。ちっちゃな花たちが咲いたことさえも）

夫の変化のわけが初めは分からなかった。もともとは小遣い無用の日々であったのに、春子にもまして鶴林堂への支払いが嵩《かさ》むようになり、子どもたちが走り回るのを気にもせずに本を開き、大学ノートに書き記す時間が増えた。これまでになく会議で遅く帰宅する夜が重なり、辰夫の目の色が変わっていった。辰夫が漏らし始めた話の端々から、彼らが着地を目指しているものの輪郭が明らかになってくる。

（私が迂闊、いや傲慢だったのかもしれない）

それまで知らなかった夫の一面に彼女は驚き、辰夫も光を漠然と求め、変化のきっかけを探していたのに気がついた。朴訥な夫は不器用なだけで、むしろそこにこそ陰徳を潜めていたように思え、自省自戒した。仕事に夢中になっている夫からは、生活の先々に明かりをはらんだ熱気が予感されるようで、二人だけの時には思わず夫の背中にすがりついてしまい、辰夫を驚かせたりもしている。

「あなたにも話したとおり。思いつくことがあったら、なんなりと聞かせてほしい。私なんかよりも、ずっと勉強もしてきたのだから」

平和な世の中が続いていたなら、彼女は教職にでも就いて、どこかの女学校で綺麗で明るい先生として、女子学生たちの憧れになっていたのであろうと、辰夫は夢想したことがある。そして、見染められて恋をして。世が世であれば、そんな夢を当たり前に描けたであろう妻に同情もしていて、難しいではあろうが彼女の能力が生かされ、活躍できる機会があればと願ってもいた。

「私が、口をだすことなどありませんよ。捨てて、忘れて、あなたに添って無から少しずつ積み上げてきただけですから、あなたは、私の今をちゃんとお見通しです」

そう言われて素直に嬉しげな夫の表情に、春子も顔をほころばせた。

(これでいい。夫の実直さは素敵、と思おう。漠然とはしているが、先に楽しみが待っているような気さえする)

辰夫は教職者である百瀬にも意見を求めた。

「松本は、明治初めの開智学校開設以来、教育が文化となっているような風土があるのですよ。

建設費のかなりの部分が当時の住民たちの寄付で賄われたことが、ひとつのきっかけになったのかもしれません。教育が前面に立てば、異論は身を引き大人しくなってしまう。どうやら、文化とはそういうものらしい。松本は教育を好んでいる。そんな文化の土壌だけに育つ芽があるかもしれない。弱い立場でしわ寄せを受けてしまった人たちにあがなう、よい機会かもしれない。松本の教育界の事情など力添えできることがあったら、遠慮なく聞いてください」

検討会の席上でこの話を披露した。

「この地では教育が文化になっているとは、気がつかなかったな。その土台の分だけ、少年刑務所の壁を低くできるのかもしれない。救護院と同じように形ある塀を取り除くというのは無理としても、制度や心の壁を壊すのに、松本の人たちは理解を示してくれそうだな」

数か月の間、終業後も居残って考えをぶつけ合った結論は、彼らから奪った義務教育の修学だけでなく、中学校卒業という権利を回復させようというもので、時を遡及《そきゅう》はできないものの、現実の不備をねじ伏せ、あるべき姿に近づけたいという辰夫たちの強い意志が導いた。

「ずいぶんと思い切った提案だな。でも、私が願い、期待したより大きく一歩踏み出した方策。ご苦労さんだった。有難う。これでいこう」

所長の行動は素早く、断固とした思いが道を拓《ひら》いていった。

社会全体が、分かり切ったつもりにならず、自信も薄いかわりに、模索する柔軟さがある時代であったのに助けられもした。中央の行政機関が、前例のない措置をこれほど前向きに受け止め、応じたのは、辰夫にも意外なほど。たとえ所長や県内教育界の熱意があったとはいえ、文部省の迅速で柔軟な対応や、法務省による法整備まで短い間に進められ、開校に至ったのである。この間に所長の交代があったものの、新所長も前任者の熱意をそのまま引き継いだ人物であったのも幸いであった。

松本少年刑務所内に、松本市立旭町中学校の桐分校が公《おおやけ》に設置されたのである。

第一回入学式の模様は、ＮＨＫラジオで放送され、これに感激するあまり、関係者の多くが涙した。

「言ったでしょう。教育は松本の文化だって」

入学式を翌日に控えた日曜日に、教会で百瀬が嬉しそうに辰夫の肩をたたいた。

「でも、真の安息日は、卒業式の後ということになりますかな。結果が出せなければ、どんな良策でも、拙策だったということになってしまう」

3　桐分校の春

それから一年、春子の誕生から三十七年が経った、信濃路の春先のこと。

「杉恵、起きなさい」

母の春子が呼び起こす声でいったんは目を覚ましたものの、次女の杉恵は再び眠りにおちいり、夢を見た。何日か前に行われた旭町小学校の卒業式の光景で、なぜか演壇に並んだ来賓席の真ん中で、左右の大人たちに囲まれて、杉恵は少し緊張しながら座っている。見下ろした先には、前の席に陣取っていた卒業生の中に姉の優香の姿があり、妹の姿に気がついて驚いた表情を浮かべると急に立ち上がり、自分の方にかけよってきた。逃げなければと心臓の鼓動が高鳴ったところで、今度は母が耳元近くで起きるように促してきて、ようやく意識がはっきりしてきた。

「杉恵、さあ頑張って」

目が覚めたのを母は分かっている。それでも、まだおしっこを我慢できそうだったし、そのまま布団に潜り込んだまま眠ったふりをしていた。

冬、越後親不知《おやしらず》の断崖に吹きつける大陸からの北西風は、上陸した勢いのまま本州縦断に向かう。〝フォッサマグナ〟の西端を舐めるように、飛騨山脈を壁としていくつもの峠を越えて南下し、安曇野から松本に続く平らを吹き抜け、塩尻峠を駆け上がって頂の諏訪湖を氷結させると、この湖を水源とする天竜川の流れに乗って伊那谷を下り、遠州灘に近づくにつれて徐々に大人しくなって太平洋へたどり着く。

冷気を取り残された松本には、さらに槍ヶ岳や穂高岳を背にして安曇野に面する常念《じょうねん》岳や山脈南端の乗鞍《のりくら》岳からアルプス颪《おろし》が吹き下り、盆地の中心を流れる女鳥羽川の川面をかすめながら、松本城を取り囲む街筋を洗っていく。雪を抱《いだ》いた美ヶ原高原からの東風《こち》も、裾の丘陵を掃《は》いて街中へと下りてくる。

雪が融《と》けるのにあわせて寒さが引いていくのを実感できる雪国とは違って、あまり積雪がないこの地では、なおも寒風が吹きだまったままだが、それでも三月の声を聞くころには、寒気のするどさが徐々に消えていき、季節が行きつ戻りつしつつ、〝春は名のみ〟ではなくなっていく。南から届く温もりがためらいがちに混じりこんで、大気がふくらみ、北国でもようやく春を皮膚感覚で確かめられるようになるのは、さらに日日《ひにち》を数えて、三月も半ばを過ぎてからである。かすかに盛り上がってきた土を割いて、芽を出す雑草群の薄紫や黄色っぽい小粒な花々や、風が穏やかに地表を滑《すべ》っていく昼下がりの日向《ひなた》を流れる小川がはじく光の粒子のまぶしさに、季節の移ろいを確かめさせられるようになる。

それも昼間のことで、夜明け前の冷え込みにはなおも身がこごえる。

「杉恵ちゃん、お願いだから、起きてちょうだい」

目が覚めてもしばらくは床の中でぬくぬくとしていられる春休みなのに、明るくなりきる前に杉恵は起こされた。母の春子が猫なで声で再び声をかけてきたが、あくまで眠ったふりをして横着をきめこもうとしていた妹の布団を、魂胆を見透かした四歳年長の優香が迷いなくはぎ取った。姉はすでに着替えているだけでなく、敷布団を三つに畳み、その上に姉妹おそろいの花柄の掛け布団や手拭いを巻いた枕まできちんとのっけている。

「音ちゃんも起きようね」

いまだ本当に寝ぼけまなこでいる末の妹の音子には優しく声をかけ、首元の布団を気持ちだけ下にずらした。

中旬までのひんやりとした空気がいったんはゆるんだものの、ここ二、三日は季節が逆戻りしていた。昨日も朝食を済ませてから庭に出てみると、小さな水たまりの表面には氷が張っていたし、今朝だって同じような冷えぐあいだから、上掛けを外されてしまったら一晩かけてためた温かさがすぐに逃げてしまい、身体を丸めているとはいえ寒さがこたえてくる。これには辛抱できずに、杉恵もあきらめて勢いをつけて起きあがった。

「小学生、それでよーし」

笑顔を向けてきた、まもなく中学生になる姉の表情が、勝ち誇っているように思われ、髪を心もち伸ばし始めているのさえ憎たらしくなる。

「お姉ちゃんだって、この間まで小学生だったじゃないか。意地悪」

母の手伝いというだけではないから、ふくれてみせたが、知らんぷりをされてしまう。仕方がないので、ぶつぶつ言いながら姉にならって寝具をその隣に並べた。

家中がなんとなく落ち着かない朝であった。子供たちがとりたてての用事もないのに早起きさせられたのは、早めに出勤する父を送り出してから母も出かけるためだが、それだけでなく、この数日前から続いている、クリスマスのミサを待っているときのような緊張した気配を、この朝、杉恵たちはいちだんと強く感じとっていた。

三人の娘たちが玄関の上り口で横並びに立って、早出時の父を見送る光景に変わりはないものの、今朝は母が普段はまったく洒落っ気のない父の前に立ち、玄関先でネクタイの結び目を直す動作が加わった。

「お父ちゃん、これでよーし」

明け方の姉妹のやり取りを、台所で笑いをかみ殺して聞いていた春子が、娘たちに顔を向けて真似をしてみせた。布団にもぐったままだった音子と、事情が分からぬままに軽く胸をたたかれた父が、きょとんとしている。

こざっぱりとしていてだらしのない風袋《ふうたい》を見せない父にしても、やはり締め慣れないネクタイにはてこずってしまい、出がけに、裸電球がぶら下がった洗面所の小さな鏡の前で、幾度か結びなおしていた。一張羅《いっちょうら》である濃鼠色の背広姿もしばらくぶりで、足元の靴墨で磨かれた革靴の先っぽが輝いている。玄関先で腰をかがめて靴の紐を締め、立ち上がって腰を伸ばすと、とんとん足を踏みしめ感触を確かめている姿が、杉恵にはちょっと滑稽《こっけい》にみえた。履き心地に納得したのか背筋を凛とさせて振り向くと、順繰りに子供たちの頭にそっと手をのせてくる。背が伸びてきた姉は気が乗らない様子ながら、なでやすいようにかがみ気味に頭をさし出した。

外に出て、庭の主のごとき佇まいで、自在に春の枝を伸ばし始めた国光の木の横を通り過ぎる際には、四季をとわず足を止めるのが習《なら》いとなっていて、隣接した少年刑務所の通用門に向かうにあたっての儀式のように、枝の先をちらっと仰ぎ見て、誰にも気づかれぬようにそっと呼吸を調え、ひそかに気合を入れる。晩秋になると、紅黄《べにき》に実り、甘酸っぱい香りをかすかに漂わせる丸い果実を、父が小さな梯子《はしご》をかけてもぎ取ってくれ、竹ひごで編んだ笊《ざる》で受け取ると、順繰りに母のもとに運ぶのが娘たちの仕事であり、冬を迎える前の農家ではない彼女たちが味わえる、楽しい収穫作業になっている。たいそうな名前をつけられてしまったリンゴの木はまだ殺風景で、見上げた空もどんよりとしている。

父は天気の先ゆきが気になるようで、三和土《たたき》に下りた母のほうを、わざわざ振り向いた。

「なんとか、もってくれるといいのだが」

「大丈夫でしょう。新聞の天気予報欄でも、降るとは書いていませんから」

「そうだったね」

すぐに返ってきた常に変わらぬ楽観的な一言に父はにこりとして、長女の背丈よりも高い門の先に姿を消した。木造とはいえ、一般職員の官舎とは思えないほど立派な門構えであった。

三人の娘と一緒に夫を送り出した春子は、上がりがまちに膝を置き、手を伸ばして脱いだ下駄を揃え直すと急いで台所に戻った。朝食の片付けを手早く済ませて、ようやく白い割烹着を外すと、腰をしゃがめて、白い布地に身体をこすりつけるように纏《まと》いついていた音子の顔をのぞき込んだ。

「優香お姉ちゃんの言うことを聞いて、よい子にしていなさいよ」

末娘がコクリとするのを確かめて、小さな両の肩を挟むように触れてから立ち上がり、姉に言葉をかけた。

「音子をみてやってね」

姉は、「おいで」と妹を手招きした。

今日は分校の卒業式で、偉い人たちが大勢集まって来るらしい。母も手伝いにかり出されるのは昨夜のうちに聞いていたし、小学校とはいえ、杉恵も先日二回目の卒業式を経験し、わけも分からないうちに退場してしまった一年生の時とは違い、その厳《おごそ》かな雰囲気も味わっていたので、妹にも卒業式がいかなるものかを教えてやったりして、大人びた気分でちょっと緊張した朝を迎えていた。だから、自分にも母から当然なんらかの一言があるものと待っていたのに、姉の反応に微笑み返すと、そのまま台所に続く居間を抜け、寝室としている部屋の隅で鏡台に向かい、鏡面を覆っていた布をたくし上げて髪をとかし始めた。その時になって、鏡の端にでも映ったのか、声をかけられなかったのに口をとがらせて、居間の炬燵《こたつ》からわざわざ片手を出してあかんべいをしている娘の姿にもようやく気がつき、吹き出しながら後ろを振り向いた。

「杉恵も、ね」

仲間外れにされたみたいで、とってつけたような言い方が気に入らない。それに自分はよい子にしているほうなのか、妹を見てやる側かだってはっきりしない。でも母のこんな扱いには慣れているから尾を引くこともなかった。上から数えて二番目のはずなのに、長女の別扱いは仕方がないとしても、なぜか次女の杉恵は三番目に付け足され、味噌っかす扱いで端折《はしょ》られることさえ珍しくなかった。数えるように順をおう父とは違うのだ。

母の春子は口紅をさしていったん鏡台から離れたものの、服装をあらためて戻ると、前後ろ《まえうし》と全身を映してから鏡の布を下ろした。出がけに、掘り炬燵の布団をまくって覆い網を外すと、白い粉帽子から先だけを出している炭の頭にも、十能で丁寧に灰をかぶせた。

「火の用心、火の用心」

この冬から使いだした、販売され始めて間もない石油ストーブの火も消した。娘たちは、もこもこと厚着をさせられている。

「優香や杉恵はもちろんだけれど、音ちゃんもよい子にしているのよ」

どうやら杉恵はお姉さん扱いをされているように思われ、機嫌を直した。口紅だけのお化粧でも綺麗に見える母が、娘たちに声をかけて、笑顔を残して出かけていった。

残された三人でお手玉や綾取りをしていてもすぐに飽きてしまい、というよりも外の動きが気になってならない。それでも我慢してだらだらと時間をつぶしたが、辛抱はいつまでも続かなかった。

「お母ちゃんは、外に出るなとは言っていなかったよ」

杉恵の一言に、優香は待っていたとばかりに反応してきた。

「そうよね。音ちゃんも静かにしていられる？」

妹も満面の笑みを浮かべる。

日頃から子供たちの遊び場所になっている、官舎裏の細い通路に出てみると、すでにいつもの遊び仲間の姿があり、気配を察したのか、すぐに見慣れている顔ぶれがそろった。みんな落ち着いて家の中にいられなかったらしいが、それでも親たちに釘を刺されているようで、大人しくこそこそと言葉を交わしあい、笑い声さえも辛抱している。

杉恵たち三姉妹の父親の職場である松本少年刑務所の敷地の周辺は、ほぼ田圃や桑畑といった農地で占められていた。コンクリート製の高い塀と外周の通路で四方を囲まれていたが、念を入れるかのように、唯一、人の出入りがあって外界と接する機会が多い刑務所の正門がある東面と、並行して走る国道との間には所員たちの官舎が並び、外郭のごとく内外を遮《さえぎ》っている。さらに、官舎と国道の間を外堀のように、夏には蛍が飛びかう大門沢川《だいもんざわ》が細く流れていた。舗装もしてないとはいえ国道を馬車が時おり行きかい、荷車の上には農作物や薪といった荷物だけでなく、人が乗っているのも珍しくはなかった。近くには三年前のサンフランシスコ講和条約の後に、大ぴらに社名を元のとおりに戻した護国神社もあり、祭事でもなければそれほど賑《にぎ》やかにならないとはいうものの、人々の往来がある幹線道路で、春休みに入る前までは、優香や杉恵たちが霜柱を踏みながら旭町小学校に通った通学路でもある。

それとなく視線を避けあいたいのが、内と外との関係であった。

所長や部課長たちの多くは転勤族で、地元に住まいがない職員の分も含めて十数軒の官舎が、長い塀の端から端までの通路に接して敷地もゆったりと建ち並んでいた。築山《つきやま》に池まで配され、庭やトイレを二つ備えている正門に近い所長の官舎は別格としても、部課長は二軒長屋、職員は四軒長屋と所内の立場で広さは異なっていたが、誰もそれに違和感を覚えず、なんの不満も耳にしたことはない。職員の長屋でさえ前庭は各戸ごとに板塀で仕切られていたし、裏には大きな物置、それに家ごとに門まであったのだから、田舎とはいえ、大きな商家や農家でもない普通の勤め人の住居としたら恵まれたものであったのだ。リンゴの木が植えられた杉恵の家の隣家には、秋になると、やがて冬の寒空の下で軒下《のきした》に吊るされる、弁柄色の渋柿の実が、青空を背景に陽光をはじいていた。官舎の庭の多くには、果実のなる木が植えられていて、中でも家の外にまで枝がはみ出ている、所長のところの棗《なつめ》は一段と立派で、それだけでも威厳が感じられた。

　敷地の東南角の事務所棟に通じる正門から、少年刑務所の東塀が、南へ短く北へ長く延び、これと並行する官舎の裏塀との間の細い通路が、遊び相手を求めての、子供たちのたまり場になっていたのである。

　杉恵たちが大人しくしているのにも飽き、いったんは家に引きあげる子供もいたりするほどにだいぶ経ってから、事務所奥の車庫にとめられていることが多いボンネットバスが出入りする時を除き、たいていは閉じられていて、開けられたとしても片側だけの鉄製の門が左右に大きく開かれた。普段は通用門の開閉でたいていの用が足り、大事な来客とてもここを出入りしている。子供たちが少しだけ離れたところから所内をのぞいてみると、建物の二階からどやどやと降りてくる人の足音が聞こえてくる。いったんは事務所の入り口付近にたむろする人たちで所内が賑やかになり、誰かの合図で大勢の大人たちが、今日は珍しく門の存在を気にするふうもなく、敷地の外へと動く気配をみせ始めた。

「あらら」

「声を出すな。静かに、静かに」

普段は正門左の守衛室で、入る者は誰何《すいか》し、出ていく者は威嚇《いかく》するように所の内外に目を光らせている看守たちが、大きく開いた門の両側に直立して、拳銃を腰にさげたまま殊勝げに頭を下げているのは、初めて見る光景であった。

塀の内側の動きに、子どもたちが官舎の入り口近くまで一目散に駆けて、建物の陰に身を隠す間もなく、そのあとを追うように、正門の前から国道に真っすぐ通じていてバスもなんとか通行できる、所長官舎と職員たちの四軒長屋の木塀に挟まれた幅広な通路の両側に、敷地から出てきた大人たちが、肩を触れ合わせながら整列した。

上気した顔つきの男に交じって、目を赤くして歩いてくる女たちが多いのにも驚かされる。そもそも事務所二階のオルガンが置かれた講堂を教室に、音楽の授業を担当する袴《はかま》姿の林先生を除いては、風呂のない職員官舎の女たちが、所内であっても隔離された風呂場へ一日おきの夕刻にそそくさと入浴しにくるくらいで、少年囚たちが刑務所内で女の姿を見ることはまずない。その一画とて、彼女たちが出入りする正門に通じている扉のほかは、所内に通じる鍵のかかった開閉鉄扉があるだけ。それに女といっても、子どもたちを除けば、林先生にしてもそうだが、少年たちの母親の年齢に近い。

男の多くは背広姿で、女性も地味な色合いのきちんとした身なりをしている。

「気をつけ」

正門の辺りのざわつきがいったん治まると、声をかけた教育課長に先導されて、卒業生たちがいつもの行進の歩調で外に出てきた。一般の少年囚たちは日常の作業を中断して大人しくしているのか、所内は静かであった。

少年たちそれぞれが、卒業証書の入った焦茶《こげちゃ》の紙筒を大切そうに抱えている。

「万歳、ばんざーい」

大人たちの誰からともなく万歳という叫び声があがると、すぐに一同が呼応し、それに拍手が入り混じる中を、少年たちより先に出てきて控えていた、彼らを出迎える人たちが待つ、官舎の出入り口脇に設置されている掲示板の前まで、列を乱さず一団となって進んでいく。そして、大門沢川に架けられた橋の手前で、少年刑務所に向き合うように、卒業生や彼らを迎えに来た人たちが前後二列に横に並んだ。前の列は少年たちだ。

「一同、礼」

もっとも先を歩いてきた少年が列の端から声をかけ、通路を埋めた見送る一群に向かって深々と頭を下げると、それぞれが名残惜しげに振り返りつつ、長さよりも幅のほうが広いくらいの頑丈な木橋を渡り始める。これにあわせて、近くの空き地に待機していた、あらかじめ少年たちのわずかばかりの荷物を載せたボンネットバスが、そろそろと近寄ってきて、松本駅に向かう大勢が乗りこんだ。バスが発車して坂道をゆっくりと下り始めると、ぎゅう詰め状態の車窓から、坊主頭たちが身を乗り出して、大きく手を振ってくる。惜別や感謝の強い気持ちだけを残して、声もなく、あっけないほど静かに去っていった。

この別れが少年たちにとって、松本市立旭町中学校の桐分校が、定められた時間割の順守と学業に耐えた日々として後年懐かしむだけの、また西の峰々の変化に励まされながら過ごした松本にしても、帰らざる場所として、記憶のなかに格納されてしまうのを、またそうしなければならないのも、双方がそれとなく分かりあっていた。

その時になって杉恵は初めて、残された人たちの多くが、上げた手を揺らしながら、泣いているのに気がついた。女だけでなく背広やネクタイ姿の男たちまでが、涙をぽろぽろとこぼし、それを隠そうともしていないのだ。彼女は、見たこともない光景が信じられず、つい口がすべってしまった。

「大人の男の人も泣くのだ」

姉の優香が聞きとがめた。

「あたりまえでしょう」

ぽかんとして眺めていた二歳下の音子が、姉たちを見上げてきた。

「音ちゃんもはじめて見た」

塀の外でも硬い表情で歩いていることが多い所長の涙にも驚いたが、日々生活を共にしている父でさえ、泣くところなど見たこともなかった。

杉恵が母を捜してみると、見送る一群から少し離れた後ろから、バスで遠ざかる少年たちの後景に視線を送っていた。その目には涙がなく、泣き笑いの表情で小さく十字をきると、組んだ手を胸に当てた。目をつむり、頭を下げ気味にした祈りの姿に、杉恵はかけよっていきたくなるのを辛抱した。

母が一心に祈っているのは明らかだ。

(夢が近づくほどに、桐の日々は霞んでいくに違いない。それでいい。桐は遠くに、遠くに置いて、歩んでいきなさい)

祈り終え、目をあけた春子は、塀の陰から覗き見している娘たちの姿に気づき、小さく手を振った。それに応えて、杉恵だけが嬉しそうに両手を挙げた。

全国あちこちの少年刑務所から、松本少年刑務所内で一年間勉強に集中するために集まってきた少年囚たちが今日卒業式を迎えるのは、杉恵も知っていた。昨年、彼女が小学校の新学期を迎えて数日後、この学校で学ぶために各地の少年刑務所から、推薦された少年たちが集まってきた。

松本少年刑務所内に、松本市立旭町中学校の桐分校が設置され、昭和三十年の四月六日の第一回入学式に二十数名の中学校未修学の少年たちを受け入れ、翌年の三月二十六日に卒業式を迎えたというのは後の知識であり、その時には記憶に新しい小学校の卒業式とは、ずいぶん様子が違うのに首をかしげただけであった。杉恵たちの卒業式は、演台の後方に校長先生や来賓たちが座って、代わるがわる話をしたが、杉恵でも数えられる人数だった。見送る者も下級生たちがほとんどだったのに、今日は、明らかに卒業生よりも大人が多いのが杉恵には理解しにくかったのである。

(まるで、大人たちの卒業式みたいだ)

彼女の感想は、それほど外れたものではない。

桐分校は、少し前までこの少年刑務所長であった人物の発案に、松本を中心とした長野県の教育界が応えて文部省や法務省を動かし、松本市長からの付議に市議会が設置受け入れを議決しての、少年刑務所に中学校を開設するという全国で初めての試みであった。分校の開校に関わってきた官界の当事者や教育関係者だけでなく、松本市内の女性たちが、少年囚を支援するために開校の前年に結成した〝少年母の会〟のメンバー、卒業生を出迎える親族や別の少年刑務所の職員たちが見守るなか、事務所の講堂において、本校の旭町中学校長から中学校の卒業証書が公に授与されただけに、この式典に大人が多いのは当たり前であったのだ。

杉恵は彼らより十年ほど遅れて生まれてきた。太平洋戦争が終戦を迎えて二年後、戦後の混乱の中で産声を上げたが、そんな時代であることなど知らずに育っている。定められたとおり小学校に入学し、五十数名もの同級生たちが詰め込まれた教室を、特に狭いとも思わずに走り回っていた。

「消防自動車が帰っていくよ」

桐分校に学ぶ少年囚たちの息抜きとなっている、音楽の授業担当の林先生が、終業のサイレンと同時に所外に退出するのに、あだ名をつけて隅でからかっていたりした杉恵たちは、彼らとはわずかな接点を持ちつつも、温かく庇護された別世界で生きている。

父の内山辰夫は桐分校の教官ではなかったが、少年刑務所の刑務官であり、医務課に所属して少年囚たちの心身の健康管理を担当していた。信心深いクリスチャンだったので、あがめる対象はキリスト教の一神だけであり、なに人にも平等に接するよう心がけていて、男女の間にも上下の隔たりを示さなかった。これが日本の男としては、むしろ例外であるのに杉恵が気づかされるのは、彼女が大人になった後のことである。

「お母ちゃん」と、子どもの前では声掛けしていたが、二人だけの時には母を「あなた」と呼んで敬意を表していた。杉恵も結婚するまで、夫婦とはそんなものだとそれを不思議に思わなかった。もっとも女友だちの家に遊びに行き、彼女の親たちが交わしあうがさつな会話にも、特段の違和感を抱いたわけでもなかったが。

その父が、卒業式翌日の朝食の際、母の言葉に珍しく顔を曇らせ首を振った。

「新聞が常に真実を書くとは限らない。筆の走りすぎや勘違いもある」

県民紙である『信濃毎日新聞』が、桐分校の卒業式を紹介する記事の中で、卒業生と入学時の人数に、二人の齟齬《そご》があるかのように書いているのを妻の春子に触れられ、たちまち苦り切った表情となった。

「そうでした」

二人の会話の意味は分からなかったものの、母が自分の考えをまったく口にもせず、珍しく素直に折れたのに杉恵はむしろ驚いた。

「卒業生全員が頑張った。残る刑期が短めな半数の受刑者が仮出所になり、そのうちの半数以上が進学を希望しているようだし、すでに二人は郷里の高校に入学が決まっているというのは、この一年間いかに先生たちと彼らが……」

「お父ちゃんも、本当に、おおご苦労様でした」

「私は、周辺でうろうろしながら見守ってきただけ。でも、落伍する者はいなかった」

春子を相手に、辰夫が精一杯の抗弁をした。

「そうですよね。つまらないことを言ってしまいました」

卒業式を終えた昨夜の夫は、床に就いてからいつまでも輾転反側《てんてんはんそく》していて、その理由もなんとなく推測できたから、その勢いに素直に同調した。

「過ぎてしまって後戻りできないことまで、くよくよ考えこんでしまうから」

床に就くとすぐに眠りに入れる春子と違って、夫が寝つきの悪いのは、話の端々から察していて、背中をぽんと叩きたくなることもよくあるが、昨夜は違う。桐分校の初めての卒業式を無事終えられただけに、当初からの経緯を聞き、人生の節目として、珍しく意気込んだ夫の取り組みを傍らで見てきたので、眠れぬのも無理からぬと思うだけでなく、高揚が伝染してきてしまい、ほんのしばらくではあったものの彼女も目が冴《さ》えた。

(刑務所勤めの中で、こんな満ち足りた時間が持てるとは思わなかった)

春子の推量どおり、辰夫は、三年前の少年刑務所内の所長室の光景を思い出し、高まってしまった気分を鎮めるのに苦労した。

やがて妻の寝息が、幼い日々まで導いていく子守歌にも聞こえ、人生の情景が断片となって舞い散り、一枚ずつ降り積もっていくような幻想を懐かしみ、十代の自分の姿を悲しんで、自責の念に苛まれもした。幼い日の記憶には母がしばしば登場してきた。御神渡りした諏訪湖を渡ってくる凍《い》てつく風の中を走り回り、夕方近くに帰ってくると、ひびやあかぎれにならないように、まず温かいお湯に手を浸《ひた》させ、手拭いで拭ってくれたエプロン姿には涙ぐんでしまった。そのうちに父の姿が大きくなり、そして弟。家族の優しい笑顔が順繰りに洗い流されていき、明け方近くに、悲しみをこらえている母、無念を呑み込んでいる父、恨みを抑えている弟の表情が刻印された記憶まで行き着いた。

最後の寝返りをうち、思い切って妻の布団の中に足をしのばせて、ふくらはぎのすべすべした感触を確かめると、ようやく確かなところにたどり着けた安心感に包まれ、深い眠りに落ちていけた。春子はまどろみを破られ、気づかぬふりでじっとしていたが、足元の遠慮がちな動きがとまって夫が軽く鼾《いびき》をたて始めたので、足を少し横にずらした。

（私のところに寄ってきてくれて、あなた、有難う）

不意に、並んで敷かれた布団に潜り込んでいきたくなった。身体をひねって夫の足を押し戻してから隣の布団に身を移したところで、目を覚まそうとはしなかった。

（野暮天《やぼてん》）

昔、東京で耳にしたことのある蓮っ葉な言葉を口にしながら、指先で頬をついても動かないのに諦めて、ぬくもりが消えていない布団に戻って背を向けた。夫の眠りが深まっていくのを確かめているうちに、また睡魔が襲ってきた。

4　少年刑務所の添景《てんけい》

桐分校の卒業式の数日後、内山家の娘たちは春に誘い出されていた。優香は友だちの家に、中学入学にあたって準備する学用品の確認に行き、音子を相手にするのに飽きた杉恵は一人で外に遊びに出た。置いてけぼりにされた音子も、ちゃっかり隣家に潜り込み、おやつにありついていた。

「豚がいた」

ほどなく、杉恵が息を切らせて家にかけ戻ってきた。

「お母ちゃん、豚がいたよ」

まだ春休みが続いている。遊び仲間のわんぱく坊主に誘われるまま後について、初めて少年刑務所の裏手である西側に探検に出かけてみると、塀の外に豚小屋があり、杉恵たちが近づくと一斉に近寄ってきたのだ。小屋の外に出られないのは分かっていても、けたたましい鳴き声をあげる巨体が襲ってくるようで、びっくりして逃げ帰ってきたところである。所内の残飯を餌《えさ》にしていたので、とにかく人が近づけば食べ物を貰えるものと騒ぎ出すのを、子どもたちは知らなかった。

「裏にまで行っては駄目だって言っているでしょう。杉恵は本当にお転婆《てんば》さんね。春休みだからといって、たまには机も使ってあげないと可哀そうよ」

普段は細かなことなど注意しない母から、本気で叱られてしまった。

「豚でなくて、山羊だったらよかったのに」

それにもめげず、杉恵は走りながら浮かんできた気持ちを抑えることができずに、勢いのままに口にした。

「なぜよ」

「だって、お母ちゃんもいつも歌っているでしょう。〝メーメー小山羊もないてます〟って。お母ちゃんのあの歌が好きだから、やっぱり山羊さんがいいな」

讃美歌にも救われていた春子は、歌うことが好きになっていて、戦時中はひそかに口ずさむしかなかった讃美歌だけでなく、娘たちには季節の童謡や唱歌を歌い聞かせていた。春になると優香は母から教えてもらった『早春賦《そうしゅんふ》』をせがんで一緒に歌っている。この歌が近くの安曇野の風景だと聞いてからは、歌詞の理解が深まったように大人びて思え、一層好きになった。川田正子が歌う唱歌の数々も長女は好んでいたが、今年中学校に上がるのを控えて、友だちからの影響で母親への呼び方が「お母ちゃん」から「お母さん」に変わり、二重唱も求めなくなって、春子をすこし寂しくさせていた。末の音子は、『春よ来い』の、〝みいちゃん〟を〝音ちゃん〟に変え、鼻をふくらませて繰り返し、母や姉がほめるものだからつい調子にのってしまい、杉恵と二人だけの時には歌うのを禁じられてしまったほど。もっとも音子もその歌は卒業しかけている。

杉恵は姉妹の歌声に挟まれて歌うのが煩わしく、好みの唱歌もなかったものの、母の歌には心はずんだ。春子はラジオから流れてくる、連続ドラマの主題歌を何百回も聞いていたためか、台所に立っている折などに、つい『鐘の鳴る丘』を口ずさんでいた。独りで楽しんでいるような明るい調子のこの歌が、母はきっと一番好きなのだろうと思われ、杉恵も好きになっていた。

春子はそっと娘を抱きしめ、腰をかがめて杉恵に顔を近づけた。

「山羊さんには、お世話にもなったものね」

母がいつもの朗らかな笑顔で応じてくれたので、やはりそうだったのかと杉恵も嬉しくなった。でも山羊に世話になったというのはよく分からない。それを察したのか、

「山羊さんからお乳をもらって飲んだのよ。音ちゃんが赤ちゃんだった時に、杉恵も一緒に飲んだのを覚えているでしょう」

「あ、そうか。あれは山羊さんのお乳だったよね」

春子たちが新婚時代を過ごした家の大家が山羊を飼っていて、彼女の乳の出が悪い時には分けてもらい、乳飲み子だった娘たちに、重湯《おもゆ》とともに薄めて飲ませていたのである。そんな必要がなくなってからも、妹だけが母に優しくされているようで、羨ましくなった杉恵はよく駄々をこねた。

「もう小学生だから学校で脱脂粉乳《だっしふんにゅう》を飲んでいる。同じアルミのカップでも、海人草《かいじんそう》は大嫌いだけれど、脱脂粉乳にコッペパンをひたすと美味しいよ。音ちゃんにも早く飲ませてあげた

いな」

　杉恵は、食べ物の好き嫌いはほとんどなかったが、小学校で飲まされるこの紅藻《こうそう》を煎《せん》じた虫下《むしくだ》しは苦手で、海藻が腐ったような臭いを嗅いだだけで吐き気がするので、鼻をつまんで、飲むときは目をつむって喉に流し込んだ。それでも、ぬるっとした感触が残る不快さを、春休みが始まる少し前に味わわされていて、その気持ち悪さが今なお忘れられていない。なんとしても飲めずに、錠剤を与えられる子がいるのに、無事飲みおえたのを、その日帰宅するとすぐに、母に自慢してもいた。

　得意げな娘のおかっぱ頭に手を触れて、母が笑顔を返してくれた。

「そう、すぐに三年生のお姉さんになるのだから、勉強もしなくちゃね」

　小学校に入学した時に杉恵は机を買ってもらった。居間の卓袱台《ちゃぶだい》で教科書が広げられればよい時代で、彼女の同級生で自分の机を持っている子はまずいなかった。少年刑務所内で作られた机を、父親が販売協力のために奮発してくれたのである。間もなく旭町中学に入学する姉はもちろん持っていたし、妹の音子の小学校入学祝いともなっていたから、家が机だらけになってしまったように杉恵には思えていた。

　少年刑務所内には、収容施設からは少し離れていくつかの作業部屋があり、多種多様な製品を作り、少年たちに技量を身につけさせながら、出来上がったものを売っていて、洋裁、靴作り、木彫りや家具の製作部屋から印刷所まであった。辰夫の背広や革靴もここで調達したものであり、北に送られる木彫りの熊も箪笥の上に置かれていた。出所した者のうち、所内に小さな靴製作所をもっていた会社に職を求め技術を磨いている青年もいて、未だ需要があまりなかった登山靴やスキー靴は、プロが求めるほど高い品質であった。杉恵たち一家の生活は少年刑務所と不即不離であり、少年囚が身近な存在であった。

春休みが終わるころ、それを実感させる出来事があった。

その朝、このところ掲示板を見ていないのを思い出した春子が、忘れないうちにと起きたてに確かめに行ったところ、正門に至る通路を行きつ戻りつしていた中年の女性を見つけ、家に連れてきたのである。彼女には、その女性がなぜか自分が姿を見せるのを待っているかのように思えて声をかけると、素直についてきた。

「お父ちゃん、早く来てくださいよ」

妻が珍しく慌てている様子に辰夫がすぐに居間から飛び出すと、春子と同じ年恰好の女性が一人、玄関先で彼女と押し問答をしている。野良作業から帰ったばかりのような身なりに、綿入れを羽織っていたが、寒さを防げていないのは一目瞭然で、手をこすり合わせながら、小刻みに震えている。

「どうした。誰なの」

「面会に来た方のようで、正門が開くのを待っていると言うのですが、この寒さだから家で待ってもらおうと思って連れてきたのに、どうしても家には上がれないって」

「誰の面会に来たの」

辰夫の問いにハッとして、「偉い人の家に紛れ込んじまって、済まないだ」と、慌てて立ち去りかけるので、隣家に聞こえない程度に強い口調で呼び止めた。「待て」の一声で足を止めさせ、急いで下駄をひっかけ女の前に回った夫を、「お父ちゃん、そんなきつい言い方をしないで」と、春子が珍しく、それこそきつい口調で咎《とが》めてきた。

「名前を言わないと会わせられないよ」

妻に諭《さと》され優しく言ったつもりだったが、女は涙をこぼし始め、手まで合わせる。

「そんなこと言わないで、会わせてくれ。お願いだから、幹太に会わせて。お願いだ」

「内山幹太君のお母さんかな」

すねた態度をとることが多く、看守たちが手を焼いている少年囚の名前が内山幹太といったのを思い出した。同姓であり、しかも郷里の諏訪から少し南に下った伊那が入所前の住所として記載されていたから覚えていた。面会者がまったく来ないリストにも上がっていたのも思い出した。

「幹太を、幹太を知っているのか。どうしている。元気か」

「言うことを聞かないと教えない」

それでも家に上がるのを躊躇《ちゅうちょ》していたのは、必ずしも遠慮してのものだけではなかったのに、春子にしては珍しく気がついた。汚れたズック靴を脱ぐと、子どもたちの履物《はきもの》の陰に押し込むように並べ、磨かれた床に上がったものの、足元を見られたくない様子なのがかえって気になり、それとなく目をやると、隠そうとしていたのは軍足なのか、足首の前部に布地が寄り集まった、踵《かかと》のない寸胴《ずんどう》の靴下であった。彼女は足元をくるんでいるのが、粗末な男物であるのを知られたくないのが分かった。年齢が似通った春子を意識してであるのが察せられる。

(みっともないかっこを見られてしまった)

息子に永訣《えいけつ》に来たはずの女に、同性に恥じらう気持ちが生まれ、

(なにを今さら。幹太の顔さえ見られたら、それですべてがおしまいだというのに)

身なりひとつで浮世とのつながりを確かめさせられてしまい、死への決心が拍子抜けしていくのに心を折る一方で、死出の旅から引きずり戻そうとする不思議な力が、この家に導いてきたのかもしれないと、捨てきれなかった生への執着が強くなる。

「お父ちゃん、あとはお願いね」

貧しすぎる姿を、春子のような恵まれた様子の女に見られたくなかった心情が、ひしひしと伝わってきて、切なくなる。涙ぐみそうになってしまったのを覚《さと》られぬように、春子は台所に

急ぎ逃げ込んだ。

（涙なんか見せたら、それこそ可哀そうだ。気の毒すぎる）

女は観念して恐る恐るながら家に上がったものの、きょろきょろと家の中を見回して落ち着かない。寒かろうと辰夫が炬燵に足を入れさせようとしても拒むし、ストーブの上で少しだけ蓋をずらしている薬缶の湯を注いだ熱いお茶を春子が出しても、手を伸ばさない。家に上がってしまったのを後悔している様子がありありだった。

「朝飯は食べていないよね」

誰に対しても丁寧な言葉遣いの父親が、妙に威圧的に話しているのに、ふすまの隙間から優香と杉恵は上と下に重なるようにしてのぞいてみたが、珍しく睨むような視線を向けてきたのですぐに身を引いた。

お腹はいっぱいだという女からのぼそぼそした返事を待たずに、新し物好きで手に入れたばかりの電気炊飯器のスイッチを春子は押していた。ところが、塩吹きの鮭や冬を越して酸っぱくなりかけていた野沢菜の漬物のほかに、たいしたおかずがないのに気がつき、所長の家に走って卵を二つ借りてくる間に、女はようやく落ち着いてきたらしくお茶が飲み干されていた。

「朝飯を済ませて、私と一緒に行きましょう。そのほうが面会しやすいから」

素直に同意するのを確かめて、辰夫は内山幹太について話してやった。元気に過ごしているほか、出所に向けて一所懸命頑張っていると伝えた。聞きたいことは山ほどあるようだったが、漠然とした言い方しかできない。

「直接会って、目を見ながら話を聞いてやってください。それがなにより」

辰夫の言葉に幹太の母親は頭を下げた。ただ、湯気が立っているご飯茶碗を目の前にすると、また遠慮し始め、大仰《おおぎょう》に腹が満ちているかのしぐさをする。

「お母さんが箸をつけなかったら、会わせない。それでは困るでしょう」

箸をとると、空腹だったのが一目瞭然の食べ方をした。春子は満腹になったという本人の言葉を聞き流し、二杯目も大盛りによそい、拒否しにくい優しい笑顔を向けた。出汁《だし》をとるために味噌汁に入れたまま取り忘れていた煮干しを、女が美味しそうに噛みしめているのに、春子は再び胸が熱くなってしまった。だが、どんなに勧めても頑《がん》として卵焼きには手を出さなかったので、久しぶりに好物のご馳走が、杉恵たちに回ってきた。

春子が家の外まで送り出て後ろからそっと女の両肩に手を置くと、食べてようやく元気を取り戻した表情で振り返り、涙を浮かべながら手を合わせた。彼女まで、彼我《ひが》がおかれている違いに涙ぐんでしまいそうになる。

「お元気でね。息子さんに会いに来る折には、いつでも顔を出してくださいね」

去ってゆく背中に、つい十字をきっているのに気がついた。女の決心や死の淵から春子が引きずりあげたのは知るよしもないが、縁あって姿をみせた女性の幸せを神に願い、夫の後ろに従う姿が見えなくなるまで、祈る姿を崩さなかった。

正門横の壁に張り付いている守衛室に隣接した、面会人待合所で彼女を待たせ、辰夫は内山幹太を連れてくるように守衛に指示した。守衛室に対峙するように正門の右には、面会人が差し入れを購入できる粗末な売店があったが、それさえも時間が早すぎるのは分かっていたし、手ぶらの様子だったので、春子から預かってきた、娘たちのおやつとなるはずのキャラメルの箱を二つ手渡して、辰夫はいつもの職場に向かった。

「差し入れとして、渡してあげなさい。でも、私から受け取ったと言っては駄目ですよ。私の迷惑になるから、これだけは約束してくださいね。私が困るから」

受け取った小さな箱を、額近くまでささげ上げてから、初めて辰夫に真っすぐ視線を向け、手が膝に達するほどに腰を折った。

(会ったことなどないはずなのに)

幾度も目にしたことのあるような、どこか気になる眼差しであった。

午前の勤務を終え、昼食を済ませての休憩中に、幹太が看守に伴われてやってきた。

「お休みのところ、すみません。急いで話しておきたいことがあると言い張りまして」

立ち会うのが職務になっていると渋る看守を、「それは、よく分かっていますが、迷惑をかけないから」と、ほんの少しということで、その場から外させた。

「母ちゃんが」

ひねりだすように一言口にして、唇を噛んでうなだれた。辰夫は立ち上がって近づくと、幹太の肩を二、三回軽く叩いた。

「お母さんは、昨夜は北松本の吹きさらしの寒い駅舎の中で、一晩過ごさせてもらったらしい。よほど急いで顔を見たかったようだな」

「地獄で仏さまに会ったって。家にまで上げて、俺をほめてくれたと、本当に嬉しそうに。先生、俺はよく分かっている。ほめられるはずはないのに、ほめてくれて、有難う。だから、母ちゃんももう少し頑張ってみるって。なんだか、さよならを言いに来たようにも思えてさ。本当に良かったよ」

肩に置いたまま力が加わった辰夫の手の動きに、幹太の目が応じた。これまで投げやりがちだった瞳に、新たな力が宿ったように映じた。

「俺も頑張ってみる」

頭だけ下げて向けた背中に、辰夫は敢えて言葉をかけなかった。

部屋を去り際に振り向くと、母親から朝飯の様子を聞いていたようで、少年院に送られざるをえないほどに大きくなってしまった傷害事件の小さなきっかけが、体調が悪かった母親に栄養をつけさせようとして、近所の鶏小屋からわずか数個の卵を盗難したのが発端だったと、手短に言い残した。それまで細かな事情は分からなかったが、大人に追いかけられ、逃げるはずみで相手に大怪我をさせたのは入所の記録に記されていた。

扉の向こうで、小さな物音でも聞き取ろうと耳をそばだてていた、いかにも落ち着かない空気を漂わせながら看守が待っていた。

それから数日、ようやく冬の寒さを追い払った春が暦をめくった。杉恵たちの春休みが終わって新学年が始まり、桐分校にも新たに二十八名の中学生が全国から集まってきた。半月ほど前までは、杉恵は毎朝、姉と一緒に家を出ていたのに、優香はより近い旭町中学校に通学し始めたから、姉より一足先に妹の手を引いて旭町小学校に通うことになった。

5　復活への道筋

妻の意見をそこまで辰夫が退けようとするのは珍しかった。やはり春子は裕福な育ちであり、多くの苦難に見舞われたとはいえ、飢えどころか貧しさにも直接触れてきていない。貧困が少年囚の犯罪の温床であるのを痛感している辰夫との落差は大きく、そのうえ夫は黙して妻子を守らんとしているから、二人の溝は埋まらない。夫の意見は小心ゆえの浅慮《せんりょ》と彼女の知性は判じてしまい、説得はいたずらに空回りし続けるものの、辰夫とて折れるわけにもいかず、くじけかける気持ちを立て直す。

「そりゃあ、あなたの考えはよく分かる。市街に近い方がなにかと都合いいだろうし、娘たちにしても、結婚するまでのあいだは働きに出るだろうから、通勤に便利な場所をというのにも異論はない。そのとおりだと思うし、できるならそうしたい。でも、背伸びしすぎて、大怪我はしたくない」

「お父さんは、いつも慎重ね」

春子がついに臍《へそ》をまげた。

(あのお金が、当初の値打ちのままであったなら。戦争には、なにからなにまでひどい目にあわされてしまった。私に非がないとはいえ、大金がへそくりにしかならず、二人の気持ちに応えられなかったのだから、〝父さん、大兄ちゃんご免なさい〟と謝るしかない)

涙さえ見せかねない愛妻を相手にして、辰夫は切羽詰まってしまった。

いつまでも官舎住まいともいかないと思っていたところに、少年刑務所の建物を建て替える改修計画が持ち上がるなど、いよいよ転居を考えざるをえなくなった。移転先の土地選びで夫婦の意見が対立したが、最終的には辰夫の意見が通った。辰夫と春子が連夜、そんなやり取りをしているところへ、内山幹太の母親が訪ねてきたのである。

「本当に親切にしていただき、幹太が戻ってからは、早くお礼に来なければと思いながら、ついついこんなに遅くなってしまい、申し訳なかったことです」

三年前に内山幹太は松本少年刑務所を出所していた。あの、母親が寒さの残る春先に幹太を訪ねてきた年に、国際連合加入の恩赦で入所者の刑が減じられた上に、彼の更生へのまじめな取り組みが認められ、早期の仮出所となっていたのである。出迎える者もいない中、幹太は母親から家の場所を聞いていたようで、春子に挨拶しに顔を出すと、玄関先であたりを気にしながら小声で名前を名乗った。

「お天道《てんとう》さまに顔を向けられるように精一杯生きていきます。ご恩を忘れはしません」

繰り返し練習してきた言い回しを、たどたどしく口にしながら頭を下げ、彼女の前で涙を拭いつつ内山家を後にした。

「お母さんを大切にしてあげてね」

「はい、頑張ります」

たまたま家にいた杉恵は、大柄な丸刈りの青年が母の両手を握りしめ、後ろを振り返りながらも、門扉の前で外に人気がないのを確かめてから、風呂敷を大事そうに脇に抱え直して去っていく光景が、陰から眺めていただけなのに、その顔つきとともに鮮明に印象に残った。

「幹太君は元気にやっていますか」

幹太の母親は、畑仕事を終えて直接来たような初めて会った時の服装とは違い、洒落《しやれ》たブラウスにこざっぱりとしたスカート姿で、当時より若返って見えるほどであった。靴はヒールがないパンプスで、靴下もストッキングになっているのに、春子は社会が少しずつ豊かになってきたのが、彼女の生活にも反映されてきているのを感じとった。

「元気は元気ですが」

口ごもる女に、春子が懐かしそうな表情を浮かべた。

「頑張ると言って手を握ってくれたのに、まだお母さんに苦労をかけているのですか」

「やっぱり、世の中は甘くないというか、冷たいというか」

言葉が途切れ、畳に視線を落とした。

「〝人の噂も七十五日〟というのは嘘でしてね。忘れて、放《ほう》っておいてほしい時ほど、社会は意地悪く思い出す。少年刑務所を出た者たちの多くが、苦しみ続けます。中には、嘆き、世を怨み、ついには諦めて居心地が良いところもある元いたところに戻ってしまう。きれいごとを言うつもりはないが、幹太君をそうさせたくはない」

逃げても逃げても追いかけてくる心無い噂が、真偽にかかわらず疑心暗鬼にさせ、いかに辛いものか、春子の胸にこみあげてくるものがあった。

「そこで、お願いがあって」

「私にできることがあれば……」

「幹太に説教してやってもらえないですかね。あの子は、先生のことを父親のように思い慕っているから、きっと、先生が言うことなら聞いてくれるのじゃないかと。鼻たれ小僧のうちに、父親が万歳に送られて戦争にとられ、帰ってはこなかったものの、それでも戦時中は周りも御国のために死んだとか、靖国に祀られた英霊だとか言って、温かい目で見てくれていたものが、戦争が終わると同時に穀潰《ごくつぶ》し扱いされて、幹太だってひねくれちまいますよ。だから、自分を守ってくれる大人の男として、先生を父親代わりに慕っている。お願いです」

春子がなにも言わずに首を振りながら涙ぐんでいるのに、幹太の母親も言葉を途切れさせてしまったが、なぜか彼女には他人事とは思えず、ただただ辛い。

(なおも重荷を抱えたままなのか。私も、見て見ぬふりをしてはいけない渦中の一員。そんな気がしてならない)

「気持ちをぶつけられる相手がほしいのかもしれないですね、幹太君は」

「今日も、連れて来ようとしたのに、会わせる顔がないって」

腕を組んだ辰夫には、少年刑務所を出た少年たちが、再び松本の地に足を踏み入れたくない気持ちにもまして、なによりも出所者が刑務官に会うのは許されないのを、幹太が気にしているのは分かっている。幹太とて心を寄せられる相手がほしいはずだが、ひとつの罪は罰となって、いつまでも鞭をうち続ける。なんとかしたくても、安易に救済の手を出しにくい、そんな世の仕置きを、辰夫はあらためて噛みしめるしかない。

黙りこくってしまった三人の沈黙を春子が破った。

「お母さん。まだ卵は食べていないのですか」

思いがけない一言に、幹太の母親が顔を上げた。

「なんで、そんなことを知っているのです」

「知っています。なぜなのかも。知られていて嫌ですか。そんなこともないでしょう。私には、親子で気遣いあっているのが、むしろ互いを追い詰めているように思えてなりません。触れられたくなく、忘れていたい記憶は私にもいっぱいあって、偉そうにはいえないのですが、鶏小屋の卵の一件を幹太君が夫に伝えようとしたとき、誰かに自分の口で語ることで、縛られていた縄をほどこうとしたのではないでしょうか。少年個人にかかわる事を一切口にはしない夫なので、朝食のおかずを気にしていた私への精一杯の心配りだろうと受け止めていました。そうなのでしょうが、それだけでもないように思えてきました。たまたま私が知っていたことで、縛りから抜け出ませんか」

あれは〝天啓《てんけい》〟だったのかもしれない。ならば神の差配に従うまでと、春子はそのまま二人を残して立ち上がり、台所に入って電気冷蔵庫からいくつも卵を出して、塩ひとつまみだけでなく味醂や数滴の醤油をたらして丁寧にかきまぜ、大きな卵焼きを作ってきた。

「生まれて初めてかもしれません」

うすく焦げ目がついた黄色い塊を三人で食べ、甘えるようにお代わりをしてきた女の小皿に、春子は嬉しそうな表情を浮かべ、残った分をすべてのせてやった。

「こんなに美味しいものがあるなんて」

彼女の味の記憶に、甘みを含ませた卵焼きはなかった。

幹太は故郷に戻ったものの、やはり伊那に住むのが難しくなっていて、やや南の駒ヶ根にいる祖母のところに母親とともに身を寄せ、暮らし始めているという。この女性は少年刑務所のことを知っていて、近くの浅間温泉で働いていたことがあり、諏訪の温泉旅館に移ってすぐに身を固める相手に出会い、彼女が生まれたと雑談の合間に話した。小さな家作を持っていて、夫と死別してからも、短い間なら、娘と孫を受け入れられる程度の細々とした暮らしは立てられているらしい。

もっとも幹太の母の方は、この地で古くから製造されていて、近年は東北から九州まで販路を広げて売り上げが伸びている、健康酒工場の清掃仕事の定職にありつけたが、これがかえって息子を傷つけてしまったようだ。

「幹太は、土方や野良作業の手伝いといった、その日ばかりの賃仕事しかなくて、やけのやんぱち」

自棄《やけ》になり、ふさぎ込んだ姿もみせているという。

幹太の祖母は、母親が松本少年刑務所を訪れたあの時は、足代を工面《くめん》して、「北松本の駅からだって、坂を上っていくし、歩いたら一時間よりもっとかかるけど、会いに行ってやったらいい」と、娘と孫の身を案じながら、道順を教えてくれたそうだ。当時の彼女は、寡婦《かふ》となっていた母親からわずかな電車代を借りなければならないほど、逼迫した状況におかれていたのが察せられた。

「松本に行くことは金輪際《こんりんざい》ないよ」

そう言いながら、若い頃を懐かしむように、いつもは明るい母が涙ぐんでいたのを、夫婦を目の前にして、彼女はふと思い出してしまった。なぜかは訊《たず》ねぬのがよかろうと問いはしなかったが、今回も母に背中を押されて松本へ足を運んできたかにも思えてきた。

多くを語らぬとはいえ母にも女の盛りがあり、幸せそうな二人のようにこれまで生きてはこられなかったが、自分にも夢をみられた娘の時代があった。死ぬしかないと覚悟し、せめて息子の顔を見てからと思い立った松本への旅路の諸々《もろもろ》は、すでに過去のものとして遠ざかっている。それも、息子が先生と慕う男と、自分を絶望の淵から救い出してくれたその妻がいたからなのは分かっており、今日もまた力を貰ったが、それゆえに、母に見習うわけではないものの、松本に顔を出すのはこれを最後にしようと彼女は決心した。幹太というよりも、自分自身が励まされている。

（なんとか生きてこられたうえは、やはり次に向かいたい。私だって四十歳を超えたばかりだ。そのためには、断ち切らなければならないものがある。親子をむりむり括りつけあってきた縛りをほどこう。どうしても松本を訪ねなければならなかったわけではないが、まるで手招きされたように来て、この女《ひと》から、あんな話を聞けた。幹太も二十歳《はたち》を過ぎたし、駒ヶ根から追い出そう。それが幹太のためだし、なにより私も、これからの人生は、自分のために生きたい）

彼女が何回も頭を下げながら、名残惜しげに帰っていくのを見送ってから、居間に戻ると、すぐに春子は辰夫に頭を下げた。

「お父さん、私の考え違いでした。どこに家を建てるかはお任せします」

旭町中学から下校していた杉恵が、先日来の夫に抗する姿を一変させた、あまりに従順な母の姿に目を見張った。

辰夫は、コツコツと貯めてきた銀行預金を下ろした。それがいかほどのものであったのか、春子は知らないし興味もなかった。金銭の苦労をした経験を持たない彼女は、月々に夫から手渡される給与の範囲でやりくりしていたから、切り盛り上手な主婦だと自負していて、将来に備えて少しでも残そうという気持ちからは縁遠いのを、辰夫は分かっていたし、そんなおおらかさが妻の長所だと受け止めていた。

　春子が自分の妻になってくれたことに、辰夫は感謝の気持ちを忘れていない。

　母親に説得されたものの、幹太が訪ねてくることはなかったが、それからは時おり思いついたように手紙が届くようになり、冬に大陸から吹きくる風に乗ったかに、駒ヶ根から飯田へ、さらに天竜川に沿って東に住所が移っていき、県境を越して、遠州灘の浜松に至ってようやく落ち着く。

　辰夫が東京勤務になったこともあり、幹太が二人と再会するのは、ずっと先になる。

三　杉恵

1　遠きにありしもの

他愛なげに調和している三代の女たちのなかには、赤子《あかご》もいる。ガラス戸を透かして届く陽光が日だまりをつくり、均衡したぬくもりが、ゆったりと春子の居間を包みこんでいた。幼子が中心に坐せば、戯れあいも和やかになる。春子も、すでに祖母。

数十年ぶりの東京での生活は、夫を中心とした家族の仕組みが、松本からほぼそのまま移っただけで、家族の形を崩してまで追いかける夢など、もはやなかった。だいいち、東京はその姿をまったく変えていて、戦災で灰燼《かいじん》に帰し、焼け跡から復活した街には、彼女が学生として過ごしたころの面影は残っていたとしても、点在しているだけで、別の都市になっていた。東京タワーに娘たちと上った展望台から見下ろしてみて、数十年前の景色と比べて俯瞰《ふかん》したのでなくとも、別のところに足を踏み入れたのを実感させられ、この高みは、過去との決別を確かめさせるための装置のように思えてしまった。乙女となった娘たちは、自分のそのころの姿とはかけ離れて、屈託なく華やいでいる。

〝夢〟をかざすには、なによりも歳をとり、経験を積みすぎていた。〝青春〟とは心の持ちようだと言った人もいたが、そう言ってみたいのは分かるものの、遠い夢を描けるのは、赤子が努力しなくても眠れるのと同じく、やはり若い人たちの特権で、知らないことが多い娘たちのもの。夢に手を伸ばせもしなかった時代への回帰は、時おり独り夢想して楽しむだけで、無念な思いはいつのまにか畳みこまれていく。

それに、足取り軽く上京したものの、記憶のなかでさえ戻るのを拒絶され、足を運べない場所がいくつかあるのにも気がついたのである。友人たちの姿がよみがえりそうな、あのキャンパスだけでなく、戦争の悲惨を想起させるところがいくつもあった。末娘の音子にねだられたものの、連れて行くことを拒んだ上野動物園もそのひとつだった。彼女の眼前で鼻を左右に愛嬌を振りまいていた象たちが、後に餓死させられたことを聞いていたからだ。与えられても毒餌は吐き出し、教えられたあらゆる芸を披露して、生きんと餌を哀願し続けながら、ついには力尽きて崩れた空腹の巨体。愛読した『旧約聖書』のなかでも、すべての生き物の命脈《めいみゃく》をつなごうと努めた、〝ノアの方舟《はこぶね》〟の話が好きだった春子は、同じ時代に生きた者として、罪深さにおののくとともに、救う方策を模索して助命を探る動物園に、戦時の時局を楯《たて》に取り、敢えて残酷な殺戮《さつりく》方法を命じた者を（サタンのごとし）と怨《うら》んだ。

音子に甘えられた杉恵と姉妹二人が、上野動物園に行くのは見送ったものの、道中なにかを推量しあったようで、戻ってきた娘たちは、楽しさを伝える笑顔だけを返してきた。

(娘たちが、花となって咲いていってくれたらいい。羨ましいけれど、仕方がない。青春へ戻れるわけがないなら、むしろ遠くにおいておくだけ。それでいい)

だから、何年も過ごした東京から、夫の転勤に従って松本へ戻るのも、春の小川が運んできた花の景色に、自分も点景の一片《ひとひら》となってさらさらと流されていくだけのようであり、かすかな期待もあった東京への転出の時とは比べようもないほど、肩から力が抜けていた。むしろ、落ち着くところへ戻れる安堵感さえあった。

「そうでなくとも手狭なところに、いくら可愛い姪とはいえ、子連れでおしかけられてきて、大変よ。ねえ、お姉さん」

杉恵が嬉しそうに、二歳になった姪の相手をしながら、姉の優香をからかった。

「二十歳を過ぎて、勤めもしていたのだから、あなたも東京にいたらよかったのに。音子は一人で東京に残っているというのに、いつまでも乳離れしない人がいて困ったこと」

「結婚して姓が変わった人にそんな言い方されたくはないわね。私は今でも内山杉恵。お忘れなきように」

「そんなに内山がいいのなら、ずっと内山でいたら。それに私たちは、もうすぐ愛の巣に戻るし、孫を身近で面倒みられる楽しみをお母さんに提供でき、親孝行みたいなもの。そうそう、思い出したけれど、あなたのうんちもこんなだったのよ」

おむつを顔に近づけられて、杉恵があかんべいをした。

「相変わらず、仲良しだこと。なによりね」

さっぱりとして機嫌をよくした孫を受け取ると、春子が嬉しそうに頰ずりをした。

「お母ちゃん、抱っこ」

優香の長女は、手のひらを返したように、かまってくれていた杉恵に背を向けて、母親のところに急いでかけよっていって抱きついた。


杉恵が、東京都内と埼玉県を横刺しする西武線沿線の都立高校を優秀な成績で卒業し、宝くじを発行していた都銀の本店に就職して五年目を迎える春に、勤めていた巣鴨《すがも》プリズンの閉鎖もあって、父が八年ぶりに、東京から松本の少年刑務所に課長の辞令を受けて戻っていたのである。この転勤の話はかなり前から内示されていたので、あの大家に腕利きの大工の棟梁を紹介してもらい、思い切って家の新築に着手し、完成してから半年が経っている。東京へ転出する前に、土地は少年刑務所から自転車でも通える、ぽつぽつと家が建ち始めた丘の中腹に確保していた。少し上れば、昔は結氷して学生たちが競技スケートの訓練をしていたという六助池で、田圃が広がる松本市の郊外である。市街から外れていたものの少年刑務所には通いやすく、松本城の周辺に集まっている、大きな会社の支店や役所に通勤するにはいささか難儀でも、バスも走り始めた宅地としては廉価で入手できた。春子は初め、すでに活気を取り戻していた町中に近いところを切望したが、貯蓄の額をにらみ、家政に責任を負う一家の主として辰夫が決め、妻が従った。

優香は、父親がまだ松本にいる間に、春子が才媛として語り継がれていた松本の女子高を並の成績で卒業し、東京で病院勤めをしている叔父の紹介で松本駅近くの大きな私立病院の事務局に職を求め、父親の転勤にはついていかなかった。一家が松本に戻る五年前に同じ病院の医者と結婚をし、たまたま第二子の出産で、新築なったばかりの実家に戻り、春子の手を煩わせていたのである。

このとき三女の音子はまだ東京にいた。彼女は学業成績が特段に優れていたわけではなく、母の春子どころか姉の杉恵にも及ばなかったものの、好奇心だけは人一倍で、このころ流行り始めていた女子短期大学へ進学していた。

「よくできた杉恵が進学せずに就職したのに、姉妹のうち音子だけというのはねえ」

母の春子は、自分の人生に照らし合わせて、娘たちの学校教育にはあまり熱心ではなく、強く反対したわけでもないが首を傾げた。大学に行ったりするのが無駄であったり、ときには足《あし》枷《かせ》になることすらあるのに痛い思いをしてきた。彼女が育った環境ほどには豊かでもないのに、無理をすることはないと考えていた。

「お母さんが才媛中の才媛だったというのは、お父さんから耳にタコが出来るほど聞いているし、お母さんの気持ちも分かるけれど、時代が違うのよ。私を気にしてくれるのは嬉しいけれど、かえって迷惑かもしれない。私は進学したいのを諦めたわけではないし、自力で稼いで好きなことをしたいと思って、早く社会に出るのを選択しただけ。音子がアルバイトで学費をなんとかすると言っているのは、あの子らしいその場しのぎで、眉唾《まゆつば》のようには思うけれど、希望を聞いてやったらどうかしら」

妹の末っ子らしい気儘《きまま》さに、杉恵は幼いころから慣らされていたうえに、姉の優香は歳が離れていることもあって、長ずるにつれてマイペースになっていくのとは逆に、音子の世話をやくのは自分の役割と割り切っていた。音子もすぐ上の姉には、手をつないで小学校に通ったころから頼りきり、時には母親にもまして甘えていた。

「音子は小さなころからちゃっかりしていたから」

「ちゃっかりは、しっかりでもあるから、大丈夫よ」

「あなたがそう言うなら、私が反対するわけにはいかないわね。いずれにしても、お父さんの判断に委ねましょうか」

日ごろから家族の考えを尊重していて、法を順守し、他人に迷惑をかけないのを条件に、行動もできるだけ黙認したいとしている辰夫から、否の返事はなかった。

「お母さんや杉恵がいいのなら、そうしようか。まあ、なんとかなるだろう」

認めてくれた父の転勤が、思ったより早まったのは計算外であったものの、病院を退職していた春子の叔父夫婦が、音子を心よく受け入れてくれた。

「春子ちゃんと一緒に暮らした日々が思い出されて、急に若返った気がするわ」

そう言われてみると、春子にしても、青春時代の忘れ物を娘が取り返してくれるかに思え、羨ましくなってしまった。

「お母さんも音子と一緒に東京に残りたいんじゃないの」

気配りに抜けがない娘に冷やかされると、

「ばれてしまったか。ご明察」と、首をすくめながら舌を出してみせた。

杉恵は妹も気になったものの、結婚するまでは母の近くで暮らしたかったので辞表を準備しかけたところ、幸い人事部門に所属していたこともあって、上司が、松本支店が女子行員の補充を図っているからと引き留め、異動を取り計らってくれた。異動といっても、女性に転勤はなかったから、いったん退職して、松本支店であらためて中途採用される形となったが、就職先を新たに探す手間を考えれば、そんな形ばかりのことはどうでもよかった。それに松本支店には、杉恵がひそかに再会を楽しみにしていた同僚がいて、彼女との交流を深められる可能性がでてきたのは望外のことであった。自宅から市街へのバス通勤の煩わしさだけが、頭痛の種として残されたのはやむをえない。

新しい勤務先となった松本支店は、支店とはいえ重厚な石造りで、大きさを別にすれば、松本城脇にあった近くの日本銀行の松本支店にも、貫禄では見劣りしていなかった。ところが、この建物でさえ揺れたのである。松代群発地震というのが六年前から起きていて、すでに前年には収束していたが、これとは別に、日本全国どこでも発生する小さな地震の揺れが感じられた。杉恵も群発地震のニュースは耳にしていたので、当初は余震かと驚いたものの、松本支店で勤務してきた同僚の女子行員たちが何事もないように気にする様子がなかったから、彼女もすぐに東京と同じだと平気になる。杉恵より先に東京郊外の支店から松本支店勤務となっていた副支店長だけが、揺れともいえないものにもいつまでも反応して、小さな震動にさえ、頑丈にできている金庫室の前で慌てふためいているのが滑稽で、彼女も仲間の女子行員と一緒に陰に隠れてからかうようになる。

この地震の話題は、父の辰夫に、桐分校設立の頃に親しく付き合っていた百瀬と、松本城を仰ぎながら交わした会話や情景を思い出させることになった。百瀬は、安曇野のある高校の校長となっていたが、松本から大糸線で通える位置にあったので、教会で再会した機会に、珍しく辰夫が声をかけて誘い出した。

「自動車の振動なんかの影響を避けて、眠っていた地下壕に気象庁が目をつけて、松代に地震観測の拠点を置いたというのは、できすぎた話になりましたな。佐久間象山もその先見の明には脱帽しているかもしれませんぞ」

「私も松本に戻るまでは、テレビのニュース報道で知るだけとはいえびっくりしていましたが、すでに収束したということで、実感できずに残念なくらいですよ」

「象山先生がからかっていたのかな。口を拭《ぬぐ》うだけで、決着をつけずに頬被《ほおかぶ》りなんて、どこかで必ず綻《ほころ》んでしまう。きちんと弔わなければ、地下の大鯰《おおなまず》だって化けても出るでしょう」

あまり酒とは縁がなかった二人だが、初老となって、心許せる相手と盃を傾け、ほろ酔い気分になって冗談を言い合えるのは楽しく、それからはちょくちょく週末の夜に顔を合わせるようになった。店は決まっていて、松本城の近くで古くから商売をしている〝しづか〟という割烹料理屋で、座敷には上がらず、年季の入った重厚なテーブルを挟んで木製のがっしりした作りの椅子に腰を下ろした。ゆとりをもって配置されていたので、よほどの大声でなければ、隣の席に話し声が届きはしない。

辰夫が初めて海から遠い長野県を離れて懐かしかったのは、山の産物よりもむしろ海のものであり、しばらくの間はいつも同じような肴《さかな》を注文した。〝しづか〟では、真鱈《まだら》の煮つけを好んだ。腹を裂き、内臓を外して開き、カチカチになるまで天日干《てんぴぼ》しした大ぶりの干鱈を、六、七センチメートル四方ほどに切って、これを水で戻したうえで、その汁に薄味の醤油や味醂を加えて煮たこの地方の味である。水にはつけず炙《あぶ》ってから、硬さが残る鼈甲《べっこう》色の身を裂いてそのまま噛みしめても、魚に沁《し》みこんでいた塩味が白米の旨味を引き出すようで、東京転出の前には食卓によく登場した。ところが東京にはこれがなく、たまたま上野に出向いた際の帰宅時に、近くのアメ横をひやかしていると、干物店の店先の鴨居から真鱈が吊るされたのを見つけ、喜びのあまり、やや小ぶりで高額なのにもかかわらず、彼にしては珍しく財布の紐を緩《ゆる》めた。

「どうしたのですか、大騒ぎして。まるで子どもみたいに」

玄関先で、後ろ手になにかを隠し、無邪気にはしゃいでいる夫に、春子は苦笑いするしかなかった。

「真鱈。真鱈を買ってきた。真鱈だよ」

その夕餉には、娘たちが目にしたこともないほど自慢げな父の姿があった。

定番の野沢菜の漬物も懐かしかった。戻ってすぐの季節には一冬越したものしかなかったものの、緑が色落ちした古漬け特有のちょっとした酸味が、かえって味わい深く、地元の清酒や仕上げの茶漬けにはよく合った。松本に戻った翌年からは、春子の実家代わりになっている、新婚時代を過ごした農家が、東京へ転出する前と同様に、彼女が菜洗いを手伝うのに応えて、小ぶりの樽に漬け込んだ野沢菜漬けを譲ってくれた。

「〝うとぶき〟なんかも懐かしかったのじゃないですか。山菜の王様。もっとも王様だと主張される食べ物は沢山あるようですがね」

この地方でもやや北のアルプス山麓《さんろく》に植生《しょくせい》する山菜だけに、松本では手に入りにくかったが、それでも辰夫は何度か食べたことがあった。

「桐分校の生徒たちの見聞を広げさせようという校外授業で、大町山岳博物館から木崎湖《きざきこ》までの見学旅行がありましてね、その下見に私も参加した機会に食べたのが初めてでした。しゃきしゃきと歯ごたえあるおひたしに、醤油と削り節をかけただけのものでしたが、美味しかったですね。すっかり忘れていたのに思い出してしまいましたよ。松本では入手しにくいのを知っているのに、百瀬さんは案外意地悪ですな」

「いやいや。安曇野でも北の方が手に入りやすいから、なんとかしますよ。それにしても木崎湖までとは、ずいぶん思い切ったことをしていたものですな」

「ええ。もっとも旭町中学校の本校でも美術を担当していた先生なんか、分校の生徒を刑務所から連れ出して、野外写生までさせていましたよ。放牧に近い状態でも、誰も逃げたりしなかった。そういうものなのでしょうね。この先生は、野球の審判の資格を持っていて、美術の授業時間中にソフトボールを男子生徒にさせるような変わり者だったと、教え子でもある次女が陰口をたたいていましたが」

「そのくらいでないと、少年囚たちを信服させられないのかもしれませんね」

「もっとも、二科展に入選したりして、絵画の技量はその娘でさえ評価していましたし、桐分校の生徒にも応募させていました。確か、入選した者もいたのじゃないかな。彼らの絵はやや暗い印象だと、娘は生意気なことまで言っていましたが」

真鱈にはありつけた辰夫にしても、烏賊《いか》の内臓を取り出してボイルする、信州特有の保存食は懐かしがるだけであった。生姜《しょうが》醤油で食べる皮つきのまま煮た〝煮イカ〟や、皮を剝《は》ぎ塩茹《ゆ》でしたうえで、さらに粗塩漬けにする〝塩イカ〟は、東京のどこを探しても見つけられなかった。新築なった松本の自宅で、農家の出身者としては珍しく漬物を自ら仕込む習慣がなかった春子が、その代わりにと、塩イカと刻んだ胡瓜とを和《あ》えてくれたときには、胡瓜が吸った海の味を噛みしめ、情けないとは思いつつもジーンとなってしまったほどだ。

「相変わらずですな」

いくら冷やかされても、これらの肴を前にすると、涎《よだれ》がこぼれそうになってしまう。

「それはそうと、もう四年近くになりますか、夏山の遭難事故には、お悔やみを申し上げます。馴染み深い高校だけに、東京で悲報に接して……」

夏休みの最中に、百瀬の母校であり、彼が数年前まで社会科の教員や教頭をしていた高校の学生たち四十八人が、学校の夏季行事で北アルプスを縦走中に、西穂高岳で落雷を受けて、このうちの十二人が感電死するという事故が起きた。

「ええ。引率責任者だった同僚の姿は、見るのがつらかった。日ごろは明るく強気な人物だっただけに、落ち込みとの落差が大きくて、私も俯くだけで声をかけるのもはばかられるようでしたよ。彼の人生で悔いても悔いきれない、痛惜となる一事。そんな避けようもない苦しみが突然出来《しゅったい》してしまう。人間の祈りなんて空しく積み重ねられるしかないのかと、あらためて思い知らされました。それでも、祈るよりないのですが」

「若い人たちだけに……」

「そう、進学校ということで、親御さんたちがその将来を期待していたお子さんたちだったから、言葉で責められた場面も推測できるし、実際、胸を刺す怒りに直面せざるをえなかったようです。私は、裏方で各所との連絡を委ねられて走り回る役割を任され、全体の暗い空気をなんとか支えるだけでしたが、戦争責任に口をつぐんでいられるような連中とは違って、彼が負ったものはあまりに重すぎる」

　避けておくべき話題に迂闊にも言及してしまった配慮のなさを、辰夫は後悔し、酌《しゃく》はしない約束になっていたが、この時は徳利を差し出して、詫びを形で示した。百瀬もなにも言わずに盃に酒を受け、一気に飲み干した。

2 出会いと出立

杉恵が松本に戻るまでの仕上げとなった仕事は、日比谷公園に隣接した銀行本店の人事部が実施する、女子行員研修のサポートであった。

その本店から東海道線や山手線などがひっきりなしに通過するガードを潜《くぐ》ると、至近の銀座にあった研修施設に、全国の支店から、おおむね高校を卒業して入行した者は三年、短大の卒業者は二年を経過した二十名余りの女子行員たちが、年次計画にそって集められてくる。女性対象の社内研修会としてはこれが唯一のころで、業務スキルの向上を図るというよりも、マンネリにおちいりがちな業務への馴れに刺激を与え、各支店の中核メンバーのモチベーションをあらためて高めるのを眼目としていたから、同年代の杉恵たちが張りついて、目配り、気配りに励んでいた。

宿舎は都内目黒区の碑文谷《ひもんや》にあったので、二泊三日の研修は、ここから中央区の銀座まで通勤することになる。初日は、初めて会った研修仲間が恐る恐る周りの動向に合わせて、真っすぐ宿泊施設に戻り大人しくしていたものの、各地から集められた二十歳を過ぎたばかりの女性たちが、いつまでも猫をかぶっているわけがない。

二日目の研修では、本店見学やチームに分かれてのロールプレイがあったりして、すぐに親しく言葉を交わせる相手ができていく。夕食時間が定められていたから、銀座の空気を三々五々吸った後は宿舎に戻ったものの、食後は二人で一室に割り振られた部屋に集まってはしゃいでいるところであった。四、五人の騒々しい談笑に加わらず、部屋の端で文机に向かっていた一人から声がかかった。

「皆さん、明日の予習はお済みですの」

不意に袈裟懸《けさがけ》をあびたように彼女たちの会話が止まり、互いに顔を見合わせてから声の方に目をやると、すでにテキストに視線を落としていた。目配せしあい、気まずい空気を残したまま、声もなく手のひらだけを振りあって、それぞれの部屋に散っていった。

「余計なことを言ってしまいまして」

その時になって、悪びれた様子も見せずに、残された同室の一人を振り向いた。

「いいえ、お騒がせして、大切な予習の邪魔をして済みませんでした」

精一杯の嫌味を含んだ一言にも、気にするふうもなく、にこりと応じて再び背を向けた。

翌朝の研修会場は、この話題で持ちきりであった。彼女に非難の視線を向ける者もいたが、痛快そうに頷く研修生も少なくなかった。迷惑に感じながらも辛抱していた者たちは、その女性の顔つきを心に刻み、耐えていただけなのを反省した。

「昨夜は、声をかけてくれて有難うございました。お陰で今日の予習ができて、これでひと安心」

　研修生の中でとびぬけての美人が、研修会が始まる前に、中林八重子の名札を胸につけている彼女のところに寄ってきて、素直に感謝の気持ちを示した。朝から彼女の言動が噂に上っているのは分かっていて、気にしまいと思いつつも、多少は構えていたところだったので、おっとりとした美貌につい引きずり込まれ、これに応えた。

「私は松本支店からですが、どちらからお見えですか」

「岡山支店です。大阪で新幹線に乗り換えてきました。大阪までは西への新幹線が工事中で、やはり東京は遠かったですよ」

「それはご苦労様でした。最終日ですから頑張りましょう」

「ええ。有難う」

　昼休みに、お互いの連絡情報を交換しあい、後にこの女性が結婚した政府系の金融機関に勤める男が、たまたま松本に転勤した時期もあり、また東京へ異動した際には奇しくも住居が近く、すれ違いや再会を何度か繰り返しながら長く友情が続いていくことになる。この研修会での好印象に引きずられ、日本画を趣味とする彼女から、結婚祝いとして贈られたザクロを描いた自筆画は、引っ越しの都度、新しい居間の主役になっている。相手に応じてしかるべき愛想は忘れないが、生意気で嫌な女と思われるのも、避けえないなら敢えて厭わぬのを八重子は自覚していた。そんな彼女に、この絵はザクロの豊潤さを示し、〝自省〟を柔らかく諭してくるかで、いつまでも外せていない。

それぞれの支店から選抜されて送り込まれていたので、支店長からわざわざ一声かけられてきた者たちは、都会の誘惑に負けそうになりながらも、真摯に研修に取り組んでいたのである。近郊の県や東京都内の支店から来た女子行員たちは、気分転換の遊び気分が横溢していて、交通費の多寡が両者を分けがちであった。

杉恵は、この噂の主に強く興味を抱いた。特段に目立とうともせず、むしろ研修の空気に溶け込もうとして坦々と参加している姿勢は、主催者側として好感をもてるものであった。化粧も薄く、髪を短めに切り揃えた黒目勝ちの小柄な女性は、負けん気が勝《まさ》った、いかにも田舎の優等生のように見えた。そうではあっても、彼女が浮かべるえくぼが、似た年頃なのに愛くるしくも思えて話をしてみたかったが、女性だけの研修会で誰かに目をかけているように思われたら、場の空気が崩れてしまうのもよく分かっていた。

この松本支店から派遣されてきていた女性の出身高校は、杉恵が松本にいたら目指したかった学校で、しばらく忘れていた校名だったが、銀行に入行した二年目の夏に、彼女の後輩たちが北アルプスで雷に打たれて遭難したニュースが大きく報道され、あらためて懐かしく思い出していた。あらかじめ参加者の名簿を確かめて、研修前から気になっていた上に痛快な武勇談が加わり、さらに印象づけられてしまう。

杉恵が松本支店で勤務するのが決まり、同じ職場で働くのを楽しみにしていたところ、勤務した初日に八重子の方から近寄ってきた。

「昨年の研修会では大変お世話になり、有難うございました。今後ともよろしくお願いいたします」

「こちらこそ、いろいろ教えてください。同じような歳ですし、私はこちらでは新人でもありますから、堅苦しいのはやめて仲良くしてください」

「内山さんは旭町中学の出身だそうですが、高校で親しかった旭町卒業の同級生から、それまでまったく知らなかった桐分校の存在まで、中学時代の様子をなにやかやと聞いていて、それだけに親しみが感じられてしまい」

「私の父は、桐分校の開設当時も少年刑務所に勤務していたから、桐の名前を耳にすると、当時の思い出までよみがえって、ようやく松本に帰ってきたなって実感しています」

「余計なことに触れてしまいましたか」

「その逆ですから、気にしないでね」

「あの研修会の場では、あなたが松本出身だとはまったく知らず、内山さんのほうは分かっていたでしょうから、教えてくれたらよかったのにと思いもしましたが、そうはいかなかったのですよね」

「有難う。そのとおりなの」

やはり、女性同士の煩わしい気遣いが無用に思える相手であった。

内山一家が松本での新しい生活に慣れ始めたころ、あの幹太が、角刈りに髪を短く調え、こざっぱりした姿を見せた。

「ご無沙汰をしてしまい、申し訳ありませんでした。見知った人もいる官舎もそうでしたが、東京までわざわざ押しかけるのもご迷惑かと思っていましたところ、転居先に戻られたと聞いてご挨拶に上がりました。もうほとぼりを覚めさせてもらおうかと思いまして。歳をくいましたから、名乗らなければ、誰も内山幹太だと分かりませんしね」

彼なりに情報網をもっているらしく、辰夫の転勤が早速に連絡されていた。

「先生も奥さんもお元気そうでなによりです」

両親のほかには杉恵しかいなかったので、お茶を運ぶと、ずいぶん昔に母の手を握り涙ぐんでいた青年の大人の男になった姿があった。挨拶をすると、頭を下げた幹太の左手の小指の先がないのが目に入ってきて、思わずドキリとしてしまい、急いで退散するのを幹太が寂しそうに見送った。

「こんなことになってしまい」

短くなった指を右手で隠しながら、視線を落とした。

「ともあれ、約束どおり罪を犯さずやってきたのだから」

こぼれそうになる溜息を呑み込んで、小さく表情を崩してみせた。

「落ち着いたのだろう」

「なんとか浜松で、女房がやっている小料理屋の手伝いをしています。あそこから先は海ですから、行きつくところまで行きついたということですか」

丁寧な言葉遣いには戸惑いもあったが、客商売でねられたのであろうと納得した。

「なんだ結婚したのか。それならそうと手紙で触れるくらいしてくれてもいいものを」

「祝言《しゅうげん》をあげたわけでもありませんし、籍を入れただけですから」

「なんて水臭い。でも、本当におめでとう」

春子が腰を深く折ると、ようやく嬉しそうに右手で頭をかいた。

「お母さんも喜んだでしょう。これでひと安心ですものね」

幹太が苦笑いしながら、二、三度首を振った。

「なんとも申し上げにくいのですが、実は、あちらが先でして」

「えっ」

二人ともに思わず驚いて口をあんぐりさせてしまっているのに、どう説明したらよいものかと困惑しながらも、自分の話とは違い、本気で照れて顔を赤くした。

「葉書が届いて、どうもそんなことらしい内容にびっくりして、悪い男に騙されているのだろうと戻ってみると、もう一緒に暮らしていましてね。カーッとしてしまい相手の胸倉《むなぐら》をつかんだら、女の力とは思えぬほどの勢いでお袋に顔を殴られてしまいましたよ。〝馬鹿野郎〟って。あんな剣幕のお袋は初めて」

彼女が勤めていた〝養命酒〟の工場の設備保守を担当している男で、妻と死別して子どももいない男やもめだという。髪の毛が薄いせいかやや老けてみえたが、母親よりは若いと言われれば、それなりの肌艶《はだつや》を残している。人柄もよさそうに思えたので、平身低頭して謝罪したうえで彼女の後事《こうじ》を託したところ、

「お婆ちゃんの面倒もよくみてくれてね」

嬉しそうに男の顔を仰ぎながら身を寄せたので、

「馬鹿馬鹿しくなってすぐに浜松に戻りましたよ。歳を忘れて、困ったものです」

「お母さんはもともと綺麗な女性《ひと》だったから、男の人からほうっておかれなかったのでしょう。なにか私もほっとした。これまで辛い思いを重ねてきたのだから、いっぱい幸せになってもらわなければ。本当に、本当によかった」

春子の体からすーっと力が抜けていく気配に、幹太は握りこぶしを膝に置いて頭を深く垂れ、思い直したように顔をあげて微笑みで応えた。

「そうですね。それに婆ちゃんが老け込んで、〝娘を二人産んだ〟なんてわけのわからないことまで言うようになっているだけに、お袋の負担が少しでも軽くなって、確かによかったと思っています」

その話はまた、春子をしんみりとさせた。〝その噂話〟のなかに、浅間や諏訪の温泉の女性の影が紛れ込んでいて、幹太の祖母の話を聞いてから、漠然と彼女の心の隅で宙ぶらりんとなっていた回線が、このとき、かっちりとつながったように思えたのである。

(おそらくは、私の出生と無縁の話ではない)

ただ、それだけで、なにも確かめる気にはならなかった。

(自分の人生とて、すべて読み解けるわけがない。知らぬこと、分からぬことは、曖昧なままにしておいたほうが、よい。知ってしまえば、存外つまらない気がする。なにより、母さんは一人しかいないのだし)

幹太の去り際に、所長のところへ走って祝儀袋を二枚借りてきて、春子がへそくりからはずんだ祝い金を包んだ。

「ひとつは、お母さんに渡して。〝おめでとう、幸せになってね〟って」

数日後、妻の代筆をしたという、幹太の母が再婚したという男から礼状が届いた。

これで、春子はひとつの区切りをつけたように思え、この後は幹太やその母親の話が疎《うと》ましくなり、時おり親子の様子を気にかけて夫が話題にあげても、気のない返事をするばかりで、彼女の関心から外れていく。

(神の御心は、ここまで。求めすぎては、ならない)

辰夫が、妻の心境の変化に気がつくことはなかった。

3　杉恵たちの恋

「運転手さん、そこのバス停の前で」

夜の帳《とばり》に包まれてはいても、複数の鉄路のターミナルとなっている松本駅からは、篠ノ井線や大糸線の列車が発着している時刻であり、新宿に向かう夜行列車の急行〝アルプス〟も入線してくるから、駅の照明は外まで漏れてくる。霧雨が煙《けぶ》っているせいか、駅広場には周縁の商店の明かりがいつになく頼りなげに届いてきて、それがかえってバス停横の街灯の存在を際立たせていた。吹きさらしの屋根の下で、手提げ鞄《かばん》を両手で前にぶら下げ、バスを待っている女性が独りで立っているのに気がついたらしく、後部座席で杉恵と身を寄せ合うように座ってい

た雄三が、その﨟《ろう》たけた風情におやという表情を浮かべ、一呼吸おいてから、

「ちょっと停めてくれるかね」

そろりとタクシーを発進させたばかりの運転手に声をかけた。

「知り合いを見つけちゃったから、浅間温泉まで送って、少しだけ回り道することになるけれど、いいよね」

この男にしては珍しい否応なしの言い方で同意を求めてきたので、杉恵は小さくこくりとした。会ったことはなかったが、相手が誰かはすぐに分かった。

（浅間温泉のお姉さん、に違いない）

このところ、銀行勤務を終えてから雄三とよく会っていた。今夜も、二人の仲を隠さなくてよくなっている、女将が一人で切り盛りしている女鳥羽川沿いのカウンターだけの赤提灯で飲んだ後、駅前でタクシーを拾うため、こちらもたまに顔を出す松本駅近くのスナックの薄暗いテーブル席で、流行りのチェリー・ブランデーを飲んで、ほろ酔い気分の杉恵は、六助の自宅まで送ってもらうところであった。少しだけしなだれかけようかと構えたところだったので、彼女としては断りたかったが、男がそれを察しながらも敢えてという女性は一人しかいない。

いったんタクシーから降りた雄三は、バス停まで小走りで向かって声をかけ、二言三言交わすと、すぐに女を連れてきて後部座席に座らせ、自分は前の席に移った。彼女が乗ると、杉恵

が嗅いだことのない香りがしてきたので、少しだけ窓際に腰をずらした。譲られたものと勘違いしたのか、女はできた隙間に鞄を置いた。

「浅間温泉で一人降ろしてから六助に回って」

旅館の名前も口にしていたが、杉恵の耳には届いてこないほどの小声であった。車が動き出すと、後ろを振り向いて、女たちの名前を紹介したものの、隣の女と男との関係をそれぞれに知っている二人は、相手を見ることもなく、いかにも気まずい表情で軽く頭を下げただけであった。

街中の明かりが減り、護国神社の鳥居に面した薄暗い道を走る間も、雄三は時おり後ろを向いて女になにか話しかけていたが、杉恵の記憶に残るような話題はほとんどなかった。

「雨の時くらいタクシーに乗ればいいじゃないかい」

「雄さんと違って、この程度の小雨では私には贅沢《ぜいたく》です」

男の名前をいかにも気安く親しげに口にしたのが、そのねっとりとした言い方とともに、先に同乗していた杉恵へのあてつけかと思えてしまったくらいか。二、三十分ほどのはずなのに、彼女には随分と長い重苦しい空気が車内を包んでいて、それは便乗した女も同様のようで、話しかけられても気のない返事を義理で返すだけであった。

「お先に」

降り際の女の一言も杉恵は気に入らなかった。なにが、お先なのか。まるで雄三とのことは、私が先よといわんばかりではないか。車を降りた雄三が女の肩に手を預け、拗《す》ね気味の表情をなだめているようなのにも気持ちが荒《すさ》む。

「兄さんも、大変だねえ」

後ろの席に座り直した雄三に、事情を察した運転手が、からかうのではなく、むしろ同情するかのように、前を向いたまま溜息まじりに声をかけた。杉恵はその一言で、もやもやしていた気分がいくらかは晴らされていくのがなんとなくおかしく、少しだけ窓を開けて香水の残り香をはらいながら、運転手に分からぬ程度に男の腿を左手の指先でつねった。無口になってしまった男の横顔をそっと盗み見すると、なぜか恋人の機嫌が直ったのが確かめられたようで、緊張が解けた疲労感を隠さず、呆けた表情を浮かべていた。

松本市内の高台にある城山《じょうやま》公園の花見で、初めて顔を合わせてからすでに一年は経っていた。杉恵たちの銀行と地元の信用組合との間で、同世代の行員同士の交流が継続してきていて、季節ごとに諏訪湖の花火見物、近くの高ボッチ高原へのハイキング、冬になれば大町スキー場でのスキーなど、十数人が集まる催しがもたれていた。この信用組合の取引先に鮮魚卸問屋があり、そこの三男で同じような年齢の雄三も仲間に加わっていたのである。

結婚を意識せざるをえない間柄になって、雄三からその女とのことは告げられていた。浅間温泉の旅館の女将の姪で、子どもがいなかった叔母から、娘代わりに後継も期待されていて、忙しい時季や大きな宴席でも入ると仲居の仕切り役として駆り出されているという。雄三とほぼ同年齢で、彼に言わせると、宴会の場から廊下の隅の人気のない薄暗い場所に誘い出され、「唇を奪われちゃってさ」と、つまらぬことはおどけた口調ではぐらかそうとする、いつもどおりの言い訳をした。いきさつの真偽など杉恵にとってはどうでもいいことで、なおも女の影が感じられるのが気に入らない。

女のほうにしても、旅館を引き継いで、誰かを養子に迎えるとして、好意を寄せた雄三はなにかと都合のよい相手であり、そうすんなりと手をきる気持ちにならなかった。別れたそうな話しぶりのなかで、相手が自分より若いと聞かされて、かえって見も知らぬ女への対抗心も生まれてきていた。

「もちろん、別れたよ」

雄三の言葉に嘘が混じっているのは、杉恵には分かっている。杉恵を本気で好きになっていて、浅間温泉のお姉さんと別れたがっているのに疑いはないが、そうすんなりと事が運んでいないのも察せられる。そのはっきりさせられないあたりが、雄三をほうっておけない気にさせる彼の優しさではあるものの、中途半端な状態のままでは親にも会わせられず、そうかといってせっつくのもプライドが許さず、杉恵はもやもやしていた。

「私にはよく分からない。内山さんの気持ちしだいじゃないの」

中林八重子に紹介して、結婚相手としてどんなものか意見を聞いたが、うすうす予想していたとおりの反応しかなかった。もっとも、親友に会わせることによって、気持ちを一歩前に動かそうとしたのが本意だったから、失望もしなかった。

「そうよね、中林さんは歳のわりには初心《うぶ》だから、男と女のことなんて分からないわよね」

プラトニックな恋愛はいざ知らず、杉恵が踏み越えた境界を八重子は渡ったことなどないだろうから、敢えてそこまで告白しないうえは、引くに引けない苦衷など分かろうはずはないと、微妙な優越感にくすぐられる。しかし、「よく分からない」と言った八重子の真意はそんなところになかった。彼女にしたら、杉恵が雄三に気持ちを傾斜させているのが不思議であり、いくら男前であっても、八重子の視野にはけっして入ってこない男を、しっかり者の杉恵が、結婚の相手として選んだのが解《げ》せなかっただけであった。

それに、表に出さないようにはしていたが、八重子とて魚なら婚姻色に色濃く染まる状態にあり、杉恵が思うほど男と無縁ではなかった。あの二年前の研修会が終わって、松本に向かう特急〝あずさ〟を待つわずかな時間に、八重子が見送りに来た青年と新宿駅近くの喫茶店で時間を過ごしていたとは、杉恵は考えてもいない。信用組合との交流に顔を出さないのも、そんなことに関心がないほど純情なのだろうと受け止めていた。確かに研修会があったころは、八重子は男と手を握ったことさえなかったものの、そんな距離が長く保ち続けられはしない。

　東京に出たかった彼女だったが、そうもいかない事情があって田舎に残ったとはいえ、年に二、三回は都会の空気を吸いに、数年前に運行が始まった〝あずさ〟に乗った。八重子の高校時代の親友が、春子が卒業し、戦後にお茶の水女子大学と校名を変えた大学に入学していたので、友人の茗荷谷《みょうがだに》の下宿に泊まりがてら上京し、寝具の端を借りていた。ただ、そのうちに東京で二泊したら、一泊は別のところに泊まるようになっていく。

　地下鉄東西線の早稲田駅で下車して、左手に夏目漱石生誕の碑をながめながら、喜久井《きくい》町のゆるやかな坂を上っていく途中に、その学生相手のアパートは建っていたので、乗り換えはあるものの、移動にそれほど時間はかからなかったし、新宿に出るにはまずまず便利であった。そこには、高校時代に彼女が属していた弓道部の一年先輩で、卒業したら結婚しようと暗黙のうちに了解しあっていた青年が住んでいた。

　外気が素通りする薄暗い廊下の両側には、鍵がかかる個室がハモニカのように並んでいて、突き当たりに共同のトイレがある殺風景な建物であった。それでも、扉を入ってすぐの裸電球がぶら下がった半畳にも至らぬ、床がコンクリートの空間には、ままごとのような流し台と都市ガスの小さな鉄製のコンロがあり、その先の和室には、寝具を畳んで収納できる押し入れがついていたから、当事の学生の住まいとしてはかなり恵まれたもの。

八重子が訪れるからそうするのか、茶殻《ちゃがら》を畳にまいて箒《ほうき》で掃き出し、清浄に保たれた四畳半が、常に彼女を迎え入れた。壁の書棚には小難しげな本が増え、徐々に隙間を埋めていくのも、彼女が憧れていた都会の知的な世界に誘《いざな》ってくれる。男の生家が松本からほど近い安曇野の農家であったから、上京する時に国鉄の別送荷物としてチッキで送る米を命綱に、奨学金をあてに切り詰めた生活をしながらも、本の購入や読書に勤《いそ》しんでいるのが、彼女の張り合いでもあった。

八重子は運動神経に自信がなく、それでも運動部に入りたいと考えていたなかで、弓道は手ごろに思えて入部したものの、初段に到達するのにてこずっていただけに、すでに二段を取得し、部長として威厳を感じさせる男には敬意を表することになった。その相手から好意を示す言葉をかけられ、舞い上がってしまったあたりは、杉恵の見立てたとおりの純情さであった。ただし、わが身のことになると危ういものであったが、傍観できる雄三に対しては冷静に評価できていた。

もっとも杉恵にしても、後に紹介された八重子の相手である西澤に対しては、甘い見方をしていない。学生の上滑りした社会への考え方も気になるし、自分の父親と比べるまでもなく、偉そうにしている不遜《ふそん》な男のように思えた。八重子の選択には首を傾げたから、どっちもどっちだったのである。

しかし、二人ともにそれぞれの相手と結婚した。

八重子は、高校を卒業した後も弓道を続け、銀行勤務からの帰りに、松本城近くの市営弓道場に通って稽古に励み、若い女性が珍しかったので年寄りたちに可愛がられて、懇切丁寧な指導を受け、弓道の段位取得に必要で、彼女が得意としていた筆記試験でも点数を稼ぎ、なんとか二段にまでこぎつけると、弓道からはきっぱりと足を洗った。

「中林さんらしいわね」

杉恵は、雄三とちょくちょく足を運び、八重子も知っていた飲み屋に誘い、彼女が結婚する前に、大学では弓道から手を引いていた恋人の段位に並んだのに敬服した。

「けじめをつけておこうと思っただけ。私の短所かもしれないけれど」

杉恵は、忘れていた碑文谷の宿舎の一件が思い出され、雄三との恋愛沙汰に夢中になっている間に、親友が先に進んでしまったような苦い思いも噛みしめた。

八重子は、大学を卒業した西澤が、社会人として一年経つころに、杉恵はそのちょっと前に結婚した。タクシーに同乗したあの夜から、浅間温泉のお姉さんが雄三から離れていったのが感じられた。

（この男は、あんな小便臭いような小娘と競い合うほどの相手ではない）

杉恵と一緒のタクシーに乗って日をおかずして、切羽詰まった雄三が、別れたいと両手を畳に着いたので、深追いするのが馬鹿馬鹿しくなってしまい鷹揚に笑みで応えた。

(きっと、わあわあ泣きつかれ、窮地におちいったのでしょう。受け身でしか物事を決められない、つまらない男だこと)

今は手伝いとはいえ商売柄、色恋の修羅場《しゅらば》が双方にとって、なんの得にもならないのは分かっていた。それに男は、自分が継ぐことになろう叔母の旅館の客筋でもあるからなおさらだ。判断はひとつだったから、すぐにうんとは言ったものの、自分を説き伏せるしばらくの時間は必要だった。隠れての涙も、あった。

そんなことはまったく意にも介さずに、杉恵たちは双方の親に紹介しあい、手順を踏んで結納を交わし、その半年後に松本駅近くの深志神社で幸せそうに結婚式を挙げた。

4 戦争の後景と割烹店

「お忙しいところ、神前《しんぜん》での結婚式に、無理をお願いして申し訳ありませんでした。そのうえ、心温まるご祝辞まで頂戴して、本当に有難うございました」

「いえいえ、お招きいただき、こちらこそお礼申し上げます。それにしても、和服姿の新郎新婦が内裏雛《だいりびな》のようにお似合いで、よいご縁をあらためてお祝い申し上げます。でも、堅苦しいのはここまでとしましょうよ」

「恐れ入ります」

深志神社の神前で三々九度の盃を交わした杉恵の結婚式には、百瀬にも出席してもらい、辰夫の上司にあたる少年刑務所長とともに、主賓格《しゅひん》で祝辞を述べてもらった。双方ともに友人たちよりも父親の関係者の方が多数を占め、主要な取引先まで声をかけたため、新郎側の出席者がはるかに多かった。それでも、新婦側も長く教壇に立ってきた百瀬の話しなれた挨拶もあって、決して引けめを感じるものではなかった。辰夫と春子夫妻にとって、披露宴など無縁であった本人たちの結婚の景色もさることながら、娘たち三人姉妹の中で、もっとも賑やかな結婚式となったが、これから始まる杉恵の生活がしがらみ多いものであるのを暗示もしていた。

数日後の土曜日に、辰夫がいつもの〝しづか〟に百瀬を誘い出して、御礼がてらと一席設けたのである。

「若者たちが暴走して、仲間の命を奪うといった暗い事件が重なっていただけに、若い男女が結びつく姿は、未来に希望を予感させるようで心浮くものがありますよ」

生きたくとも生きられない青年たちを見てきた百瀬には、ここ数年のあいだに繰り返された、連合赤軍事件やあさま山荘事件など、学生たちの死に急ぐような一連の暴発が、徒《いたずら》に死に向かっていったようで、惜しまれ、理解できないものであった。若者だけでなく、自衛隊に決起を促しつつも、本人が蹉跌《さてつ》を想定し、覚悟していたであろう三島由紀夫の割腹も腑に落ちていない。百瀬の教え子であり、特攻兵として沖縄近くで散った上原良治から、彼が三歳若いにすぎないだけに、もやもやした無念がなお消えていなかった。

「そうおっしゃっていただければ、なによりです。これで娘のうち二人が片付き、少し肩の荷を下ろしたところです」

「もうおひとりお嬢さんがいたのですよね」

「ええ、これも東京の短大を卒業したものの、一体どうなるものやらと心配していましたら、こちらに戻ってきて、なんとか働き口をみつけまして」

音子は、松本に戻り、地域新聞の記者兼雑用係としての職場に潜り込み、物おじしない性格が重宝がられている。

「百瀬さんがおっしゃられるとおりで、東京にいる頃には、三派全学連をはじめ、なんだか支離滅裂な分派抗争が法務省にとってもややこしい話題になっていましてね、ヘルメットも赤、白、青に黒までが加わり、さらに緑、黄から銀色までと賑やかなことでした」

「こちらで実感はできませんでしたが、青年たちの多彩な社会正義があったのですな」

「その多くが、法に背《そむ》く困った連中でしたがね」

「さて、それはどうですかね」

歳のせいか、近ごろの百瀬は、論争するのが面倒くさくなっている。辰夫の人柄や考え方は分かっているので、軽く主張するにとどめた。それで、双方の気持ちが収まる。

「法に従っていればそれだけでいいのかどうか。あれだけ悲惨な結果を招き寄せた太平洋戦争の開戦の詔勅《しょうちょく》だって、法に準拠していたのでしょう。すくなくとも当時の国内法にはね。だから、戦争に踏み切った内閣の主要閣僚だった人物が、戦争に負けての東京裁判で、A級戦犯の嫌疑から外れると、巣鴨拘置所から出てきて、改正された国内法によって総理大臣にまでなれた。そういえば、法務大臣になった人物もいたのでは」

百瀬の冷やかしには苦笑いしつつも、辰夫とて、軽く応じざるをえない。

「東京裁判の法的根拠に対する疑義は、当初から指摘されていましたしね。極東国際軍事裁判の名前のとおり、勝者による敗者に対する一方的な軍事裁判ですよ」

「だけど、あの判決が正義だとされ、裁く側で同調しなかったのは、インドのパール判事だけだし、日本人自身とても、弁護人たちを除いたら、表立って否定する声は当時あがらなかった。弁護団の中心的な人物の一人は、後に衆議院議長になっている。顔ぶれに多少の違いはあっても、舞台の袖で出を待っていた役者たちが、上手《かみて》から再び大見得を切って表舞台に顔を出してきたようで気に入らない。欠けているのは軍服姿ぐらいですかね」

「あの高々しいポツダム宣言を受諾させられ、敗北を認めざるをえなかった当時の日本が、勝者として乗り込んできた連合国に抗《あらが》うなど、どだい無理な話でしょう。占領下の裁判に正義などど期待できませんよ。現在の視点で東京裁判を洗い直してみる作業だって無駄ではないと思いますが、いかがですか。そんななかで、現在の日本がいかに民主的な法治国家になっているのかが分かるようにも」

「なるほど。開戦から敗戦に至る経緯に、自己弁護せずに厳しく向き合えるならですが」

間違いなくそうはならないと確信しているのを、首を振って示した。

「いずれにしても、大勢の戦犯たちの終焉《しゅうえん》の場となった巣鴨の閉幕に関わるといった、大変な時代を生きてきたうえに、先が見通せぬまま困惑するだけです」

「正も邪も紙一重で、それぞれが正義をかざしているから、確かに分かりにくい。同根なのに、思惑だけが違う、あるいはその逆もあったりして」

百瀬は同意した様子をみせて、話題を変えた。

「いずれにしても、若いというのは、平和な時代には羨ましいものだと思っていましたが、どこか無残でもありますな」

「確かに。でも、希望を運んでくれる青年もいましてね。新年度には、本人が手を挙げ、敢えて桐分校の教官として松本まで来てくれる新卒者がいるのですよ。これだけ好景気な今の時代、就職先などいくらでもあるでしょうに」

「世を照らす貧者《ひんじゃ》の一灯《いっとう》みたいな。偉いものだ」

「それはそうと、横井庄一さんにはびっくりしましたね。百瀬さんから何十年も前に聞いた話を思い出してしまいました」

「正直、私も驚きました。旧日本兵がグァム島のジャングルの中で生き延び、〝恥ずかしながら〟と帰国するとは思ってはいませんでした。あの当時は、そんなこともあろう程度でしたが、やはりいたのですな。恥ずかしながらと言わなければならないのは、もっと別の輩でしょうがね」

「おそらく、何千人もの兵士たちが、終戦後も帰国せぬままに生き、やがて異土に倒れていったのでしょうが、残酷なものです。横井さんのような人がまだいるのですかね」

「よもや、それはないでしょう」

その二年後、フィリピンのルパング島で小野田寛郎少尉が見つかり、戦争当時の上官の軍役《ぐんえき》解除の命令を受けてようやく帰国している。日を置かずして、百瀬からの誘いを受けて、辰夫は〝しづか〟に足を運んだ。小野田少尉が、特攻で命を落としたゆえに少尉から大尉に特進した、教え子の上原良治と同じ大正十一年（1922年）生まれであったことに、横井軍曹のときとは別の感懐が百瀬にはあった。

「上原は、戦わないのが正義と思いつつも、死を確約された軍機に乗った。小野田さんは、戦うのが正義と信じさせられ、存在しない敵に銃を構え続けた。彼らの一世代上の私たちは、何事もなかったように、ここで酒を飲んでいる」

多くを語らずに涙ぐみながら盃をあおり続け、初めて酩酊した姿を見せた。

百瀬はすでに高校長を退職し、その後就いていた県の教育委員の職も辞しており、辰夫もこの前年に退官していた。二人は、ごくたまに教会で会うことはあったが、〝しづか〟通いはこの夜が最後となった。

辰夫に代わるように、末娘の音子がこの店の暖簾《のれん》をくぐるようになっていく。通う時期が短い間だけ重なっていたが、鉢合わせすることはなかった。音子の方は平日が多く、予約して二階の個室の座敷に上がっていたので、よほどの偶然でもなければ親子が互いの姿に驚きあうことにはならない。双方とも、同じ店を贔屓《ひいき》にしているのは知らなかった。市の中心地にあって、手ごろな料金で適当な座敷がある割烹はあまりなかったものの、父親が顔を出すのを知っていたなら、音子は店を変えていたであろう。彼女は、日ごろの父の言動から、時おりにしても足を運ぶ飲み屋があろうとは考えてもいなかった。

「遅くなってしまい、ご免なさい」

店員に案内されて襖を開けると、若い男が床の間を背に文庫本を開いていた。音子が姿を現したので、いかにも嬉しそうに片手を上げて本を閉じた。

「まず、ビールでいいですか」

音子が頷くのを確かめてから、飲物の注文を受け戻ろうとしている、立ったままの店員にビールを頼んだ。

「山科《やましな》さん、前からお願いしているように、先に始めていてくれればいいのに。弔事の情報は不意に入ってくるし、地元の人の死亡記事はうちのような新聞の生命線みたいなもので、どうしても急いで出稿しなければならないから、その方が私も気が楽なの」

「せっかくだから、乾杯してからと思ってね。それほど待っていたわけでもなかったし」

律儀そうな笑顔を向けてきた。

山科とよばれた男は、音子に初めて会ったときからすぐに明らかな好意を示してきたが、多少は羽目を外すくらいの男のほうが面白かろうと考えていた彼女には、いささか物足りなくみえた。堅実そうなのが父親に似ているように思え、気に入らなかったのである。それも、姉たちの夫を見ているうちに、いかにも誠実な山科は、結婚するにはふさわしい相手だと思慮が働き、そうなるとおかしなもので、相手が示す控えめな誠意が、一打ずつゆっくり打たれる鐘の音のごとく心に沁みいってきて、これに反響するように、彼女も愛情めいた気持ちを抱くようになっていく。

山科は製紙会社の社員として、原料となる木材調達を図るべく、この地方でも林業を自社で経営できないか調査するため、三年前に松本に転勤してきて、営業所開設への道筋まで進めてきていた。地元産業の新しい可能性を模索する連載記事の取材を音子が担当する中で、二人は知り合った。商家に嫁ぎ、義父や義兄夫婦と同居している仲良しの姉である杉恵の苦労がなんとなく察せられていたので、生家が松本から遠い京都で、親子そろってサラリーマンの山科は、その点でも申し分ないように思えてきた。田舎の鬱陶しい人間関係からも距離をおけそうだ。営業所を立ち上げれば、遠からず人事異動で転出するのが予想されるから、山科は音子とのことをなんとか前に進めたかった。

「京都に一緒に行ってくれませんか」

この夜、銚子が何本かあいたところで、山科が頭を下げてきた。

「あら、なんのためにです」

「両親に紹介したい」

山科は、彼女は自分の気持ちを分かっていてくれると思っていたが、音子にしてみたら山科からプロポーズらしい表現を示されていない。それならそれで、聞きたい言葉がある。だから、首を傾げてみせた。

「結婚したい相手として、紹介したい」

「私をですか」

「もちろん。私の妻になってほしい。お願いします」

音子は、姿勢を正し深々と頭を下げてから、すがるように彼女を直視してきた真剣な表情に、不意に胸が熱くなってしまった。彼女に興味を示す男は多かったが、そこまでの視線を向けられたことはない。

「不束者《ふつつかもの》ですが、こちらこそ宜しくお願いします」

思わず答えてしまったのには彼女自身が驚いたが、山科は、思いもかけなかった音子の言葉に、彼女にもまして驚き、重ねて頭を下げた。

「念願がかないました。有難うございます」

六助の実家で音子の両親に挨拶した山科は、すぐに彼女を京都の生家に連れて行った。

南禅寺《なんぜんじ》近くの古い木造の、それでも玄関の扉や窓はアルミサッシュにリフォームした一戸建てに山科の両親は夫婦だけで住んでいて、二人いる兄たちは家庭をもって、大阪と神戸でサラリーマンをしているのは聞いていた。兄弟が三人とも京都大学を卒業しているというのは初めて聞かされた。山科自身については、本人がなぜか恥ずかしそうに話していたのを耳にしていたものの、あまり関心がなかったので、頭の隅に置きっぱなしになっていた。両親がそれを自慢にしていて、音子に彼女の父親や姉妹の学歴を訊ねてきた。

「そんなことは、どうでもいいでしょう」

山科は不愉快そうに反応したが、兄たちも同じ大学なら期待も分割され、しかも末っ子の分だけ薄まっていいようと頭の中ではじく余裕があった。それに音子は、問われたことが気にもならなかったし、なんら臆《おく》することもなく、ありのままに状況を伝えた。

「お姉さんは眼科のお医者さんの奥さんになっているの」

そこは感心しただけであったが、つけ足しのように訊ねてきた母については、予想もしていなかったようで、吃驚《びっくり》した表情を浮かべた。

「あの時代に、失礼だけど信州のような田舎からというのは、かなりの才媛で、ご実家もよほど裕福だったのでしょうね」

「さあ、どうなのでしょうか」

音子が山科の両親の問いに曖昧な反応しかできなかったのは、なにもとぼけたわけでなく、母親の実家についての知識が欠落していて、そうしかできなかったからで、彼女はいつもどおりの自然体でとおしただけであったが、小さく首をひねっただけの彼女は、控えめな女性と映ったらしく、好意にあふれた笑顔を向けられた。けれん味《み》のない素直さは持ち味であった。音子は、この二人とは気持ちを通じ合わせるのは難しいだろうと思ったものの、いつもの如才《じょさい》なさで、ほどほどには気に入られるように対応した。

母親の顔立ちを受け継ぎながらも、母ほどには美人でない姉たちとは違って、音子は、父親似でありながら、取材相手の男が口をあんぐりして見とれることもある容貌だった。ところが本人は、化粧というものに関心が薄く、顔も化粧水を軽くたたくくらいであり、一刷毛《ひとはけ》流れたような細めの眉や瞳のまわりも素のままで、なにも塗らずに、なにもつけない。軽くコーティングされただけの唇の赤みが、かえって肌のきめ細かい艶を際立たせているのが、姉たちにしてさえ妬《ねた》ましいほどであった。山科の両親は、彼女を目の当たりにして、息子がその美貌に生来の落ち着きを失ってしまったのかとまず懸念してしまったが、それだけでなく、なかなかのしっかり者であるのに胸を撫で下ろした。

「息子を宜しくお願いしますね」

「とんでもございません。足でまといにならないように一所懸命努めて参りますので、なにとぞお導きくださいますよう、お願い申し上げます」

あらかじめ準備してきた言葉に二人が満足するのは想定内だったものの、母親の学歴が役に立ったのには興ざめしてしまった。音子はそんな視座で母親をみたことはなかったからだが、父や長女の優香はそうでもなかったのを思い出した。母は若い日の話などほとんどしなかったので、自分は姉の杉恵とともに物事に執着しないこの性癖を受けついでいるのだろうと前から思っていた。山科の両親の反応にもしらけはしても、そんな人たちの方が多いのも分かっているから殊勝に応じた。

隣の様子をさぐると、あまりにもそつのない音子の対応に、山科が感心しきりなのに純朴さがはかられ、つまらぬことにこだわらない良い夫になるだろうと確信した。

5　商家での新婚生活

前日、築地で競り落とされた鮮魚は、仲買人を通じて前夜のうちに松本まで届けられる。桐分校が開校して二年後の昭和三十二年（１９５７年）に、大糸線が新潟県の糸魚川《いといがわ》まで通じてからは、日本海の水産物も集まってきて、早朝の魚問屋は市内や近郊の鮮魚の小売業者でごったがえす。注文品とは別に、大きな冷蔵庫から運び出され、氷が敷かれた木箱の上に並べられた色とりどりの魚介類は、時には奪い合いになりかねない。

「雄さん、頼んでおいた鮪のブロックが届いてないじゃないかい。今夜の宴会は大所帯《おおじょたい》で何日も前から頼まれているから、ないじゃやすまないだでね」

「分かっているって。こっち、こっち」

要領よく捌《さば》いているようで、時おりポカがでるのに杉恵はハラハラする。頼まれていた注文に応じられず、頭を下げる光景も目にしている。

「済まん。この借りは次に返すから」

「雄三、かってなことを言うのじゃないぞ」

喧騒を取り仕切っている義兄が、その後方では腕を組んで渋い顔をしている胡麻塩頭を気にして、注意をしてみせる。杉恵は落ち着かなくなり、その場の空気を和らげようとして、客たちに笑顔を振りまきながら声をかけて回る。帳場で金勘定を担当している義姉のところへ伝票を運ぶついでに、創業して一代でここまで商売を繁盛させてきた義父に笑顔を振り向けると、仕方なさそうに、こわばった表情をゆるめようと努力しているのが分かったので、つい本気で笑みがこぼれてしまう。

甘い新婚生活を夢見ていた杉恵にとって、現実との落差が大きく、こんな生活が続けられるのかと不安に襲われてきたが、そうかといって両親の懸念をふり払って、自分で選択したうえは、何事もしのいでいくしかないと覚悟せざるをえない。辰夫や春子は強く反対せずに、すぐに祝福に転じてくれていたから、逃げはできなかった。

雄三の母親はすでに他界していたものの、父親は健在で、今なお商売の実権を離そうとはしていない。彼らの結婚にあたって〝はね親〟となっていた長男夫婦は、兄とはいえかなり歳が離れていて、いつでも父親に代われる立場にあった。義父、子どもがいないこの義兄夫婦と同居するのは、結納が交わされてから当然のように言い渡され、二人だけのこぢんまりした生活を考えていた杉恵は落胆してしまう。結婚というより、嫁入りであった。自子がいなかった義兄の子どもとしての役割を担い、商売を引き継いでいく男児の出産まで期待されているとは、彼女は考えてもいなかったのである。

「俺たちは〝はね親〟だから、杉恵さんが産む子どもが孫になる。後継者となる元気な男の子を、ぜひ頼むでね」

結婚してすぐに、義兄に両手をついて頭を下げられていた。なにか身ごもるために夫婦の寝床が調えられているようで、杉恵はしらけてしまったほど。

この兄と雄三の間には、多額の持参金を与えられて嫁いでいた二人の姉と、北アルプスの山《やま》懐《ふところ》の温泉旅館に入り婿した兄がいたから、五人兄弟の末っ子に彼女は嫁いだことになる。近くにいる姉たちは、たいした用事もないのに時おり顔を出しては、杉恵の働きぶりを観察しながら、当然のごとく店の商品を手に入れ意気揚々と引きあげていく。すぐ上の兄にしても、旅館の閑散期になると頼みもしないのに手伝いを口実に恩着せがましく足を運んできて、役に立つほどの働きもせず、末弟《ばってい》に自分の存在を誇示していた。

「雄三、お前が父さんや兄さんを助けないとな。お前は、あくまで俺の代わりだから」

口をとがらせながらも、その場では聞き流している夫は、必ず後で愚痴をこぼし、杉恵に兄や姉たちの悪口を言いつける。

「私ではなく、本人たちに直《じか》に伝えたら」

そんな励ましが詮方《せんかた》ないのは、痛いほど分かっている。代わって杉恵が対決してもいいが、それでもっとも傷つくのは雄三だ。いくつになっても、兄どころか、嫁いだ姉にまで頭が上がらない男がいるのには驚いたものの、それも世の中に珍しくはないらしい。彼女にしてみたら、ぐずぐずしているのが気に入らないだけに、

(浅間のお姉さんとのことは、よほどの覚悟で決心したのだろう。一世一代、清水の舞台から飛び降りた。それだけ私に惚れていた)

この一事が杉恵を救ってくれているとはいえ、婚家は納得できないことが多すぎる。

なによりも杉恵が辛かったのは、自分たちの寝室であり、夫婦だけの居場所であった。外観からは広い家のようにみえても、商売に向けられた入り口周りの空間や台所、座敷といった共有スペースを除いたら、住環境としては、個人の生活をかえりみていない貧相なものである。実際、彼女夫婦にあてがわれたのは十畳の和室だけで、二階奥の角部屋であるのが新婚生活に目一杯配慮されたものであるのは、家の間取りから読み取れた。それでも、廊下を隔てる壁の上部には、欄間が設置されていて、防音など気にも留められていない。隙間の多い、その見事な彫刻さえ、杉恵には腹立たしい。

「狭くてもよいから、せめて近くのアパートにでも移りたい」

杉恵から身体を外した夫の耳元に、意識がぼんやりとしたまま、いつものように囁いてみて

も、無言で手を回してくるだけであり、それで答えを返してきているつもりになっているのが気に入らず、手をはねのけ背中を向ける。

「話してみてはいるが、朝が早いのに通いなんてできるかって。木で鼻を括ったような返事しか返ってこないし、これから先は喧嘩になる」

「じゃ、喧嘩してよ」

振り向くと、雄三がしゅんとしている。彼の優しさは、末っ子として可愛がられてきたところから生まれたものであることに、杉恵は気がついている。甘さ、だ。ところが、いらいらしながらも、そんなところに惹かれてしまっているのだから困っている。両腕を首に巻きつけると、嬉しそうに胸元に顔を埋めてきた。

「杉恵さん、気持ちは分かるけど、それが難しいのはあなたも分かっているでしょう」

義姉が、朝食の後、自分たちの部屋に杉恵を招じて語りかけてきた。十二畳と六畳の和室を使っていた。長い間に家財道具も増えているし、義兄は商売を実質的に動かしているうえに、義姉にしても金庫を預かっているから、新婚の二人とは差があるのは仕方がないと納得はしている。

「私の時と比べても仕方ないけれど、嫁いできた当時は、舅、姑、小姑二人に義弟たちまでの大所帯が待っていたのは知っているわよね。見合いだったし、結婚てそんなものかと思いつつも、それが一時代前の姿なのも分かってはいた。でも、私にはどうすることもできなかった。お義父さんを頂点に男たちがいて、そこにくっついているのが女たち。この家の娘たちだって、言いたいことを言っているようで、あくまでお義父さんや、うちの人の顔色を窺ったうえでの話。そうこうしているうちに一人減り、二人減りしてと、お義父さんと私たち夫婦と雄三さんが残ったの。それでも家族が四人だけになっても、私がなにか意見を言うことは許されていなかったのよ。あなたの気持ちは痛いほど分かるけど、今とて私はどうしてもやれないし、雄三さんがこれ以上なにか言って、ようやくまとまった形が崩壊してしまうのを、おろおろしながら見ているしかないの。だから、我慢してほしい」

同居するようになって、この義姉から助言は受けても、意地の悪い視線を浴びせられたことはなかったから、杉恵はしょぼんとするしかない。

「こんなことは言いたくないけれど、あなたが跡取りとなる男の子でも産んだら、状況が変わるかもしれない。だけど、そうなったところで、どうかしらねえ」

きっと変わらないだろうと杉恵は思った。この人も半信半疑で慰めているだけに違いない。むしろ、男の子だったら囲い込まれたりして、もっと状況が悪くなるかもしれない。子どもはほしいが、娘がいい。

「杉恵さんが家族に加わってくれて、〝はね親〟ながら私に娘ができたのが、とっても嬉しく、張り合いにもなっているの。私にできることは小さく、少ないかもしれないけれど、あまり頼りにならないかもしれないけれど、不平でも不満でも言ってみてね」

普段は無口な女性であるだけに、彼女なりに精一杯慰め、説得しているのは分かった。納得したわけではなかったが、負けてしまった気にさせられた。

それまでも、仕事を片付けると、時には二人で一緒になる前に通った店に顔を出したりもしていたが、この頻度を雄三が増やし、冬が近づくとスキー板を新調したりの楽しみも考えてくれたので、杉恵もその気持ちに応えて、転居の件は控えるようにしていた。


夫の雄三を除くと、通った高校や就職先が東京だったこともあり、彼女の愚痴を聞きながら飲んでくれる相手はほとんどいなかったなかで、西澤と姓が変わり、今は逆に東京に住んではいるものの、時おり帰省する八重子は貴重な一人だった。八重子の夫である西澤は、松本からやや北の穂高《ほたか》町で生まれ、生家は彼の兄が引き継いでいるから、冠婚葬祭で夫に添ってここを訪れることがあったうえ、父親が松本でサラリーマンをしている実家には、孫の顔を見せがてら盆暮れには顔を出している。西澤が二人に加わることもあったが、雄三を誘っても、西澤がいっしょだと用事をつくり、同席するのを渋った。

お盆で八重子たちが帰省していた一夜、たまたま男たちに寄合いがあり、杉恵と八重子は馴染みのカウンターに並んで座った。

「中林さん、お久しぶり」

杉恵から紹介されたこの店には、女二人だけでなく、結婚する前の西澤とも一緒に足を運んでいて、女将とは顔馴染みであった。

「中林さんではありませんよお。結婚して、今や西澤さんの妻。女将さんも彼は知っているじゃないかね」

「ええ、しっかりした人よねえ。雄三君が苦手としている」

雄三は、彼が東京の大学の学生だったころ、夏休みで帰郷した時に父親に連れてきてもらったのが初めてだから、いくつになってもなかば子ども扱いされている。三人の女たちは、雄三が年下の西澤をなんとなく避けているのに、首をすくめあった。

「農学部とはいえ、眉秀でたる若人よ」

普段はそんな言葉を口にしているのに、妻の親友である八重子の相手が県内有数の進学校の出身で、大企業で働いているのに引け目を感じているのが、杉恵にはつまらないことにしか思えず、腹立たしくさえある。その程度の若いサラリーマンなら、東京で欠伸《あくび》がでるほど沢山見てきたし、そのうえで雄三を素敵だと思って選んだのだから、背中をどやしつけたい気持ちにもなる。落ち込みかねないから、そうしないだけだ。

「せっかく東京の大学に入ったのに、田舎暮らしだったとか、つまらないことまで気にしちゃってさ。農学部が都心にあるわけないじゃない」

杉恵は、中学生当時に馴染んでいた松本訛《なま》りに、「気取っていちゃあ、商売にならないでね」と戻してきていて、店だけでなく、八重子との会話にもつい顔を覗かせる。

「でも、そんなところが可愛くもあるのでしょう」

そんな杉恵の努力を認めている女将が冷やかすと、杉恵は苦笑いをしてみせた。

「女将《おかあ》さん、男が可愛いのは若いうちだけ。自惚《うぬぼ》れはいけないとしても、そこそこの自信は持ってもらわなくちゃ駄目ってもの。この人の亭主くらいには」

「自信なんて空威張りかもしれないし。いずれにしても、惚れた男を見る目は曇りがちよ」

「あら、皮肉?」

「いえいえ、確かめきれないということ。相手もこちらも、それぞれに都合よく解釈して判断するしね。あばたもえくぼに見えないと、恋愛結婚なんて無謀な道に踏みこんでいけないじゃないの」

「中林さん、いえいえ、もとへ。西澤さんの言葉とも思えないよ」

「でも、後悔しているわけでもないの。どうせ人生は、道なき道だから。しかも、選んだのは自分だし」

杉恵も酒は不得意ではなかったが、八重子はとにかく酔った姿をみせないから、ありのままにほろ酔いの心を浮かべられる、大きな杯盤だ。

「久しぶりだけど、前より元気になったみたいでよかった。お父さんやお母さんにもしばらくお目にかかっていないけれど、お元気なのでしょう」

「お陰さまでね。戦争を潜《くぐ》り抜けて生き残った人たちは、往々にして達者みたい。この間も、いい歳をした義父《ちち》の愛人だったらしい女のことで、ちょっとした悶着があってさ」

「えっ、お父さんが」

謹厳実直そのもので、銀行勤めしている頃に八重子が杉恵の家に遊びにいっても、くだけた感じの母親とは違い、直立不動でかしこまりすぎた挨拶をして、娘に注意されていたくらいの人だけに、にわかには信じられなかった。

「そうなのよ、男というものはいくつになっても困ったものさね」

「でも、信じられない。あのお父さんがでしょう」

杉恵もようやく八重子の誤解に気がついた。

「ご免、言葉が足りなかったけれど、私の父と勘違いしていない？」

「違うの」

「父といっても、もちろん雄三さんのほう。西澤さんだって、両方とも会ったことがあるでしょ。六助の父だったら、肩を叩いて誉めてあげるよ。〝よくやった、偉い〟って。母だって応援しちゃうかもしれないね」

「なあんだ、どうもおかしいと思ったわ。結婚してからの雄三さんはどうなの」

浅間のお姉さんのことは、杉恵からこぼされたことがあるし、八重子は自分の夫にしても、女性関係で行儀がよかったのか、今とてどうか信用しきってはいない。不愉快ではあっても、知らないうちに終息する類《たぐ》いの浮気なら看過できるのを、八重子も杉恵も互いに認識しあっているから、俎上に上げられる話題。これに女将が口を挟んできた。

「商売を独力で始めて、手広くしていく男の血や汗は、濃いものなの。伝手《つて》もないのに歩兵連隊に取り入ろうと働きかけ、大手の会社が工場を疎開させてくると目をつけて、いち早く販路を広げようと目論むなんて、並の男では無理ね。いずれも二、三千の胃袋よ。結果はいざ知らず、土性骨《どしょうぼね》の太さに惚れ込む女がいても不思議はないでしょう。私は眺めているだけだったけれど、結構賑やかだったから、後始末にも手間がかかるのよ」

とぼけた表情を額面どおり受け取れない。裏事情までよく知っているし、本当になにもなかったのか。(そういえば)と、少し前に雄三が煙草を断《た》った父親から貰ったデュポンの金箔のライターを、女将に見せびらかしていた時のやり取りを思い出してしまった。

「雄ちゃんの手の上では、そのライターが大きく見えるわね」

「なんでだよ」

「お父さんが手にしているのを見たことがあったけれど、その時は手に収まっている感じしかなくて気にもならなかったのに、雄ちゃんが持つと輝いて見えるから」

「それは、持ち手がいいということじゃないか」

そのライターは、それほど昔から持っていたものでないと聞いていたから、女将が古いだけの知り合いとは思えず気に入らなかったが、それを今宵も念押しされてしまう。

(ふらふらしたところがあった三男坊の言行を、抑えておきたかったのかしら。それでは、私も探られていたことになる。この会話も筒抜けなのか)

それでも、彼女はこだわり続けない性質《たち》でもあるから、すぐにつまらぬことと放念する。

(それなら、それでいいや。まずは雄三さんを褒めておこう)

「なるほど、そんなものかね。でも、雄三さんもこのところ商売に熱心でさ、寝言にするほどだっていうのに、そんな気配の気《け》の字も感じられない」

杉恵にとって、とりとめもない四方山話や、他愛ない愚痴を受け止めてくれるのは妹の音子と同様で、八重子との間には垣根が必要なかった。それでも、流石《さすが》にこんな戯《たわ》けた話を妹とはしないから、たまっている憂さを晴らせるというもの。

「相変わらず強いのね」

「杉恵さんと一緒の時は心を縛っている紐がちぎれて、ずたずたよ」

「嬉しいことを言ってくれる。有難う」

「なにを水臭い」

八重子が二人の息子たちを産んだ松本城近くの丸の内病院には、産科のナースステーション勤務の友人から連絡してもらい、生まれるとすぐに杉恵はお祝いに駆けつけている。子どもがいない杉恵を慮り、お産で実家に戻るときは八重子からの知らせはなく、できるだけ子どもの話題は避けているのも分かっているから、かえって心配《こころくば》った。その双方の気遣いが無用になるのは、彼女が次男を産んで、東京に戻ってから。

「私、おめでたみたい」

医者から告げられた杉恵は、その夜に東京の八重子に電話をしてきた。

「よかったね、杉恵さん。本当によかった。雄三さんも大喜びでしょう」

「久しぶりの子宝だって、家じゅうお祭り騒ぎよ。雄三さんも、〝男か？　男だろう〟ってしつこいから、〝お腹の感じからすると、私が願っていたとおり女の子みたいだよ〟と言ったものだから、これには意気消沈したりして馬鹿みたい。義姉さんだけは、一緒に夕食の後片付けをしていると、そっと〝今から分かるわけがないじゃないの、ねえ〟と鼻で笑っていたけど」

数か月の後、丸の内病院で産声を上げたのは、杉恵の願いが通じて女の子であった。

「大事なものがついていなかったのか」

三人の男たちは、同じような表情でがっかりしていた。孫娘が生まれたと、義姉だけが手放しで喜び、深志神社へのお宮参りやお祝いの段取りを、杉恵に代わって取り仕切ってくれた。囲い込む懸念はこの人に対して持つべきものであったかと思うほどであったが、彼女にすると杉恵の実家に配慮してのこととなる。

「私は、杉恵さんの〝はね親〟だし、それに熱心なキリスト教徒である六助のお母さんに、神社へお参りしていただいたりするのは、お気の毒でしょう」

雄三の姉たちや次兄の大層な祝意は意外だったが、その理由もすぐに呑み込めた。

これに失望したわけでもなかろうものの、翌年には、持病となっていた糖尿病が悪化して義父が亡くなった。読経する僧侶が五人も並んだ五仏《ごぶつ》の盛大な葬儀には、大勢の男たちにまじって、花街の余韻を残した年配の女性たちも参列していて、あの女将も、照れくさそうな表情を杉恵に向けてきた。

三人家族となった杉恵たちには、新しく一室が与えられ親子三人の落ち着いた生活が始められそうに思えたが、弓子と名付けられた娘は、杉恵が外出でもしようものなら、義姉が奪うようにして喜んで預かってくれ、義父がいなくなったからと、二人で遊びに出かけるよう誘いかけまでしてくる。

義父の財産分与については、雄三と杉恵の間に家業を継承する男児が生まれたなら、他家に嫁ぐまたは婿入りした者たちは財産を放棄する約束になっていたが、女の子だったため、結論は先送りとなってしまった。家業を継ぎ、中途半端な状況を嫌った義兄だったが、亡父の遺志として三人ともに遺産を諦めなかった。杉恵にしたら、義姉たちは家一軒分くらいの持参金を貰っていたにもかかわらず、その配偶者たちも含めて欲の皮が突っ張っているような姿にはうんざりするばかりで、雄三との結婚が迂闊なものであったのをあらためて思い知らされることになった。

「もう、この家を出て、弓子と三人でやり直そうよ」

娘の誕生までも、財産分与の駆け引きにされてしまうのは、腹立たしく許しがたい。しかし両袖を引いての彼女の訴えにも、夫の反応は予期したとおりのものだった。

6　母を想いつくす父の愛

「内山さん、お兄さんがいるなら、言っておいてもらわないと」

杉恵が母を家まで迎えに行き、車に同乗させて、少年刑務所からも近い、国立大学医学部の附属病院に入院中の父を見舞いに行くと、すっかり顔なじみになっている担当の看護婦が、家族であっても許可なく出入りができない集中治療室の方に顔を向けた。

「えっ」

なんのことか分からずにぽかんとしていると、部屋から出てきた男を確かめ、後ろにいた春子が、杉恵よりさきに驚いたように声を上げた。

「幹太くんじゃないの。どうしてここに。どうして分かったの」

「ご無沙汰しています。親父《おやじ》さんの顔を見ておきたいと思い、看護婦さんに無理をお願いしてしまい」

先生という言葉をとっさに避けて、看護婦に深々と腰を折った。

「有難うございました。お陰でゆっくり見舞えました」

父の病状を覚ったらしく、目が赤くなっている。

「それでは、あとはお身内で。私は失礼していますから」

なにか訳ありの事情があるらしいのを察して、看護婦が首を傾げながら背を向けた。男が内山と名乗り、親父だからと真剣に入室を求めてきたので、彼女は幹太が病人の息子に違いないと判断して見舞いを許可したが、春子の反応から、彼は母親が違う杉恵たちの兄であろうとの推量が、確信になったのにほっとした。

春子と杉恵がわざわざ足を運んでくれた礼を言うのに応えて、無言で頭を下げ、幹太はそのまま立ち去っていった。春子は久しぶりに四十歳にはなったであろう幹太の姿を見て、夫や幹太母子との幾重にも重なる、遠ざけたはずの記憶を、あらためて思いおこしてしまった。

その翌月、辰夫がこの世を去った。享年六十八歳。

葬儀には思いもかけぬほど大勢の弔問者があった。音子が勤めていたことのある地域新聞に死亡記事が載り、少年刑務所に勤務していたころの知人や、桐分校の設立にかかわった地元の関係者などが弔問に訪れ、香典返しの不足が懸念されるほどで、予想に反して焼香に長い列ができた。その中で幹太だけでなく、彼の周囲に春子たちが知らない男たちが何人か集まってきていて、もっとも悲しみにくれているのが、知らぬ人たちには違和感を与えたが、娘たちはその様子から、辰夫の人望を慕って遠くから駆けつけた、少年囚たちが成人した姿であるのを察した。時おりぎこちない文字の手紙が届き、父が感慨深げに目を通して、丁寧に返事をしたためていたのが、目に焼きついている。家族や親族にもまして、この男たちによる、棺桶に納まった遺骸への献花に時間がかかってしまった。

「先生、済まなかった。敷居が高くて、今日まで来られなかった。ご恩を忘れていなかったのに。もう、取り返せない。人情なしのこの馬鹿者を、叱ってください」

よほど近くでないと聞こえない小声で、ぶつぶつ長々と他の参列者にお構いなく、大時代的《おおじだい》な言葉で語りかけ、なかなか離れようとしない。松本を再訪したくない少年囚たちの心情だけでなく、顔を見せにくい理由を夫から聞いていた春子は、心を励まして葬儀に加わった彼らが、辰夫に強い感謝の念を抱いていたのが察せられ、夫ながらその遺徳にはあらためて頭が下がる。

「先生。先生。なにかあるたびに、あんなに手紙で励ましてもらったのに、お元気なうちに会えなかったのが、辛くて、辛くて」

納棺された辰夫に花を献じながら、いい年をした男たちが、縋《すが》りつかんばかりの愁嘆で言葉を詰まらせ、人相に似合わない涙を隠そうともしていなかった。

「小父ちゃんたちは、なんであんなに泣いているの」

娘の弓子が杉恵を見上げてきた。

「悲しいのよ。お祖父ちゃんが、優しくしてあげた小父さんたちなの。お祖父ちゃんがいなくなって、弓子だって悲しくないかね。悲しい時は、弓子も泣くじゃないの」

「そうか。弓ちゃんも悲しい」

幼稚園に通っているとはいえ、五歳の弓子に祖父の死は理解できなかったものの、いつものとおり周りの空気に馴染んでしまい、なんとなく涙がこぼれてきた。

この葬儀が始まる直前であった。

「春子さん、ちょっと」

彼女の実家代わりになってくれている農家の当主が、手招きしながら小声で呼び寄せ、一人の男の名を告げて紹介した。名前を聞くまでもなく、会ったとたんに、それが誰かは分かった。彼女を奈落に突き落とした言葉の意味を問いかけてきた男児の、なにも疑わずに首をかしげた、あのあどけない面《おも》ざしが残っていた。というよりも、壮年の男は、遠い過去におき去ってきた兄の面影そのままだ。

「ご無沙汰していて、申し訳ありません」

あえて名乗ることはないと言われてきたようで、目立たぬようにしていたところ、父親の友人に、強く袖を引かれてしまったらしく、戸惑っている。

「それは、こちらこそ」

「まずはお悔やみ申し上げます。父が、〝代わりにお参りし、『春子を本当に有難うございました』と、亡くなられたご主人に、心からの感謝の思いを、ひそかに伝えてきてくれ〟というものですから、荷が重すぎましたが」

「大兄ちゃんが、そんなことを」

頭を下げたまま春子は、顔に当てた両手の指の隙間から涙を伝わらせ、膝から力が抜けて身が崩れかけていくのをこらえきれなかった。そばにいて、母の異変に気がついた音子がすぐにかけよって支えたが、これまでの人生で娘としてみたこともない、深く錯乱した姿には驚くしかない。山科も慌てて近づき、音子とともに抱きかかえながら、妻にハンカチとティッシュペーパーを手渡した。呆然として立っているだけの男たちに山科が小さく合図すると、驚いた表情を残したまま、軽く会釈してその場から離れた。

「お父さんが亡くなった悲しみを、ずっとこらえていたのね。かわいそうに」

春子が小さく頭を振り続けているのに、音子も涙をあふれさせた。母がまったく別の激情に動揺してしまったのを、彼女は知らない。生きてくる中で、覆っておくしかなかった懊悩《おうのう》の訳《わけ》を、春子は、分かってはいても、努めて気づかぬようにしてきた。暗く、深い闇だと長きにわたって放置し、堆積させてきた記憶の塊のなかで、家族の温《ぬく》みがより醸され、救いの手を差し伸べ続けてきていたのを、夫の死を通じて思い知らされてしまった。

（夫は、私を真に蘇生《そせい》させようとしてくれているのかもしれない。初めからそうしたかったのに、ずっと辛抱してきて。こんな形で、最後に）

この時、若い春子が断ち切ろうとしてもがいたのは、生家との絆でないのを、彼女は強く確かめさせられていた。兄嫁とのことなど、背を押されただけにすぎず、本当はどうでもよかったのだ。いつも心の底にうずくまっているのに、認めたくなかった、独りで抱えざるをえなかった秘密こそ、出生への疑念が疑いではないのを自覚すればするほど、遠くに置いてくるしかなかった。それを、家族がそっと見守り、助けてきてくれていた。

（大兄ちゃん、ご免なさい。私の勝手な、消し去りたかった悲しみに巻き込んでしまって、ご免なさい。でも私には、あのころはいろいろありすぎて、すべてが私に流れてきた原罪としか思えなかった。だから、私の罪を許して）

なにも知らないままに逝《い》った夫だが、自分の死という唯一の機会をもって、妻が抱えてきた霧のなかの苦悩の源に風をおくり、吹き流そうとしているかに思えてしまう。

（父さんや母さんにも、詫びに行こう。なにを詫びるのか判然《はっきり》とはしないが、とにかく詫びたくなってきた）

杉恵は、母の取り乱した姿に、立ちすくんだままで動けず、すがりついてきた娘の身体を強く抱きしめるしかない。母を惑乱させた人物が同じ市内にいる母の甥であるのを知り、さらに諏訪で父の生家の後を継いでいるという叔父まで、その存在を話に聞いてはいたものの、初めて挨拶を交わす親戚も現れ、杉恵は、両親のことをあまりにも知らずに、自分たちが生きてきたのを思い知らされた。弓子の姿に幼い自分が重なり、あんなに甘えられ、大好きだった母だって、思いのほか遠くにいた一人の女だったのに気がつき、親の実相など知らぬままに、乖《かい》離《り》していくのが親子の姿であるのに思い至った。

（この娘も、私のことを知らずに離れていくのだろうが、寂しいようでも、そんなものかもしれない。私にだって、弓子にだけは知られたくないこともあるのだから。知っておいてほしいことは口にも出せるが、その逆に、なんとしてでも知られたくない秘密を守るのに、人は悩み、

苦しみ、汲々としている。女も男も、母も娘も）

皆が離れ、最後の別れで棺桶をのぞき込んだ春子には、もう涙はなかった。

「あなた、私を救い出し、最後の最後まで助けようとしてくれて、有難う。本当に有難うございました」

それでも春子は、よみがえった記憶を、なおも薄い霧のなかに封印し直した。

（目を逸《そ》らせずに済むようになるのは、も少し先のような気がする。それも、曖昧さを残したままになるのかもしれないが、すべては、神の思し召しのまま）

近くにいた娘たちにしか聞こえない小声で、春子が首から下は花で覆われた辰夫の耳元に口をよせ、礼を言っている意味も杉恵には分からなかった。それが二人だけの密事であるならば、なんで一緒になったのだろうとさえ首を傾げるほどに、随分かけ離れた組み合わせのようでいて、両親はよい夫婦であったのだろうと思えてきた。

涙をはらったとはいえ、春子が弔問客への挨拶ができる状態にはなく、まず声をかけられた雄三は首を振ったので、山科が否応《いやおう》なく、辰夫の事績を知っている範囲で簡単に振り返りつつ、会葬への謝意を表した。

その夜の六助の家には、春子を中心にした血縁の家族と山科が残った。子どもたちは、十二歳になった優香の長女が別室で遊ばせていて、おむつをしている音子の次女だけが、お尻を左右に振りながら、大人たちの周りで這《は》い這いをしている。親族代表としての謝辞を断ってしまい、居心地が悪かったのか、雄三は弓子を連れて家に帰っていった。

「やはり、顔を出してはくれなかったわね」

春子が、優香に顔を向けた。優香の別れた夫が参列しなかったのを、春子が咎めるような口調で糺《ただ》した。

「連絡はしたのでしょう」

「一応はね。でも、無理にとは言わなかったし、お父さんに会わせる顔もないのだと思う。私だって、顔も見たくないし」

優香は昨年、三十七歳になった年に離婚していた。原因は、眼科医をしていた夫の度《たび》重なる浮気であり、優香が面倒をみて親しくしていた看護婦を妊娠させてしまい、二人の間がのっぴきならない事態におちいり、辟易とした彼女から別離を告げた。結局、この女性が出産することはなく、彼女とも夫は別れたものの、優香の気持ちはもとに戻りはしなかったし、夫も敢えて関係の修復を求めてこなかった。

「お父さんは、昔からいろいろと気をもむ人でね、茫洋として深く思い悩まないタイプのように見えていながら、考え込みすぎて眠れないことがよくあったほど。三人の娘たちだけでなく、相手や孫の将来まで、ああでもないこうでもないって。私は、もう途中からはなるよりしかならないと腹を括って高枕。私たちの世代なら、もう少し辛抱したかもしれないけれど、それがいいのか悪いのか。だから、私の時はほっておいてもらっていいから、お父さんとの別れには顔を見せてほしいところだったの」

「そんな男なのよ。恩も知らない無責任な」

山科が、義姉をそれとなく諫《いさ》めた。

「私が口を出すのもいかがかと思いますが、聞いている範囲でいえば、お義兄さんなりに後悔し、猛省していたようですよ。だから、未練を断ち切って別れていった。顔も見せられずに、どこかで手を合わせて、お義父さんに謝《あやま》っている方が辛いのではないですかね」

優香が突きつけた条件をすべて呑んで、彼女の夫は松本からも去っていった。病院内で唯一の眼科の医師であり、彼の後任が見つからなかったため、この病院の科目から眼科はいったん消えた。それが、世話になった病院の理事長に迷惑をかけることになるのは予測ができたものの、決心をかえなかった。可愛がっていた子どもたちの親権は放棄し、慰謝料も養育費についても請求されたとおり受け入れている。

「もっと要求すればよかった」

姉の言葉を聞いて、首をひねった音子の姿を、山科は思い出していた。

「山科さん、あんな男をお義兄さんと呼ぶのはやめてくれませんか。それにしても、音子の夫は相変わらずいい人ね」

「確かに山科さんのおっしゃるとおりかもしれないし、この話はここまで。過ぎたことをグチグチ言ったのを謝ります」

母が珍しく家族に頭を下げ、明るい気分を生み出した。杉恵がこれに呼応して、

「妹たちのそれぞれに夫がいるのにさ、山科さんだけ褒めるのは聞き捨てならないわね。お姉さん、もう一人忘れてはいませんかって」

「雄三さんも、確かに人はいいけどね」

「なによ、そのもってまわったような言い方は。それに、なんであの人だけ名前で呼ぶの」

「いい人と、人がいいのは違うもの」

「お姉さんたち、本人の目の前でこの人をまな板にのっけないで。実はね、それが長所といえなくもないけれど、欠けたところがあるの」

音子が、姉たちを見てにやりとした。

「この人は、お二人のお相手とは違って、お父さんと一緒」

「なによ」

春子と三人で顔を見合わせ、首をひねった。

「私以外の女を知らないの」

「なにい」

姉たちが、とびかかった。それが戯れとはわからない、這いずり回っていた音子の次女が火のついたように泣き出し、山科があやす間もなく、別室にいた子どもたちも、遊びに飽きたところだったので、よい口実ができたとばかりに集まってきた。

「めそめそせずに済んで、お父さんもきっと安心しているわね」

7　記憶の風におされて

「お父さんが亡くなる前に、老朽化で取り壊しになりかけたのを気にしていた、法務省の所管だった建物があってね。穂高にある〝「鐘の鳴る丘」有明《ありあけ》高原寮〟という、青少年たちの更生施設として使われていた建物なの。幸い、亡くなる一年前に移築保存されて、お父さんは本当に喜んで、ぜひ見に行きたいと言っていたの。〝あなたも一緒に行こうよ〟って何回も誘われたけれど、お父さんはもうそんなことができない状態だったでしょう。最近になって、あれは私と一緒に若い時代の思い出を確かめに行きたいという、死期を覚ったあのひとの祈りだったように思えてきて。懐かしいというのは、二人の時間だった。だから、行ってみたいのよ。杉恵、お願いだから、連れていってくれないかしら」

長患いをせずに、あっけなく旅立ってしまったせいか、春子は、辰夫が生きていたときには感じたことがないほどに、慕わしく、もっと寄り添うべきであったと悔い、夫を偲ぶようになっていた。軽く聞き流していた話の数々に、彼なりに春子に伝えて共有したかった心情が、ひしひしと胸に響いてくる。それに、入院から去り方までが、なんとなく折り目正しかったのにさえ、春子への配慮が込められていたように思えてしまう。せめてもと、〝御ミサ料〟や〝お花料〟の余りは、ウォールナットの簡素な書棚に替えた。地味ながら、収納棚を組み込んだ特別注文の家具は、辰夫が生きていたら目をむくほど高額なものであり、写真の中の夫が、場違いなところに祀られ、困ったふうに苦笑いをしている。

（あ、な、た）

浪費してしまった時の端々《はしばし》であっても、味わい直したくなってきていた。

辰夫の死から二年後、桜の季節が終わったころに春子が、珍しくしんみりとしながら、娘に頭を下げてきた。穂高の駅までは大糸線ですぐだが、そこから離れているという。どうしても行きたいなら、駅からタクシーに乗ったところで知れているだろうから、『鐘の鳴る丘』の歌が好きだった杉恵を誘っているのは分かった。訪ねるのではなく、夫や娘たちとの思い出に回帰する手がかりとして、時間を共有したいのだ。

「弓子も小学生になったことだし、三人で行ってみるかね」

それならば、孫娘が一緒だと、母の願いに一層近づくことになる。

「本当なの。嬉しい」

春子のはしゃぐ姿は久しぶりのものだった。

「私も、今の弓子より小さいころからずっと、『鐘の鳴る丘』はお母さんが歌うのを耳にしてきたから、今でも頭にこびりついている。歌詞に〝父さん母さんいないけど〟というのがなかったっけ。何気なく耳にしていたけれども、あの頃にはお母さんの父さんも母さんもいなかったのだって、大きくなってから気がついて、どんな気持ちで歌っていたのかと思って辛くなったこともあった」

「そんな悲しいこと思いださせないで。でも、杉恵、有難う」

誘わないとひがみかねないので、断るのは分かっていたものの、雄三にも声をかけてみた。やはりつまらなそうに首を振ったので、六助の実家で春子を乗せて、三人で晩春の安曇野に向かった。すでに苗が植えられた田圃沿いの道を走ると、残雪をかぶった常念岳や大天井岳《だいてんじょう》から燕《つばくろ》岳が、稲先をのぞかせ始めた水田に、かわるがわる雪をかぶった頂を映して、後方に消えていく。銀嶺を背にした手前の有明山は、すでに濃い緑を滴《したた》らせていて、晩春から初夏の風を吹きおろしてくる。松本から三十分ほどで着いてしまったのが、惜しまれるほどであった。

実際に見るのは、春子も杉恵も初めてであったが、確かに歌のとおりの建物がとんがり帽子の時計台を頭にのせていた。親子には、教会のチャペルを連想させるような意匠に思え、親しみを覚えさせる。山脈《やまなみ》の麓《ふもと》の研修施設として使われているので、夏休みはかなり混雑するようだが、この日は静かであった。砂利を敷いただけの駐車場に車をおいて、遠足気分ではしゃいでいる弓子の手を両側で握ってやり、緩やかな坂道を少し上り、建物に近づいていったところで、春子がよく口ずさんでいた懐かしいメロディが流れてきた。

「あれっ、歌が聞こえてくるよ」

春子がそれに合わせて孫をのぞき込みながら口ずさむと、弓子が祖母の顔を仰ぎ見た。

「お祖母ちゃん、上手だねえ」

「有難うよ、弓子ちゃん。そういえば、お母さんも弓子くらいの時に褒めてくれたのを思い出してしまったわ。お母さんは、この歌の山羊さんが好きだったのよ」

杉恵は小さく頷きながらも、母と娘が一緒にいるのに、時間と空間が手を組んで謎をかけてきたようで、戸惑っていた。松本からこれほど間近な場所なのに、足を運ぶまでに随分と時間がかかってしまった。なぜか母が歩んできた道が迷路に思えてきて、大好きな母だったのに、なにも知らずに大人になり、自分自身が母親になっているのに困惑してしまう。そういえば、母の実家は松本郊外だというのに、訪ねたこともなかった。物見高いところのある長女の優香が、それについて母に問うたことがあったが、うやむやな返事とも言えない言葉しか聞け

なかったので、かわって父にも訊ねてみたところ、

「人には言いたくないことがある。懺悔《ざんげ》するのは、神のみがありのままをひそかに受け止めてくれるからだ。迷える子羊には忘れたいことがあるのさ。それを思い出させようとするのは、罪であるのを優香も悟らなければいけない」

父からすげなく応じられたうえに、やんわりと睨み返されてしまったという。杉恵や音子は、姉の話を聞くまでもなく、母がなにも言わないのは、言いたくないからだろうと推測していたし、あまり関心もなかった。

それにしても、こんなに近い所なら、いつでも来られたはずなのに、そうはさせずに足踏みさせたりして、時はいじわるでもある。母のことだけではない。日常から離れ、このように時空の狭間にぽんと置かれてみたなら、雄三との事々も、もっと早く洗い直す機会になり、二人で歩める別の選択肢があるのに気がつけたかもしれない。雄三との出会いから、狂おしいほどの恋心を踏み台にした結婚生活が、これほど時を費やしてきたのに、思い描いたように流れてきていないのだ。今でも雄三は好きだし、弓子という愛娘《まなむすめ》も得た。それはいい。ではあっても、やはり現実との落差は広がるばかり。きっとこの一瞬にぼんやりとした楽しい夢をみているであろう娘が、同じような時を経た後に、こんな思いにたどり着くとしたら、男に引きずられがちな女の人生とは、いったいなんなのであろう。

雄三との時間をたどっているうちに、酔った彼が十八番《おはこ》にしている地元の民謡『安曇節』の、〝なにを思案の有明山に小首傾《かし》げて出た蕨〟の一節も思い出してしまった。すでに建物を取り巻く林で目隠しされてしまったが、先ほどまで視界の中心にあった信濃富士は、長い裾もなく、あえて円錐というほか、霊峰としてあがめられている富士山とは似て非だ。野暮で人間くさく、腕を組んで、確かになにかを思案しているかにみえる。地表に顔を出してみたものの、小首をかしげている早蕨《さわらび》の戸惑いに春風を吹きかけ、伸びゆく不安を掃《はら》わんとしているかだ。

(否応なしに、時に背中を押されたどり着いてみたら、母が先を行き、私を間に挟んで、娘が後からついてくる情景だった。母は過去を振り返らないし、娘にあるのは未来だけ。惑いがあっても、私も同じ方向を見るしかない)

「杉恵、もう少し足を延ばしてもらってもいいかしら」

「そうだよね、ここだけだとあまりにあっけなさすぎるものね。今日は、親孝行の日だから、どこなりとご案内申し上げるから、遠慮しなくていいのよ」

「そこも、お父さんの思い出につながるの」

春子が行きたいのが、木崎湖だというのは意外であった。

ここから安曇野を北に向かって、大町市の市街を抜け、右手に折れて山間の車道を上ってゆく大町スキー場には、銀行の男子行員たちの車に乗って何回も行ったのに、さらに北の鹿島槍《かしまやり》や八方尾根《はっぽうおね》は、初心者がとりつくスキー場としては手ごわかったから、その途中にある木崎湖に向かうのでさえ初めてだった。

つい、過ぎ去った情景を思い出してしまい、胸が痛くなる。スキーを始めたばかりの杉恵が、平坦な場所から見上げると、リフトの上で雄三が手を振ってくれる。やがて頂の方向に雪煙が上がり、シュプールを残しながら滑り下りてくる若者の姿は、近づくほどに颯爽《さっそう》としていた。ヒュッテの食堂でカレーライスをほおばる若い雄三の前には、いつの間にか杉恵が陣取るようになっていく。仲間たちで諏訪湖や美ヶ原高原に出かけるときにも、雄三が運転する車の助手席には杉恵が座り、皆が遠慮するようになっていった。

浮かんでしまった懐かしい光景を消し去りながら、今日は、母と娘を乗せて杉恵はハンドルを握って、まだ見たことがない湖を目指している。それゆえか、遠く霞んだ過去は徐々に後ろに引いていき、まったく姿を現してはくれない時間の先へと向かってはいても、不安は有明山が遠ざけてくれたようで、心が軽く弾んでくる。

「私も行ったことはないの。同じ近場の湖でも、諏訪湖には、季節になるとワカサギ売りが塩尻峠を越えて来たりして、馴染みがあったのに、木崎湖は疎遠だったから」

「それが、なぜお父さんと係わりがあるかいね」

「あっ、バスが左に曲がったよ」

道を間違えさせないように、運転する母親に注意した弓子の言うとおり、前を走っていた大型のバスが連なって、アルプスの山裾に向かっていく。黒四《くろよん》ダムへ観光客が大挙して押しかけ始める季節になっていた。

「大丈夫。この車は真っすぐ行くの」

杉恵たちが、車の数が減ってきた道をひたすら直進すると、左手に湖が見えてきた。景色がかわって、窓に顔を近づけてはしゃいでいる弓子の相手をしていた春子が、徐々に人の気配が消えていく道を進んでいく途中で、この辺りかしらと車を止めさせた。

「木崎湖は帰りに立ち寄るから、このまま白馬《はくば》を越えて、まずは糸魚川まで連れて行けと言われるのじゃないかと心配しちゃったわ。日本海は、まだまだ遠いものね」

「断りもせずに二人を外泊させるなんて、雄三さんに恨まれるようなことはしないわよ」

「でも、ここはなにもないじゃないの」

心づもりして調べていた春子が、湖の東岸で人影もない、車数台なら駐車できそうな空き地を指し示して、車を寄せさせた。

「坂道があるでしょう。この上だと思うの」

幅広であっても歩きにくそうな坂の下には、古びた看板が立っていた。

「木崎夏期大学というのがあるんだって。ほら、朽ちかけているけれど、よく見ると案内掲示になっているでしょう」

　その辺に転がっている石を無造作に並べただけの坂道を上りきると、樹木がはらわれた広い敷地に、杉恵だけでなく母の春子が想像していたよりもはるかに大きな木造の、ガラス戸がはめられた建物が忽然《こつぜん》と姿を現した。

「あらまあ、こんな辺鄙《へんぴ》な林の中に本格的な施設があるなんて、思いも及ばなかったわ。ゆったりと百人以上も座れそうだし、畳敷きで、昔の学校みたいだよね」

「そのとおり。でも昔だけではないのよ。聞いてみたら、私が生まれる二年前の大正六年に開校され、それからずっと、夏場だけ開かれてきている大学みたい。講師が錚々《そうそう》たる人たちで、近くの青年たちだけでなく、遠くからも聴講に来る人も少なくないの。第一回の講師陣には、後藤新平や吉野作造の名前もあったっていうから、大したものよね」

「私には、ピンとこない名前だけれど」

「あら、そうなの。それにしても、森の中に眠っていたお伽話のなかのお城が、不意に姿を見せたよう。凄いでしょう」

「お祖母ちゃん、ここ学校なの？」

「そうよ、弓子ちゃん。真夏の暑さを避けて学校が開かれている間だけ、あの畳の上に低い机を置いて、お兄さんやお姉さんたちが勉強するの」

「弓ちゃんも大きくなったら来てみたい」

「そうね、弓子ちゃんは勉強がお得意だものね」

「でも、お祖母ちゃんはもっと得意だったって、お母さんが言っていた」

「さあ、どうだったかしら」

「才媛だったという、お母さんの人生にぴったり重なっているみたいね。ところで、お父さんとこの学校とどう関係しているの？」

「そうそう、古い話なのよ」

桐分校を開設する前に、辰夫は長野県の教育事情を調べる中で、この大学のことを知り、松本だけでなく、県全体で教育が文化となっているのに気がついたという。

「貧しい中で家督を継げない次男や三男に、せめて教育を受けさせて、世に出る機会を与えようと努めた親たちの願いが、教育を文化として育て上げ、臨時の大学まで生み出したのだと思う。県内の教師や青年たちの運動に呼応して、当時の県知事や地元の実業家まで協力を惜しまなかったというから、その教育県たる熱さが、桐にまで流れてきたといえるかもしれないね」

桐分校が開設される前に、辰夫がここを訪れたことはなかったようだが、開校後の校外授業の調査で足を延ばしていて、春子に感慨深げに話していた。

木々の隙間からは人影がまったくない湖が、対岸の緑を映しながら、水面から光を弾いていた。心地よくわたってくる風の中で、三人でしばらく、鬼がいない、気儘に追いかけあうだけの鬼ごっこをしてから車に戻った。

「お腹がペコペコになっちゃった」

車を動かし始めてしばらくすると、湖岸に〝だるま〟という暖簾がかかった食堂を見つけ、道の向かいに駐車場があったので、入ることにした。造りは古いが、目の前に木崎湖が広がっていて、夏には水着姿の男女が行きかうであろう、湖に突き出た木の桟橋まで遠望できる。二階には座敷があり、旧盆の頃に開催される花火大会には、大町方面から大勢の客が押し掛けてくるようで、土壌でろ過された氷雪の冷水だと、ビール会社のロゴが入ったグラスを運んできた年配の女性が、花火と水のそれぞれを自慢した。

「この景色だけで元が取れそう。ところで、弓子ちゃんは、なにがいいかな」

「弓子は、中華そば。でも、沢山は食べられないから、半分でいい」

「私も、半分」

ラーメンを二杯頼んであらためてメニューを見ると、山菜のおひたしと記されていて、蕨でも供されるかと店の人に訊ねると、

「そりゃあ、今は〝うとぶき〟せい」

「へえ、〝うとぶき〟があるのですか」

春子はすぐに反応したが、杉恵はピンとこなかった。

「今が旬《しゅん》だでね。ぜひ食べていってくださいよ」

「お母さん、知っているの」

「ええ、お父さんが山菜の王様だって言っていたのを思い出したの。私は食べたことはないけれど、とっても美味しいそうよ」

皿に茎だけ山盛りの〝うとぶき〟には、削り節と醤油がかけられていた。形状は蕗《ふき》に似ているが、緑の色合いはいかにも深山の山菜らしく鮮やかで、しゃきしゃきとした歯触りも蕗と違って勁草《けいそう》の強さがある。舌に香りを残す独特の風味や清冽な渓流が育んだ瑞々《みずみず》しさは、二人とも味わったことがないもので、互いに顔を見合わせてしまった。

「まるで北アルプスを噛みしめているみたい」

「お父さんのお陰だよね」

弓子も箸をだしたが、味には首をひねった。その姿に二人が可笑しそうに向ける視線に応えるかに、箸袋の文字を指さした。

「〝だるまさんがころんだ〟の、あのだるまさんかなあ」

「きっとそうよね。だるまさんは、転んでも転んでも起き上がるから」

祖母が明るい言葉で応じた。

四　弓子

1　上京と父の死

八重子のもとに、弓子が慌ただしいなかをぬって、父親の訃報を届けに来た。電話では伝えにくかった困惑を感じさせる弓子の手を握りしめ、しばし瞑目して口を開いた八重子から悔やみの言葉はなく、どう応じるかも決めていたようであった。

「弓子ちゃん、ご免なさいね。私が雄三さんへの読経を耳にしながら、遺影に合掌して、お焼香する姿なんか、杉恵さんが見たくないのは分かっている。私だって、皆がいるところで、愁傷《しゅうしょう》な顔をしてお悔やみを言えやしない。だから、せっかく知らせに来てくれたのに申し訳ないけれど、お葬式には行かない」

やはりといった表情で弓子は頷いた。

「はい、そんな気もしましたので、お顔を見て直接お伝えするしかないかと思いまして。むしろ、ご配慮いただき、有難うございます」

遺伝でもあるのか、糖尿病を患《わずら》っていた雄三が、六十歳にも至らずに他界した。

「歯がすべてなくなっちゃって、あの歳にして総入れ歯なの。テレビのお笑い番組を観るのは構わないとして、歯を外したまま、餌を丸呑みする鯰《なまず》のように、大きく口を開けて笑うなと言っているけれど、まるで吸いこまれそうで困ったことさね」

杉恵らしい明るさで病状は伝えられていたから、彼女なりに覚悟をしていただろうが、現実に夫の死に直面したらいかなるものか。交錯しあっていた綾から、大切な一本の糸がほどけて形が崩れてしまったのを、有体《ありてい》には直視できない。

「本当は、弱虫だから、行きたくないの」

それも本音であろうと弓子は察したものの、八重子のそんな無防備な素顔は、初めて目にするものであった。

弓子は、次の年には成人式を迎える歳になっている。彼女は、魚商売の騒々しい環境の中でも黙々と勉強を続け、八重子が卒業した進学校に入学し、前年に東京郊外の女子大学に現役で合格していた。

「あんなに勉強したら、身体によくねえじゃないかい」

生前の雄三は、自分の健康に陰りがみえてきたこともあり、娘の勉強ぶりにおろおろするばかりであったが、杉恵にはそれが夫らしくて微笑ましくうつる。

「地道にコツコツと積み重ねているだけだから心配ないわね。とくに背伸びして、がり勉しているわけじゃあないし、あまりプレッシャーを感じないタイプだから任せておいたらいいの。それより、自分の養生に努めなきゃ」

杉恵は、弓子が大人たちに囲まれて、あまり周囲に動じることのないマイペースな娘に育っているのが分かっていた。雄三のほうは、自分が入学できなかった高校に娘が進学したというので、無用な懸念を示してくる。これは母親の見立てどおりで、彼女は受験生とも思えぬ伸びやかさで、高校三年生になっても学校生活を楽しむゆとりをみせていた。

「西澤八重子さんは、私の実家や古くから知っている人の間では中林さんで通っている、私がもっとも信頼している仲良しなのよね。結婚してからはそれぞれの生活があるし、彼女は旦那さんの転勤もあって実際に会う機会は少ないけれども、お母さんの青春を絵にしたら、どこかに必ず姿が描かれている、そんな人」

この高校に受験するのが決まってからというもの、独身だったころの八重子との思い出は、耳に胼胝《たこ》ができるくらい杉恵から聞かされていたので、その話に導かれるように、入学してすぐに八重子が所属していたという弓道部に弓子も入部して、若かりし母の隣を歩くような心持ちで部活動にも勤《いそ》しんだ。弓子は、ほかの三年生が受験に向けて部室に顔を出さなくなる中で一人だけ、週に一、二度は校内の道場に足を運んだ。弓道は基本的には個人技であるから、後輩たちの活動のたいした邪魔にならないのも気楽にさせる。

「先輩、余裕しゃくしゃくですね」

「自分を追いつめたところで、たかが知れているもの。気分転換しなくちゃ」

彼女は、在学中に二段を取得していて、副部長として県大会に出場するなど、弓道が高校生活に組み込まれていた。母は親友が弓道に打ち込んだ姿勢に敬服し、娘の命名のヒントを得たと聞いていて、その女性の後輩となる高校に入学したので、弓道部への入部は勧誘されるまでもなく即断したものであった。

「ハンカチを忘れても、鉢巻きは常に腰に携えて、涼しい表情でいるような人だったから、弓子とは真逆《まぎゃく》かもしれないね」

「お母さん、それどういうことよ」

真逆とまで言われたら、どんなことなのかと興味がわく。

「弓子は気をつけの姿勢で、きりりと構えているようでも、よく見たら足元は力を抜いて休んでいるようなところがあるじゃないの」

「あら、失礼ね。母親の言葉とも思えない」

心外とばかりに、顔をしかめてみせた。

「けなしているわけでもないのよ。八重子さんにしたって、常に鉢巻きを締めていられたら鬱陶しいよ。違うと言っちゃったけれども、よく考えてみれば必要な場合には気合が入るとこは一緒かもしれない。適度に力を抜いて〝自在にほどよく〟というのは、山科の叔父さんの受け売りだけど、人の短所というのは長所が過ぎた結果だそうなの。いい加減は駄目だけれど、長所はよい加減くらいに抑えるようにするのがいいのだってさ」

「過ぎたるは及ばざるがごとし、というのと似ているわね。それは、お母さんの短所について指摘されたのでしょう」

「よく分かったね。〝失敬ながらお姉さんは過剰気味かもしれません〟だって、本当に失礼なお節介《せっかい》まで口にしたの。私は義姉よ。信じられなくない？」

「お母さんは、どんな長所が過ぎていると言われたの」

「それは、秘密」

「駄目よ、白状してくれなくては。気になって、勉強に身が入らなくなりそう」

「ずるい脅《おど》かしをするようになっちゃって。それなら正直言うと、姐御気質《あねごかたぎ》なのだって」

「お父さんとのことを、からかわれたのでしょう」

「あら、生意気。でも、そのとおり。叔母さんがなにか吹き込んでいるみたい。頼られ、甘えられ、我慢してしまいがちというのは、音子あたりの見方に違いないもの」

音子たちが久しぶりに松本に戻り、子どもたちは春子に預けて姉夫婦と四人で食事に出かけた時のこと。折しも、膳には秋の味覚が懐石風に順次運ばれてきた。先付けに続いて、座卓の真ん中に据えられた卓上用七輪《しちりん》の上であぶった焼き松茸を、それぞれの皿にとって食べ始めた時に、ふうふうしながらさっさと好物を食べ終えた雄三が、杉恵が手をつけずにいるのに気がついて、「食べないのか」と聞いてくる。ねだっているような表情に、つい杉恵がこくりとすると、「そうか、そうか、妻の残した分を食べてやるのも夫の役割だからな」と、嬉しそうに箸をのばしたのである。杉恵だって焼いた松茸は好きだが、やや猫舌だったから、ちょっとだけ冷めるのを待っていたにすぎず、それを知っている音子が呆れた表情を浮かべていると、はす向かいに座っていた山科が姉妹の様子を確かめて、残っていた自分の分を座卓越しに杉恵の皿にのっけた。

「お義姉さん、好き嫌いは駄目ですよ」

杉恵は山科に困ったような笑顔を向け、「はい」と珍しく殊勝に答えて、松茸を噛みしめた。きっと、妹たちは今宵のことを話題にするだろうと思いながらも、夫の堪能している表情には満足できた。

「娘の私からみても、年下の姉《あね》さん女房なのだから、そんなの一目瞭然《いちもくりょうぜん》」

両親の手元から離れて、弓子が入学したのは、明治の初年に幼女ながら渡米留学してきた女性が、明治時代の中ごろに創設した、東京の小平市に中心となるキャンパスがある、応募者が粒ぞろいといわれている難関の女子大学であった。ただ、当初、若い女性が一人で東京に出てゆくのに、どちらでも構わないとする伯父と前向きな母の杉恵を除いて、家族の空気は否定的で、後から合格が決まった地元の国立大学への進学を、入学金が無駄になってもいいからと勧める空気が強かった。父親として雄三が、まず反対した。

「若い娘の一人住まいというのは、やっぱり気になるわな」

「東京の大学生活で、そんな女子学生とわけありだったから、心配しているのよね」

「そ、そんなことがあるはずはないだろう。馬鹿なこと言うのもたいがいにしろや」

「その心配具合からして、怪しい、怪しい」

もっとも強硬だったのが、彼女を溺愛してきた伯母であった。

「弓子ちゃんに、なにかあったらどうするの」

「お義姉さん、私の妹の音子だって東京に一人残ったのは知っているじゃないですかね。並外れて器量がよかったのに、あの子になにもありませんでしたよ。そんなことは本人次第です。私の母にしても、時代は違うとはいえ同じ。遠からず成人式の振袖を心配しなければならないような娘を、そういつまでも見張り続けられないでしょうよ。松本で親元にいたところで、私のように、なにかあるときはありますいね」

雄三に舌を出してみせた杉恵に、娘がむくれてみせる。

「あらお母さん、私だって、男子校だった名残で女生徒が少なかったのもあって、捨てたものではなかったわ。いかにも容姿を云々《うんぬん》されているようなのは心外ね」

どうしてもこちらにしたいというほど弓子はこだわっていたわけでもない中で、むしろ杉恵が娘の東京行きにもっとも熱心だった。母親として、がっちりと囲い込まれた、ぬるま湯のような環境から娘を解き放ち、外気に触れさせてやりたかった。

「弓子ちゃんはちょっとひいき目に見れば、どちらかといえば美人の部類に入るわよ」

伯母は、弓子が複雑な表情を浮かべたのを気にもせずに、言葉を続けた。

「それに杉恵さん、言葉を返すようですが、音子さんは慈恵医大の先生をしていた、立派な大叔父さんの住まいに預かってもらっていたのでしょう。お母さんもそうだったと聞いています。でも、お二人がお亡くなりになった今、弓子ちゃんが頼れ、時には目配りしてくれるような人が、東京には誰もいないじゃあないですか」

「それが、そんな頼りになる人がいましてね。しかも大学のある小平に住んでいて、私より、しっかり手綱《たづな》を握ってくれると思える人が」

「そんな知り合いは知らねえぞ」

雄三が眉間《みけん》にしわをつくったので、杉恵が笑顔を向けながら首を振った。

「いいえ、あなただって知っているし、お宅にお邪魔もしたじゃないかね」

「見当もつかねえぞ」

「なにをとぼけて。二人で一晩泊めてもらって、お世話になったじゃないの」

「あっ」と口を開けた雄二が、軽くこくりとした。

「思い出したようだね。そう、西澤さんよ。西澤八重子さん」

雄三は、年配者接待の宴会では、民謡や演歌を披露してきたが、これはあくまで商売上の付き合いで、「音楽はクラシックだけでなく、やっぱりヨーロッパだよ」と、何人かのヨーロッパの歌手に傾倒していた。イギリスのビートルズは若い頃からのファンであったが、それだけでなくフランスのシャルル・アズナブールからスペインのフリオ・イグレシアスまで、彼らのLPレコード、最近ではCDがたまってきていた。実のところ、雄三のそんな一面が松本では洒落ているように思えて、結婚前の杉恵が惹かれてしまった一因でもあった。

そのフリオが数年前に東京公演で来日した時に、二人で上京して西澤の家に泊まったことがあった。雄三は初め逡巡《しゅんじゅん》していたが、杉恵に押し切られておしかけたところ、丁重に歓待され、西澤に対するイメージを大きく変えてしまったのである。

（年長者として敬意を表してくれる、いい奴じゃないか）

西澤にしたら予め雄三の人柄を耳にしていたし、一晩だけの妻孝行だから徹底して気持ちよく過ごさせてやろうと、内心はおくびにも出さず、ひたすら持ち上げた。

「西澤さんかあ。世話かけさせたのに、嫌な顔ひとつせず、むしろ喜んでくれたなあ」

雄三が懐かしみ、和《なご》んだ空気を流したところで、弓子がもっとも素早く反応した。

「弓子の名前につながる弓道部の先輩でしょう。私、東京の方を選びたくなった」

「弓子が小さい頃は、帰省の折に、お土産に珍しいお菓子をもってきてくれたりしてね。あの人には娘さんがいないから、可愛がってくれてさ。忘れているだろうけれど」

「ああ、あの小母さんがそうなの。これまでは、結婚する前のお母さんとの係わりの話だけだったけれど、ようやく漠然としていたイメージがはっきりしてきた。お兄ちゃんたちがいて、城山公園の滑り台やブランコで遊んでもらったの覚えている」

「弓子は賢いわね」

頭を撫《な》でるふりをしながら母親が冷やかすのに、首をすくめた。

「杉恵さん、それは中林さんのことかしら」

「そう、お義姉さんだって知っているじゃないですか。ここにも何回か遊びに来たこともあるし、しっかりした女性だって、言っていましたよ」

「でも、大丈夫かしら。本気で様子をみてくれるかしら」

「彼女の住まいから大学までは、歩いて通えなくもない距離みたいで、すぐそばには別の女子大もあって、女子大生だけを対象としたアパートもあるようですし」

「ずいぶん段取りがいいのね」

ここは、杉恵としては一歩も引きたくなかったから、目をつむる思いで、ずっと控えてきた言葉をあえて選んだ。

「そりゃあ、お腹を痛めた、大事な可愛い娘のことですから、母親として、誰より気にするのは当たり前じゃないですかね」

その一言で、義姉は口をつぐんだ。彼女の隣に座っていた弓子が、そっと身体を寄せて手を握ってやり、母親に悲しげな視線を向けてきたので、杉恵はほっとした。

「音子は、学校のキャンパスから出たところで、世間でよく知られた芸能事務所の名刺を持った人からスカウトされるようなこともあったらしいけれど、そんなときには手首をたたいて、〝父が手錠《てじょう》にかかわるような仕事をしていまして、どんなことになるかと考えると、とてもとても〟と言うと、名刺を回収して立ち去っていったみたい」

その場の空気を和ませての結論としたかった。

「音子ちゃんらしいが、弓子はそんな言い方はできねえぞ」

「大丈夫よ。私の場合は、〝父が包丁を振り回す仕事をしていて、怖《こわ》いから〟とでも言えばいいのでしょう。だから、伯母ちゃん心配しないでね」

「包丁かあ、確かにな。義姉さん、そういうことのようだわ」

弓子はそっと身体を抱き寄せられた。

この結論に、祖母の春子が喜びを隠さなかった。

「弓子ちゃん、お母さんから話を聞いてやきもきしていたけれど、中林さんも近くにお住まいのようだし、本当によかった。お祖母ちゃんの分までしっかり学生生活を楽しんでね。お祖父ちゃんもいなくなっちゃったから、もう少し若かったらついていきたいところよ」

「お母さん、足でまとい、足でまとい」

「分かっているわよ。そのくらい羨ましいというだけ」

本気で羨ましいのか、溜息までこぼすのに、音子を東京に残した際の姿も思い出されて、母が東京においてきたというものは、彼女の青春の夢が詰め込まれた、開けてはいけない玉手箱に違いないと察した。ひとたび封印を解いてしまったら、楽しい夢だけでなく、煙の中から悪夢もよみがえるのを恐れて、母は娘たちに過去の記憶をほとんど語らずにきたのであろう。辛い記憶は、よい思い出まで消してしまいがちだから、と。

母親に対して娘を思いやるような不思議な愛しさまで湧いてきてしまい、つい両手で母の手を包んだ。老いは感じさせても、その手は水仕事も多い杉恵より荒れてはいなかった。愚痴というものを母からは聞いた覚えはないし、どんな娘時代だったのかもほとんど耳にしていない。それでも、戦争の時代にぴったりと重なり、東京での生活を断念して帰郷を余儀なくされ、わずかな間に両親や兄弟の一人まで一時に失ってしまったという二十歳前後の数年間は、きっと過酷な日々であったのだろうと推測はしていた。

それでも母なりに、もっと苛烈《かれつ》な状況の中で、窮乏《きゅうぼう》に耐えながら子を育て、夫を戦場で失い、生きるためだけに相手を求めざるをえない女性たちの姿や、そんな状況に平然と目をつぶっていられる、感性が鈍磨《どんま》した多くの男たちが闊歩《かっぽ》する現実を認識していたのは、具体的な事柄に触れなくとも、ふと漏らす言葉の端々から察していた。

確かに、春子は敬虔なキリスト教徒であったから、教会を通じての一端《いったん》とはいえ、ひそかに世界情勢の動向に触れる機会もあり、その中で夜郎自大《やろうじだい》な精神主義が引きずりまわしていた戦時社会に屈せざるをえない不甲斐《ふがい》なさは、胸にしまい込むしかなかった。それでも、反発したくとも押さえつけられ、自制せざるをえない辛さは、敷衍《ふえん》すれば彼女にしても、被害者面《づら》してすまされないのを、戦後になって思い知らされることになる。

（日本人は事態の最中には加害者であっても、蹉跌の後にはあたかも被害者であったかのようにふるまいがちなのを、敗戦の後にようやく気づかされた。女性とて、能動的な加害者にはなりにくいというだけで、意識せぬままに幇助《ほうじょ》はしていた。それを忘れてはならない）

同胞のある女性が書いていた厳しい自戒の文章を目にして、春子はしょげざるをえなかった。教会で同じような趣意の言葉を、朝鮮半島出身の信者から投じられたこともあり、視野の狭さや視座の低さを自省した。韓国では、キリスト教が最大の宗教であるのも聞かされ、弱き立場の者が救いを求めてすがる宗教の一面に、あらためて頭《こうべ》を垂れた。

その一方で、思い出すだに馬鹿げた時代であったと腹も立つ。

「御国のためになんてね。でも、その御国から私たちは疎外されていたの。女たちは竹槍をもたされたのがその証《あか》し。竹槍でなにをさせようとしたのかしら。竹槍を振り回したところで、隙だらけになってしまい、屈強な敵兵の被害者になっても、加害者にはなれないものね。戦争が終わってからだって、疎外されていたのかもしれない」

女は男よりも、今日を生きるために敗戦の景色に直面させられ、子どもがいたりしたらなおさらであったのを、ラジオや新聞報道を通じても、心深くに刻みこんでいた。

そんな春子がインテリであったのは、娘として、父とのやり取りや生活の端々で感じさせられてきた。東京での生活がけっして無駄なものではなく、母に見るべきものを見させ、感じさせはしたものの、それゆえに諦めざるをえなかった夢の無残な残り滓《かす》も、彼女は分かっていたはずだ。夢を消してゆく鞭が母を打ちかえし、本人しか分からぬ幾条もの痕跡《こんせき》を残したのではないか。だから、その苦痛から逃れるために、彼女は、ある時間の記憶は封じたのに違いない。

杉恵は漠然とそんなふうに推測していた。

それでも、母には、夫としてあの父がいて、手を泥だらけにするのが無用だった運命には感謝していたから、娘たちになにもこぼさなかったのであろう。能天気なほどの明るさの陰を、杉恵は覗こうとはしない。誰とて、その相手に対してだけは、決して見せたくないものがあるのを、彼女は痛感してきていた。隠しておきたい母の秘密を、娘として、そっと抱きしめてやりたいと思うだけであった。

(姐御肌だとからかわれてもいい)

しんみりと祖母に添っている母の姿が、同じ場にいる弓子からは遠ざかっていく。

入学の手続きに来た母娘《おやこ》は、八重子たちの家に泊まって下宿を探した。確かに彼女の家の目の前にも、女子大生向けのアパートはあったが、あまりに近すぎるのも、見張り見張られるようでいかがなものかと、杉恵と八重子の意見が一致した。

大学の学生寮に入る手もあったものの、これには弓子が首を振った。

「もし贅沢を許してもらえるなら、誰にも気兼ねせずに、自分の殻に閉じこもれる時間を持ってみたい」

娘が素直に甘えてくるのは本音のときで、強い気持ちなのも分かっている。

「これまではいつも誰かがそばにいたものね。それに大学選びに迷っていて、入寮の申し込みに間に合わなかったのだから、仕方ないじゃあないの」

杉恵が首をすくめて舌を出すのは、悪戯《いたずら》心を夫や娘にのぞかせる時ときまっている。雄三は怪訝《けげん》な表情を浮かべたりもするが、弓子は的確に反応して母親を堪能させる。

「お母さんたら、さすがに知恵者ね」

八重子の次男が、近くの国立大学にいっていて、この女子大学とはよく合コンをやるようで、成程と思える情報も伝えてきた。

「荘輔は、学校に近いのは通学には便利だが、徒歩で通えるようだと仲間たちのたまり場になりかねないので、考えものだと言っていたわ」

そんな愚痴を耳にしたことがあると母親に助言していた。結局、私鉄で二駅のＪＲ中央線国分寺駅近くで、女子学生専用のアパートを借りることにした。ここから八重子の家までは、バスを使えば十分そこそこの距離だから、なにかと都合もよい。

「電車通学かあ。私は自転車で、朝の坂道をえんやらこらとこいで、最後の急な上りは押して登校していたから、通学定期をもって、何人かでおしゃべりしながら北松本の駅から通ってくる同窓生たちが、ちょっと羨ましかったりもしたの。だから、楽しみ」

最寄りの私鉄の駅から小平市の運動公園を抜けると、ゆっくり歩いても校門まで十分もかからない距離で、ほんの少しだけ大回りすれば、玉川上水沿いの遊歩道も通学路となる。上流で水量がコントロールされ、梅雨時でも乾燥した冬の時期でも水の流れがあまり変わらないので、真鯉や緋鯉が群れをなし、時には水鳥がつがいで川面に浮かんでもいて、彼女に松本城のお濠を泳ぐ鯉や水面を泳ぐ鴨の姿を思い出させることになる。

「私の故郷は、城下町ではなかったけれど、商都らしく水は豊かだったから、弓子が言うように、ここはほっとできる散歩道よね」

同級生に同じ長野県の小布施《おぶせ》町出身の仲良しがいて、春や秋の晴れた日には木々の隙間から水面をのぞめる細道を連れ立って歩いた。ごくたまに、太った青大将が枝に巻きつき、幼げな細身の蛇も遠慮がちに枯れ葉の間を縫っていたが、二人とも田舎育ちだったこともあり、悲鳴をあげもしなかった。

「へー、松本は松代からは離れているのに、それでも真田《さなだ》だったの」

顔合わせのコンパで自己紹介しているうちに、お互いに長野県出身ということで隣に席を移して田舎の話をしていると、郷土を紹介した『いろはカルタ』に話題が及び、いくつか紹介しあううちに、同じ読み札があるのに顔を見合わせた。

「そう言われればそうね。でも、あまり違和感なく〝さ〟は、〝真田の殿さまいい人よ〟だった。古くから家にあったカルタだったかしら。確か、メンコとかも入れたりしてあった、父の大きな宝箱から見つけたのじゃないかな」

つまらぬ話題にも応じあえ、長野県内の小中学校を卒業した者であれば誰でも歌える県歌の『信濃の国』にしても、どちらからともなく唱和でき、望郷できる気楽な相手というだけでなく、志向も似ていた。

「水魚にして、水のようにさらりとした交わりで行きたいわね」

「そう、淡白なほうがいつまでも続きそう」

女子大学なのに、ここの学生たちはもともと服装も派手でなく、けばけばしい化粧をする者もほとんど見かけず、若い女性たちが放つ華やぎはあったが、騒々しくはなかった。仲良くしても、粘っこい連《つる》みを避けているふしもあり、キャンパスに醸されているその落ち着きが、弓子たちには居心地よいものであった。

同郷というだけでなく、弓子と同じように受験勉強に縛られすぎず、読書量が多かった彼女とは、相手の投げかけてきた話題を、さりげなくキャッチボールもしあえた。

「もっと水の量も多く、流れも速かったのかしら。そうでなければ心中なんてできなかったでしょうから」

「少し下流の三鷹の方だったらしいけれど、こんな流れでは『グッド・バイ』とはいかないものね」

「いかにも、いかにも」

気が強めな〝信濃の女〟たちには女々《めめ》しく映《うつ》りがちで、その生き方には好意を寄せにくい、著名な作家の入水心中がその昔にあったとは思えぬ、穏やかな上水の流れであった。

電車で通うのにいい顔をしなかった雄三も、娘の住まいを確かめながら上京して、郊外の静かな環境にある大学がすっかり気に入ってしまった。自分が学生時代を過ごした川崎市の生田《いくた》よりも、東京都内なのに、ずっと空気が沈静している。それだけでなく、この場所を選ぶにあたっての弓子の判断が、父親を泣かせもする。

「お父さんに会いたくなったら、すぐに松本に戻れるところを選んだの。ちょくちょく帰って肩でも揉まなくちゃ。国分寺は中央線の特別快速が停まるから、八王子で乗り換えれば、〝あずさ〟であっという間に松本でしょ。伯母さんにもそう伝えておいて。夏休みになれば、とんで帰るから、〝桜家《さくらや》〟でご馳走して頂戴って」

「送別会はホテルの高級中華料理で、帰省したら鰻か。ずいぶん豪勢じゃないかい」

「本当。私なんか、結婚してからそんな店に行ったのは、数えるほど」

雄三の袖を引いてみたが、こんな話題には、いつもどおり気づかないふりをする。

「あら、お母さんも便乗したら」

「そんな席には、私はいない方がいいの。弓子だって分かっているじゃないの」

伯母には、どこに嫁いでも恥をかかないようにを口実に、フランス料理でも名代の信州蕎麦《そば》でも、松本のとにかく有名店に、弓子はよく連れていってもらった。同居している姪との時間は、彼女の張り合いになっていた。

「そんな話は、手ぐすねを引かせるだけだぞ」

「いかにもお義姉さんらしいけれど、味や値頃感とは別に、名前で安心してしまうところがあるじゃない。私ならまず財布と相談するのに。ねえ、お金持ちの雄三さん」

「そうはいってもお母さん、伯母さんの気持ちもよく分かるし、私にとっては有難くも嬉しいことなの。こっちの生活では、まったくの高嶺の花だから、伯母さんのお供が楽しみ。一緒に上うなぎ定食を食べたいって、お願いしておいてね、お父さん」

たった二か月ほど一人にしただけで、こんな心配りができるようになったのかと、杉恵は娘の変化に驚いた。妹の音子に似た言い回しに、他人の御飯を食べさせてよかったと頷いた。ひたすらマイペースだった音子にしても、新聞社の取材で多様な人たちに会い、もまれるうちにああなった。それに、「慣れたら放牧するから、弓子ちゃん、その後は頼んだわよ」と、不慣れな生活の様子見をしてくれている八重子の影響もあるに違いない。

娘の新しい生活環境を確かめ、安心して松本に戻った雄三の病状が悪化して、入退院を繰り返すようになるのは、その半年後。正月や春休みは、父親との約束どおりに、弓子は松本へまめに帰省している。二年目の夏休みが終わって東京に戻ってきた弓子は、彼女の祖父と同じく、西澤も故郷の味として好物にしている、魚問屋の一隅で販売用に作っていた、塩イカと煮イカの土産を届けに来て、顔を曇らせながら八重子に首を振った。

訃報《ふほう》が届いたのは、それから間もなく、武蔵野に秋風が吹き始めたころだったのである。

喪主の杉恵に代わり、遺族を代表して弔問客に謝辞を述べる、〝はね親〟でもある雄三の兄の言葉は、涙で途切れ途切れし、弟というよりも、息子の早世《そうせい》を逆縁《ぎゃくえん》として偽りなく悲しんでいる。

「後継者として期待をしていましたのに、こんなに早く、こんなにもあっけなくと、胸が塞《ふさ》がる無念を……」

妻の杉恵にも負けていない、老いた大きな嘆きの前では、娘としての悲しみさえ薄らいでしまいそうで、テレビで観たことがある、東欧や朝鮮半島などの葬式の泣き女の役割にまで、弓子は思いが至ってしまう。それに母の辛さにもっとも近くで寄り添っているのが、意外にも自分でないのも弓子は実感させられていた。叔母である音子が、母から一歩も離れずに、その嘆きをまるで姉妹が一体の存在であるかに悲しんでいるのが、一人っ子の彼女には理解できない。父の葬儀にもかかわらず、愛娘だったのに、まるで悲嘆から遠ざけられているように感じてしまい、徐々に葬儀の風景から、菊の白や喪服の黒まで、あらゆる色がぬけていくようで、それがもっとも切なくなってきた。

(お父さんが去っていくのを、お母さんと音子叔母さんが、私のことを忘れたかのように、二人だけで見送っている)

この叔母は、望郷というだけでなく、母の春子や慕ってきた姉の近くに住むのを願い、社宅や借家住まいを抜け出し、先年、夫にねだって松本の隣の塩尻市の桔梗ヶ原に自宅を建て、引っ越してきていた。夫の山科は、リタイアしてからは必要となる終《つい》の棲家《すみか》をあらかじめ準備しておこうと心づもりしていたところだったので、妻が生まれ育ち、二人が巡り合い、その彼女が母や姉たちがいるこの地に戻りたいという気持ちを尊重し、希望をかなえてやった。老いを迎えた母の世話をしたい気持ちとともに、幼いころから面倒をみてもらってきた姉の杉恵が、嫁ぎ先で必ずしも恵まれた状況にないのが気がかりになっているのも分かっていたのである。定年退職を控えて最後の勤務地となっていた、信州から遠く離れた滋賀県の大津で単身赴任するのも厭わなかった。

山科も義父の辰夫と同様に、音子が自分の妻になってくれたことに感謝し続けている。

音子にしたら、姉がこんなに早く寡婦《かふ》になるとは思いもしなかったが、その悲しみを姉妹でともに受け止められるのは、これもきっと運命であろうと、両親ほどには信心深くはないのに、めずらしく神の導きに感謝した。

　母たちの様相に驚く一方で、弓子は肩の荷がやや軽くなっていくのを自覚した。

（これからは、私がお母さんを守っていかなければと覚悟していたけれど、あんまりがちがちに考えない方がいいのかもしれない。これしかないなんて思い込むのは、未熟な証拠だったようにも思えてきた。母に係わりを持つすべての人の心情なんて分かるわけがない。こんなに身近にいても、父が母を、あるいは母が父をどう思っていたのか、本当のところを私は推察するしかない。伯母さんはどうなのか、お祖母ちゃんや音子叔母さんは、どんなふうに母をみて、どんな気持ちなのか探りきれずに、勝手に憶測して判断しているだけだ。西澤の小母さんは、正直に言葉にしてくれたような気もするが、それだってどこまでが本音なのか分かりはしない。人の心の内なんて、すべて、少しは透けて見えるだけの藪《やぶ》の中だ。自分の心でさえ、そうなのかもしれない。本当に大事なことは、遠回りしてでも彼我の距離を確かめていくより仕方がないのかしら）

　父を野辺《のべ》に送り、東京に戻る前に、弓子は六助の祖母の家で一泊する気持ちの余裕が生まれていた。

「お父さんがいなくなっちゃって、お母さんはどうするのかしら」

「さあね、どうもしないかもしれないよ」

「そうかなあ。独立したがっていたって、お父さんが言っていたよ」

「それは若い頃のことよ。もう、どっぷりとあの家での生活に浸かってきているからねえ。やり直しにくい年齢になっているし、本人にその気がないかもしれない。雄三さんが欠けた穴を、なにかで埋めようとはするだろうが、弓子ちゃんには向かわないから、安心していたら」

「いかにも姐御肌のお母さんらしいけれど、ちょっと寂しいような、ほっとするような」

一世代離れた関係は、時によって親子より心を許して通じ合えると聞いていたが、春子からみて、弓子はそんな気楽で楽しい相手であった。孫の方も、祖母には母より正直に気持ちをぶつけられるのが不思議であった。

「お母さんは、私とお祖母ちゃんは似た者同士だと言っているの」

「そうかもしれないね。でも、杉恵だって同じようなものだし、音子だって」

「ただし、自分もそうだけど、器量はお祖母ちゃんに負けているって言うのよ」

「つまらないことを。弓子ちゃんは、私や杉恵より、もっと素敵な相手に巡り合えるような気がしてならない。才色兼備の弓子さん」

「お祖母ちゃんたら」

国分寺の下宿に戻った弓子は、預かってきた香典返しを携えて、八重子のもとを訪れた。松本に行く前より、悲しみがかなり薄らいでいる様子に、八重子は安堵した。

「音子叔母さんが、母を一所懸命支えていてくれるのに、なにかほっとしてしまいました。私には姉妹がいないから分からなかったけれど、あんなものですかね。もっとも優香伯母さんとはちょっと溝があるようにも思えるし、よく分かりません」

「兄弟や姉妹というのは、難しい間柄よね。かばいあうもあり、競いあうもありで、結局は人柄と相性と共有した時間の積み重ね、それに親との関係かな」

「なにか、母は父の姉のようにみえましたが、音子叔母さんは母の姉みたいで」

二人とも、距離をおきたかった杉恵の話題には、あまり触れずに済んだ。

この年末に八重子は久しぶりに帰省し、あらためて仏壇の雄三に線香を供えた。

「お義兄さんががっくりとしちまってね、お義姉さんと私とではっぱをかけなければ商売にならないから、こちらが落ち込む暇がないのよ。そうでなくとも、スーパーマーケットに押され気味なのに、困ったことさね。弓子も東京へ行ったし、雄三さんになにかあったらこの家を出てやろうと思っていたけれど、当分それは無理みたい」

話に加わっていた弓子がくすりとした。

「お祖母ちゃんは、そうなるだろうって、初めから言っていたよ」

「この娘と母は手を組んで、私をちくちくといじめるのよ」

「それだけ、お母さんが強力だから」

引きあげようと玄関を後にしたところで、杉恵たちの見送りが終わるのをそっと確かめていたらしく、弓子の伯母が道路を小走りに追いかけてきた。

「弓子が世話になっていて、本当に有難うございます。くれぐれも宜しくお願いいたします。三年生になったらアルバイトを始めると張り切っていますが、できたら無理をさせたくなくて。私としては、杉恵さんの手前もありますから、帰ってきた時にほんの小遣い程度しか渡せませんが、父親がいなくなってしまったからそのような気になっているのか、本当はお金に不自由しているのではないかと気をもんでしまい」

いつもはおっとりと話しかけてくる人なのに、立て板に水のごとくため込んでいた懸念を一気にぶつけてきた。

「心配ないと思いますよ。経済的な理由ではなく、周りの友人たちもアルバイトをしているようですし、仲間たちに合わせたほうが、話題も増え、付き合いもスムーズにいくのではないでしょうか。どちらかというと、他人《ひと》は他人、我《われ》は我というところがありましたから、むしろそれだけ成長したと受け止めていただいてもよいかと。それに、アルバイト先については、私なりに気をつけるようにしますので」

両手を握り、涙を流さんばかりに懇願されて、杉恵が娘を家から出したい気持ちがよく分かったものの、肩に小さな負担が加えられる煩わしい思いも残った。

（おそらくこの人は、そんなことには気を回さずに生きてきたのだろう。いい人なだけに、杉恵さんは大変だったに違いない）

翌年の春先から、弓子は八重子の次男の荘輔の紹介で、彼がアルバイトをしていた、名古屋から全国に広がっていった予備校の仕事にありつけた。春休みは試用期間で帰省する期間は短くせざるをえなかったが、もともと英語教育に熱心な大学で語学力を磨いてきていたので、英語のチューターとして新学期からのアルバイトが決まったのである。八重子は胸をなでおろしたが、やがてこれが悩みの種になるとは、この時には思いもしなかった。

2　弓子の恋

息子の部屋の掃除をしていた八重子の手が止まった。

「あら、これは」

荘輔のベッドの枕元に、長い髪が二本落ちているのに気がつき、嫌な予感に襲われた。夫の西澤が単身赴任している仙台から帰ってきて、夫と過ごした通い妻の余韻を味わいながら、鼻歌交じりで一週間ぶりに家中に掃除機を這わせていたときのこと。

西澤がしばらく帰省できないときは、八重子が仙台を訪れることにしていて、大宮まで出れば、東北新幹線に乗って二時間そこそこで仙台駅に到着するから、三、四か月に一度の仙台詣でが彼女の楽しみにもなっていた。ゴルフにもいかない休日の無聊《ぶりょう》を慰めてくれると、彼も心待ちにしていてくれる。

勤務先の会社が準備していた単身者用のマンションには、風呂やトイレだけでなく洗濯機も置いてあるし、手狭な炊事場ながら、中型の冷蔵庫が設置され、都市ガスの小さなコンロもついているから、その気になれば日常生活に不自由はない。いかつい風貌にもかかわらず、西澤はもともとまめな方で、掃除や洗濯を苦も無くこなすだけでなく、料理は趣味のひとつであったから、多種な包丁にドイツ出張時に買ってきたゾーリンゲンの料理鋏《りょうりばさみ》やピーラー、鍋にしても小ぶりの卓上コンロに見合った大きさの土鍋やすき焼き鍋まで備えていて、ちょっとした新婚家庭より充実している。

彼女はすでに、鉢巻きを常に携えているような生き方からは離れてきている。とはいえ、なにもしない閑暇な生活は、かえって落ち着かなかったので、子どもにあまり手がかからなくなった三十代の半ばから、週に二、三日は、中央線の特快なら一駅と気軽に通勤できる、ある都市銀行の立川支店にパートタイマー勤めに出ていた。長男はすでに家を離れていたものの、次男の荘輔は、この春から社会人になった後も、父親が不在の留守宅を気にして八重子のもとに残っていたから、仙台は食事の心配をしないだけでも気楽に過ごせ、浮き浮きしながら北に向かうことになる。

実際、朝のリズムを崩したくないらしい夫が、先に起きて作る味噌汁の香りで目を覚まし、布団から抜け出すと、ワイシャツに着替えた夫とパジャマ姿のまま、調えられた朝食を食べ、出勤する背中を見送ってから掃除や洗濯をさっと済ませ、一人で杜《もり》の都のあちらこちらに足を運んだ。夫が勤める会社の取引先だという〝藤崎デパート〟の個人カードを、「私が使わない代わりに営業協力を」と預けてくれるので、気軽なショッピングも楽しめる。そんな一日の終わりには、連れ添っての外食に出かけるなどして、英気を養って東京に戻ることにしていた。

「たまにお見えの親戚のお嬢さんがいらっしゃっていましたよ」

留守にするのを伝えていた隣の奥さんの言葉にも、そういえば仙台に行くのをいちいち弓子に話してはいないから、無駄足を踏ませてしまったのかと、済まない気にもなっていたところである。だから、残された髪が誰のものであるのかは、すぐに察せられた。

八重子の不在が、荘輔から伝えられたのだろう。

迂闊さに臍《ほぞ》を噛む後悔はあった。自分のことを顧みれば、なんの不思議もない。二人ともに、あのころの自分たちの年齢を超しているのに気づかなかったとは、ただただ、抜かっていた。そういえば、弓子のアルバイト探しに荘輔がいやに熱心だったが、これは彼女を母親が保護者のように面倒をみるという事情を考慮してのものであろうと、勝手に解釈していただけで、予兆を見逃していたことになる。いや、あれは予兆でさえなかったのかもしれない。一気に天国が地獄に沈み込んでいく渦中に投げ込まれてしまった。

いずれにしても、夫に相談する話ではないし、杉恵にもうかうかと告げられない。こんな時に異性の子どもというのは確かめられもせず、かといって弓子に探りを入れるわけにもいかない。のんびりしているようで、大人たちに囲まれて育つ中で、彼女は勘が磨かれているところもある。悪い娘ではないから、こうなったうえは収まるところへ収まってくれるのを願うばかりだが、もし二人の間に亀裂が生じるようなことになれば、あるいは妊娠でもしたら、それこそ大事になってしまい、あの杉恵の義姉がどんな反応を示すのか、想像するだに嫌になる。恨まれるのは仕方がないとしても、どこかに落としどころを見つけるのは自分の役目になろうが、いかなる方向に向かうのか見当がつかないだけに、ひたすら気持ちが重くなってくる。

男女のかかわりで、こんなに先行きが不透明な不安で落ち着かないのは、西澤との婚約を確信しつつも、未だ結納が交わされずに関係が不確かななかで、彼が就職して新人研修で大阪に向かい、しばらく音沙汰がなかった以来のこと。研修を終えた西澤が、初任地の東京へ向かう前に、わざわざ名古屋経由で松本へ迂回して、とにかくはと顔を見せに来てくれたときの嬉しさを、久しぶりに思い出してしまう。焦《こ》がれた男を待つ女が、二人の間の絆を確かめたい思いは痛いほど分かる。

その男が息子で、女が親友の娘であるというだけでなく、荘輔に確かめるのを躊躇している間に、八重子や弓子のそばから、しばらくの間とはいえ肝腎の息子が海外に行ってしまい、溜息は深くなるばかり。この春から荘輔は、外資系コンサルタント会社の日本法人に就職して、新入社員として一か月の研修を受けるため、米国のフロリダ州タンパに旅立っていた。彼を送り出してからの一日は、千秋の思いへと変じてしまう。

荘輔が去って半月ほど経ったころ、いつもと変わらぬ様子で顔を出した弓子に、八重子は思い切って訊《たず》ねた。曖昧な問いかけで探りを入れてみながらといった心の余裕はすでになく、表情がこわばっているのも抑えられない。

「弓子ちゃん、荘輔とのことだけど」

八重子に隠しおおせないのは分かりきっていたから、弓子は、取り繕っても仕方がないと、すぐに身体から力を抜いた。

「荘輔さんがなにかおっしゃいましたか」

「あの子はなにも言わないけれど、私には分かるの」

「はい、お義母さんはお察しだろうと思っていました。ご心配をおかけして済みません」

お義母さんという言葉を口にし、畳に両手をついて、深々と頭を下げた。

「あなたが謝ることはなにもないじゃないの。悪いのは荘輔」

「荘輔さんには、なんの非もないと思います。しがらみが、川の流れに従うままに崩されてしまったようで。知識や知恵はむしろ後から追っかけてくるとでも言いますか、男女の関係の始まりとはこういうものか、と。だから、誰がいいとか悪いとかいうのとは」

確かに自分の場合もそうであったと頷くしかないが、よくもこれほどつき放してみられるものかと、次の言葉がすぐには続かなかった。それでも、弓子の瞳の奥にある想いは、それほど割り切れたものでないのも、人生の経験から割り出せはする。

「そう言ってくれるのは有難いけれど、いずれにしても荘輔が帰国したら、どんなつもりか確かめてみようと思っているの」

「新しい世界に入って大変な時期でしょうから、勝手なようですが、しばらくはそっとしておいていただいたほうが」

すでに弓子が荘輔の側に立って言葉を選んでいるのを確かめさせられ、兄のほうが家から転居して間もなく、結婚したい相手だと見知らぬ女性を連れてきた時と同様に、子離れとはこんなにあっけないものかと驚くばかり。寂しい思いもあるが、祝福していればよかった長男たちの場合とは違い、今はそれどころではない。

「弓子ちゃんは、それでいいの」

「インターネットで、休日にはキーウエストに向かう海中道路をレンタカーで同僚と交代で走らせたと、風の爽やかさや海の輝きまで知らせてきましたし、米国での生活を満喫しながら、いろんな経験を積まれているようです。日本に戻ってからは忙しい時間が待っているのが目にみえているとも。いずれにしても、社会人としての心構えを着々と調えられているのがよく分かります」

パソコンを使って息子から弓子に、母親が知らない米国での状況が伝わってきているのに驚かされるが、ついこの間まで懐《ふところ》に抱いていたわが子が、母親のもとから抜け出ていってしまい、自分だけが蚊帳《かや》の内に置いてけぼりにされてしまったようにも思えてしまう。二人の仲をあえて隠そうとはしないものの、静観しようと努めているところに、弓子の心情が見え隠れして可哀そうになってしまったが、彼女は八重子より落ち着いている。

「しばらくは、私のことどころではないのでしょうが、メールを送ってくれるのは、時には思い出してくれているのかと、それで結構満足しています」

度胸がいいというのか、現代っ子というのか、八重子には理解しきれない。

「そんな曖昧なことで、本当にいいの？」

悶々としながら想像してきた幸不幸の結末が気になり、老婆心《ろうばしん》からは逃れられない。

「はい。こちらを向いてほしくても、無理に向かせようとすればするほど、かえって鬱陶しがられるのは、どんな人間関係でも同じではないかと」

自問するかに首を振ってみせるのが、健気《けなげ》であるだけに、もどかしくてならない。冷静になろうとしながらも、おそらくは狭い部屋のベッドの上で涙も流しているに違いないと、若い娘の恋情を勝手に忖度《そんたく》した。

「弓子ちゃんは、もう」

「母は、父に惚れてしまったと、私には言っていました。きっとそうなのでしょう。でも、母が父との生活に満足していたかといえば、必ずしもそうではないのです。一緒になれたのは幸せだったとして、本当によい結びつきだったのか、母自身が懐疑的であったように思えてなりません」

「弓子ちゃんの言うとおりかもしれないけれど、それとこれとは」

「好きで飛び込むとしても、急がば回れで立ち止まるのが、いい結果になるようにも」

弓子はおっとりしているようで、場面場面で心を砕き、それとなく気配りするのを、杉恵が自慢していたのを思い出し、息子しかいない八重子は、そこまでお腹を痛めた子どもに目配りせずに済んでいるのに、むしろほっとしている。どこか男の子は気が楽だ。

「でも、母はお義母さんについては、初めの選択が良かったから、勝利者のようなものだと羨ましそうでしたよ。単身赴任で別居しているのに、仙台からは堪能した表情で帰ってくるって、荘輔さんもあきれ顔でした。ああ、これは忘れてください」

争っているように外からは見えなかっただろうけれど、周りで思うほどに内情は平坦な道でもなかったし、夫婦の諍いなんていくらでもあった。今とて離れて暮らしているから、会えば心浮くけれど、毎日のこととなったらそんなわけにはいかないのも確かだ。

そんな落ち着かないなか、荘輔が米国から帰ってきたタイミングに合わせ、西澤もゴールデンウィークで仙台から帰省していたので、長男とすでに結納を交わした婚約者に加え、弓子も呼んで歓迎の宴を催した。長男たちが、荘輔と弓子のことをよく知っていて、四人で和気藹々《わきあいあい》としているのに、八重子は拍子抜けしてしまった。この兄弟が、きわめて仲良しなのを失念してしまっていたのである。

（なんだ、灯台下暗《とうだいもと》しだった。独りであたふたとして、馬鹿みたい）

小さな家なのに、西澤はずっと四畳半の一室を書斎として確保する一方で、二人は六畳の子ども部屋に、それぞれの机を東と南の窓に向けて暮らしていた。寝る時には、押し入れから布団を引き出し、並べて寝る合宿のような生活を続け、この部屋を改築してやや広げ、狭いながらも二部屋に分けたのは、荘輔が家族として久しぶりに受験を控えた高校三年生になる時であった。長男が大学の付属高校、三歳違いの荘輔が中高一貫の中学に入学して五年が経っていた。手を組んでもかなわない父親を相手にしながらの日々の中で、彼らが抱擁しあうように連帯し、兄が浜田省吾を好きになれば、弟もファンになって、二人で連れ立ってライブ会場にはずむように出かけていく姿まで、八重子は懐かしく思い出した。

「お兄さんもお見えですよね」

荘輔が高校生になってからは、兄が時おり散髪にいく二駅先の理髪店に顔を出すと、すぐに声をかけられた。

「まったく似ていないのになぜかな」

息子が不満げなのが可笑しかったが、母親からすると顔つきなどさほど似ているようには見えないものの、他人の目からすれば兄弟なのが一目瞭然だったのかもしれない。

「頭の形がそっくりだったのでは。お母さんの友人たちは、愛想のいいしゃべり口調が同じで、電話では兄弟どちらと話しているのか混乱してしまうと言っているから、床屋さんも雰囲気で分かったのかもしれない。兄弟なのだから、結構なことじゃないの」

「お母さんの、息子たちの外見に対する、そういう投げやりな言い方が気に入らないな。兄貴が洗面台の鏡の前でヘアスタイルを気にしていたら、洗濯機を動かしながら隣から、〝男の髪形なんて顔が前か後ろか分かればいい〟と説教されたってこぼしていたよ。〝にじみ出る内容こそが大事〟だとは、それはそうかもしれないけれど、若者に向かっての言い方としては、あまりにもご無体《むたい》な」

荘輔は、兄が何事にも常に先行し、親たちとの緩衝や風除けになってくれているのも分かっていて、ときには友人よりも相談しやすい相手であった。ＰＴＡを通じてママ友が増え、息子たちの学力が話題の中心になりがちな母親からのプレッシャーを、時には肩を落としながら兄が感じとり、受け止めていたのを、弟として垣間見てきた。

「子どもを育ててみて、自分の期待した方向から逸《そ》れていくのには、人生で初めての挫折を味わってしまったものよ」

成人してからの、八重子の冗談まじりのからかいにも、兄はにやりと応じていた。

「それを聞けてよかったよ。お母さんの人生を深めるために、進路やらなにやらと心配をかけさせたのが、無駄にならなかったのはなによりだ」

最近になっても、ちょくちょく耳にしている、母親相手の兄のとぼけた受け答えには、独りで悩む姿にも間近で接してきただけに、ひたすら頭が下がる。兄のお陰で肩の力を抜いて、「わが家で一番下っ端《ぱ》だから」と、荘輔が伸び伸びできていたのは間違いない。

憧れがあった西澤の学生時代の記憶が八重子には残っていたから、本をぎっちり詰め込んだ書棚が三方向に並ぶ夫の書斎が、若いころに戻れるひと時を味わえる空間として彼女は好んでいて、部屋割りについては父親の肩を持ちがちであった。それに息子たちには、働いて家族を養っている父親が一家の中心だと幼いころから常々言い聞かせてきたので、時には母親に対しても、兄弟は紐帯《ちゅうたい》を確かめあっていたのかもしれない。反発や反抗を芽のうちに摘まれてしまいがちだったから、やむをえず地下茎で滋養を貯え、栄養を補給しあってきたところに、いつの間にか二人の若い女性が根を絡ませてきていた。

弓子が夫妻を「お義父さん、お義母さん」と呼ぶのに、西澤は初め違和感を抱いたようだが、二人の関係を知ってか知らずか、すぐに納得した表情に変わり、当たり前のように言葉を交わすようになる。

3　『回勅《かいちょく》』を語る祖母と団塊の義父

父の死をきっかけに、家族との係わりで思いがけぬ寂しさも味わいながら、野辺に送ってからの弓子が帰省した際の落ち着き先は、実家ではなくて、松本でもっとものんびり過ごせる祖母の独居に替わった。杉恵にしても、相変わらず義兄夫婦と同居している自分の住処《すみか》より、娘が六助の家の方に落ち着きたがるのに違和感はない。家をいったん離れたら、それまで住んでいた部屋からいつのまにか住人の〝におい〟が薄れていき、居場所がなくなりがちなのも分かっている。何日か一緒にいて、帰ってくるのを心待ちにしている義姉の相手をしてくれたならそれで十分で、自分は親孝行がてら母のところへはちょくちょく顔を出しているから、互いにからかいあい、女三代の時間を楽しめる。

「弓子ちゃんが、私の青春時代から欠けてしまった時間を、埋め合わせしてくれているようで、本当にうれしいの。まるで、リレーのさなかに落としてしまった私のバトンを拾い上げ、引き継いで走ってくれているみたい」

春子は、すでに十数年になるが、夫の葬儀で大泣きして以来、なにかが吹っ切れた気がしてきていた。それでも語りにくいことが残ってはいるが、誰かにしゃべってみたい記憶もよみがえってきている。いまさら娘たちを相手にするには、肩ひじ張らせて構えなければならないなかで、ぼそぼそ伝えるのに孫娘あたりは向いていて、なかでも弓子は最適であった。素直に受け止め、賢く理解してくれる彼女との時間は、至福のひと時となり、自分の人生を完結させるために、神がこの娘を配してくれたような気さえしてくる。薄くなっていたとはいえ、なおもかかっていた霧がようやく晴れてくるようだ。

「お祖母ちゃんの学生時代は、敵国の言葉である英語を勉強するなんて、利敵行為くらいの空気が蔓延《まんえん》していてね。野球が好きだったすぐ上の兄なんか、野球用語がすべて和製にされてしまったのには、生きていたなら口あんぐりで魂消《たまげ》たに違いない。セーフは安全、ファウルは圏外とか、よく覚えてはいないけれど、そんな感じだったのよ。『サンデー毎日』は『週刊毎日』に、兄が購読していた『エコノミスト』が『経済毎日』に変わったのかな。とにかくカタカナ自体が敵視されているようで、馬鹿みたいでしょ。実際、馬鹿だったのよね。あーあ、小兄ちゃんのことを思い出してしまった」

当時は、社会の風潮が、何事にも殻のように閉じこもって、身を守ろうとしていたのであろうと、春子は、セピア色にぼんやりと薄まった時代を思い出していた。堅固《けんご》そうに見えながら、その実、外はもろく、内に棘のある殻におおわれた時代。

「弓子ちゃんが通っている大学は、津田梅子さんが開いた女子英学塾が出発点でしょう。あの当時はどうしていたのでしょうね。大変だったのが察せられる」

終戦後に教会の牧師から、敵の米国は、日本語を理解できる人材を育て、尊重していたというのを聞いて、その一事だけをもってしても日本は負けていたなと、納得してしまったことも、春子は思い出した。江戸時代でもあるまいに、機密や秘密といった言葉を横行させ、監視させながら枠はめしようとしたあのころ、少なくとも、発するのを抑えられていた女たちの多くは、幸せではなかった。

戦いに敗れてからは、米軍の進駐に適応するために、また、それまでの鬱憤《うっぷん》をはらすような勢いで、英語への関心が高まった熱病も、極端な反敵性の裏返しのように思われ、春子は大きくなるお腹につい、「宿《ち》じこまらずに、伸び伸びと生きていける世にしたいね」と語り掛けてしまった。

「閉じこもっちゃ駄目よ」

「ええ。社会の進歩、発展には、オープネスが必須。開かれた窓から知識や情報が入ってきて、出てゆく仕組み。そこから生まれる知見こそ、初めて社会に役立つものになるのだって。そんな話を聴講している私と、お祖母ちゃんの大学生活とではまったく違うみたいなのに、同じ結論にたどり着いているお祖母ちゃんは、流石だよね。才媛だと言われただけのことがある」

「褒めてくれて有難う。それも弓子ちゃんと話しているからよ」

春子は時に、キリスト教会にかかわる話題も孫娘にしている。

「ヴァチカンは、海外旅行なんて夢のまた夢だった私たちの時代のカソリック教徒にとっては、訪ねてみたいというより、やはり遠い憧憬《しょうけい》だったの」

辰夫の死後に、葬儀で残ったミサ料を投じ、家庭祭壇代わりに注文してあつらえた落ち着いた書架から、一冊の画集を取り出してきた。

「ミケランジェロよ。ヴァチカンのシステナ礼拝堂の天井画のうち、〝天地創造〟部分は彼が担当したし、祭壇の大壁画〝最後の審判〟もそう。本音を言うと、やはり実物を仰いでみたかった。でも、サンピエトロ大聖堂のこの〝ピエタ像〟の前に立ったら、怖いくらいに悲しくなるでしょうね。だから、憧れているくらいがよかったのかもしれない」

弓子には芸術作品であっても、信仰に結びついている祖母の視座は異なっている。

「私は、キリスト教徒ではないから、お祖母ちゃんの心情はよく分からないかもしれない」

「それは弓子ちゃんだけではないと思うよ。杉恵たち姉妹にしても、三人ともに洗礼は受けているのに、神に帰依する思いは私たちとはかなり違うのよ。受難が信仰心を深めてきた歴史があって、多少なりとも私たちはそれを実感しているところもあるから、どうしても一歩踏み出す時の覚悟が違ったの。すがりついたのよ、神に」

「そういえば、お母さんは結婚式を除いては、教会にあまり足を運ばない」

祖母が語るローマ教会の話のなかで、弓子がもっとも印象深かったのは、信仰とはやや無縁なものであった。

「弓子ちゃんは、『回勅』なんて知らないでしょう」

「えっ、たしかローマ教皇が出す公の文書みたいなものではなかったっけ」

「偉いわね、よく知っている。そのとおりなの。教皇が世界中のカソリックの司教に発する公文書。その『回勅』のなかでも、二十世紀目前に発された有名なのがあってね。教会が神学論争を抜け出し、社会の動きと正面から向き合う先駆けとなったとも評されているものなの。副題が〝資本主義の弊害と社会主義の幻想〟なのだけれど、ちょうど百年後の『回勅』では、〝社会主義の弊害と資本主義の幻想〟と読める趣意に改められているのよ。今から六、七年前だったかな。この一世紀の間の歴史がなぞられるよう。私が生きてきたのは、そんな時代なの。これが、百年後にどうなっているかの伏線だとしたら怖いよね。『黙示録《もくしろく》』ではないけれど、二十一世紀に待っているのは弊害と幻想だらけで、まずは錯綜と混乱の坂道。やがて神の国にたどり着く平坦な道は、なおも先。悲惨を味わいつくしてきた人間が、失敗からなにも学べていないとは思いたくないけれど」

祖母の体験談や二人で交わした会話は、弓子に、彼女自身のアイデンティティとなる背景の時代に関心を持たせることになった。

(私は、どんな環境で育った親たちから生まれ、どんな時代を生きてきたのか、知りたい)

母の杉恵や八重子からは、ＰＴＡの母親同士の会話などを通じて、彼女たち自身の、育ち盛りだったころの生活に根差した話題が、笑い話のように語られることが多かった。脱脂粉乳なるものが弓子には理解できなかったが、彼女の親の世代では、米国から大量に送られてきた粉末を溶かした飲物が、「今にして思えばまずかったわね」とこぼされながらも、貴重な栄養源として全国津々浦々の学校給食で供され、紙キャップで蓋をされた瓶詰の牛乳は、運動会の昼食時に与えられるだけの高価な飲料。今では手ごろに食べられるバナナなどは、ハレの日だけに口にできる極めて高級な果物で、二日も三日も前から楽しみにしていて、香りや触感はまるで天上の食べ物のように思えたらしい。鶏卵でさえ、胸はずむ食べ物だったという。いわんや、すでに学校生活の中では死語になっている虫下しという言葉に顔をしかめられても、「野菜も化学肥料で育てる時代だから、回虫《かいちゅう》や蟯虫《ぎょうちゅう》なんていないものねえ」と同調しあわれても、なんのことか分かるわけがない。そのＰＴＡだって、母たちが子どもの頃は〝父兄会〟、それも弓子が小学生の頃には〝父母会〟と男尊女卑が否定され、両親がいない子どももいるから現在は〝保護者会〟に変わってきたと、とってつけたような人権意識の変化に首をすくめてみせる。ただ、彼女たちが、豊かになった時代の子どもたちを羨ましがりながら、社会の変化を受け入れているのは察せられた。

その一方、荘輔の父である西澤は、大学を卒業してからは松本でずっと暮らしてきた父親の雄三とは異なり、都会の修羅場の中で、時代の生々しい変化に接してきたのだろうと受け止めていた。いわば、男がリードしてきた時代の男の世界だ。彼が生きているビジネスの世界に点在しているであろう相克や葛藤の絵図に興味はあっても、直接問い、覗き見できるようなものではないし、ぼんやりとでも知りたければ、大学の図書館に通って、『日本経済新聞』に掲載されている功成り名遂げた人たちの〝私の履歴書〟でも読めばいい。

それでも、祖母の話を聞いているうちに、彼女にはいなかった息子たちの世代、祖父が友人との間で話題に上げたこともあり、妻にも話していたという、団塊とされる男たちがどんな学生時代を過ごし、なにを目指していたのかくらいは知りたくなった。このただいまが豊かで平和だというならば、この時代を形作る一翼を担ってきたのは、間違いなく彼らであろうから。弓子は、父親が亡くなってからは、西澤が帰省するのに合わせて、顔を出すようになっていた。

「父からは学生時代の話をあまり聞けなかったのですが、多少の年齢の差はあっても、お義父さんも同じ世代ですから、どんなだったのか知りたくて」

息子しかいない男が、娘のような女性から甘えられたらつい心が弛み、家庭で語ることなどなかった、学生の頃の記憶を想起させるような問いかけを弓子がしてきても、今さら本音をさらしにくい家族とは違った正直な気持ちに誘われる。

（荘輔さんだけでなく、お義兄さんにしても、父親に一目も二目もおいているようだけれど、私の父からそんな雰囲気は伝わってこなかった。なぜなのかしら）

義父になるかもしれない男が、いかなる人物かを知りたくもあり、祖母の話を聞いているうちに、どんな人たちが社会を動かしてきたのかにも興味が湧いてきていた。祖母たちが辛い思いをさせられ、後にしらけさせられた古い世代の男たちと、どう違うのだろうか。どんな青春が彼らを磨《みが》いたのか、あるいは錆《さ》びさせたのか。仮に頭数だけが多い虚仮威《こけおど》しの世代であるとしたら、平和で豊かというのでさえ、砂上《さじょう》の楼閣《ろうかく》にすぎない頼りないものかもしれないし、祖母の懸念にまでたどり着かせる。

その西澤は、東北支店に勤務している間、東北地方で数多く出回っている銘柄米のなかで、宮城県産の〝愛娘《まなむすめ》〟の名前に固執して、東京に戻ってからも取り寄せて常食するほどに娘がほしかった。だから、弓子に酌でもされると、酔いに任せて、妻や息子たちには話したことがない映像まで思い出させられた。数十年のサラリーマン生活の中で、大学の同級会の席ででもなければ、まず失念している出来事である。

「たぶん数年の違いであっても、お父さんとはかなり違う環境だったのではないのかな。それに、お父さんの農学部のような実学を学ぶ立派な学部と違って、こちらは政治学なんてヤクザな世界に首を突っ込んでもいたし」

西澤の政治学科のクラスは、多士済々《たしせいせい》といえばよく聞こえるが、むしろ玉石混淆《ぎょくせきこんこう》の極みであった。それだけに二、三年生になるころには、左右のウィングが幅広くなり、入学当時の源流が分からないほど支流に分かれ、違いが鮮明になってしまう。全共闘の一分派である青いヘルメット姿に身を変じて授業から距離をおく者、三島由紀夫の〝楯の会〟のメンバーとして、夏休み中に自衛隊に体験入学してきたと胸を張る一団の中には、隊長である三島の考えに共鳴するにとどまらず、班長となる幹部たちもいた。それぞれにシンパシーや違和感を抱きながら右往左往しているノンポリや、政治家を多く輩出している雄弁会《ゆうべんかい》なるサークルのメンバーなどへと分岐し、共通するのは学生証だけということになる。

入学当時は大学の運営担当理事たちとの団体交渉が行われても、つるし上げ程度の雰囲気で、学生運動に穏やかな空気も残されていた時代。この交渉の主体は、他学部で勢力を伸ばしていた左翼政党の下部組織であったが、いつの間にか彼らの姿が表舞台から消えていき、過激な言葉が書きなぐられた立て看板がキャンパスの主役となり、白や赤のヘルメット姿が跋扈するようになっていく。分派した白同士の競り合いがもっとも過激であったのは、近親憎悪のようなもの。確かに、西澤のクラスにしても、左右の端と端に立つ者は、互いに軽蔑しあうだけで論争もなく、それゆえ憎悪には至らず、奇妙な均衡が保たれていた。あの左翼政党の臭いを強く感じさせる者はいなかったが、もし首をもたげれば、この集団だけは集中攻撃を浴びそうであったから、気配を消していたのかもしれない。そういえば、在学中は大きな声を出さずにニコニコしていて、卒業後の同級会には一切顔を出さない男たちがいたが、静かに潜航《せんこう》していたのか。

雄三が通っていた大学も、学生運動のひとつの拠点であったが、在籍していた数年の差で大きく状況が変化し、学部の違いでも醸される空気の色合いに大きな隔たりがあった。

西澤が卒業するころには、アナキストを称する黒いヘルメット姿まで登場し、〝連合赤軍事件〟へとつながっていくラディカルな流れが頂点に達して、内ゲバで殺しあうような惨状が静まると、一気に学生運動が沈静化していく。火山の噴火でも地震でも、ため込んできた大きなエネルギーは一挙に放出の形をとり、残されるのは後始末としばらくの安定だ。ずっとずっと後に、西澤はその思いに至る。

大阪に本店をおく企業の採用面接を受けるため、西澤が向かった先では、太陽の塔をシンボルとした〝万国博覧会〟が、千里《せんり》丘陵で開かれていた。〝遠くまで行くんだ〟と意気込んではいたものの、過激な流れについていけなかった多くの同級生たちも、耳ざわりよく漠然とした〝遠く〟という言葉に酔っていただけだから、日本経済の上昇の機運に乗って、平然と企業戦士として一斉に走り始められた。

弓子の母親が、結婚する前に八重子から西澤を紹介され、親友の学生だった恋人に抱いた直感は、見当外れなものではなかった。松本の〝しづか〟で酒を酌み交わしながら、内山辰夫や百瀬が俎上に上げた事件の外縁で、その頃の西澤たちは生きていたのである。

「お義父さんは、どうだったのですか」

「弓子ちゃん、いい質問だね。そんなこと聞くのは息子であっても控えていたのに」

顔を見せていた兄の方がにやりとした。

「心情的には左派。ただ、楯の会のメンバーはどこかピュアなように思えて、友人として結構仲良くしていた。だから、ノンポリということになるかな。第一次世界大戦を引き金にしたロシア革命や、オスマン帝国崩壊の後に生まれたトルコの政教分離策から、日本の国家主義や超国家主義といった、二十世紀のアトランダムな政治テーマを議論しあうサークルに入って、今にして思えば、かっこをつけていた」

「お父さんから、そんな言葉を耳にするのは初めてだ」

兄弟が顔を見合わせた。

「当時は、学生デモが多発していたと聞きました。これは、お祖母ちゃん経由で、当時は東京の法務省関係の仕事をしていたお祖父ちゃんが、そんな話をしていたそうですが、お義父さんもデモに行ったことなんてあるのですか」

「ある」

確かに、上滑りながら、社会のあるべき方向を模索はしていた。

先頭はヘルメットをかぶり、手拭いで顔を隠した一群が、横に渡したゲバ棒で統制しながら、ゆっくりと隊列を前進させていく。腰を低くした二、三百人が、その動きに倣う。初めて参加した時に、腕を組んだ、慣れた様子の女子学生が西澤の足元を見て、手拭いを割いた紐を渡してきた。逃げる際に靴が脱げないようにと、その紐を靴底に回して一周させ、上部の甲のあたりでぎゅっと縛るように教えられた。

「デモは、初めてなの？」

先輩のような口をきいてきたので、仕方なく正直に応じると、

「不慣れなうちは、逃げるときにいつの間にか後方に取り残され、気がつくと機動隊がすぐ後ろにいたなんてことになりかねないから、注意しなさいよ。つかまりたくないなら」

追いかけられて、逃げ回り、夕刻近くに再集結して腰を落とした時に、紡《つむ》がれる前の頼りな

げな繭糸の条線《すじ》が、景色を霞ませてきた。たいして濡れはしないものの、湿潤がまとわりついてくるなか、拡声器からのアジ演説が終わると、誰かの合図があって、合唱する若者たちの歌声が、静かに深重《じんじゅう》するかに地を這い、細い銀糸の霧雨がすべての音に絡んで、無為に吸いとっていく。

〝……砦《とりで》の上に我らが世界築き固めよ勇ましく〟

一世代前には、デモの後で童謡の〝赤とんぼ〟が歌われたこともあったようだが、昂揚の質が変わってきていたのかもしれず、より地から離れて、より浮き上がってしまっていた。隣で膝を抱えていた女の落ち着いた声が、悲壮な酔いを醒《さ》ました。

「〝ワルシャワ労働歌〟よ。どう、これから別の場所に移って、少し話をしない」

つい導かれてしまいそうな誘いであったが、声をかけてきた女性の顔つきが、西澤が学資を頼っている兄の妻というだけでなく、ひそかに慕っていた女性の面影にどこか似ているのが気になり、一瞬たじろいでしまった。その日はそのまま、無理強いもしなかった彼女と別れた。片手を上げて背を向けた女の顔を、別のデモで見かけたが、再び話しかけられることはなかった。あの誘いに乗っていたら、深入りして逃げにくくなってしまったのではなかろうか。踏みとどまっていなかったなら、今の自分はないかもしれない。

「つまらないことを聞いてしまい、済みませんでした」

ほんのしばしながら、回想に耽って、ぼーっとしていたようだ。

自身を忘れたような、その呆《ほう》けた様子が八重子には意外だった。彼女は、あの新宿のアパートで、そんな男の姿を感じとることはなかった。

(知らなかった)

西澤の妻への向き合い方は、いかにも男の一方向の単線であり、心の中で愛憎を切り結んでいるような夜には、夫の無遠慮な鼾が八重子には腹立たしくもあったが、それでも何十年も寝床を並べてきたのは、かすがいでもあった子どもたちを組み込んだ家族のかたちを守るため。たいていは自分が辛抱し、愛や憎しみと折り合いをつけてきたからだというのが信念になっていた。ぶつけながらも、黙したことは少なくない。

(私の理解不足に過ぎなかったのかもしれない。お互いに行き違い、すれ違い、今とてもそうなのでしょう)

社会に出てすぐに結婚し、立て続けに子どもが生まれた西澤は、学資を賄ってくれた田舎の兄を頼りにできず、独力で妻子を守らなければならなかった。父親を早く亡くした後、歳の差のある兄は一家の家長として面倒をみてくれ、学校の成績がよかった弟の進学のために田圃一枚を売って、学費を工面してくれたのもよく分かっている。なにも言わずに温かく見守ってくれ、彼も強く好意を抱いていた義姉が、卒業してすぐに西澤が結婚したのには、学業専念と思っていたのにとがっかりした表情を浮かべていたが、これには申し訳ない思いを禁じえなかった。生家との距離が離れがちになってしまったのには、それなりの背景がいくつもあったのだが、妻にだけは話したくないことがある。

そんな西澤夫妻にしても、荘輔と弓子とのことは、前に進めたい思いが重なりあうようになっていたし、彼らだけでなく、周りも暗黙のうちに認める間柄となっていく。杉恵も、それとなく感じとり、八重子に確かめたところ謝られてしまい、なんとか娘が傷つかない方向で決着するのを、遠くから願うばかりであった。

祖母の春子には、帰郷した際に弓子が直接打ち明けた。

「お母さんにも私からは言っていないの。勘づいて、親友に確かめてはいるでしょうけれど。だから、お祖母ちゃん、内緒にしておいてね」

春子は、嬉しそうにこくりとするだけであった。

成り行きがはっきりするまでは迂闊に話せない伯母がいたが、彼女にしては珍しく、知りたくて仕方がないのに、訊ねるのは控えていた。確かめた途端に弓子が遠くに行ってしまいそうで、聞けなかったのである。だから、弓子が東京での就職活動をしないで、松本に戻りたいという決断にもっとも喜んだのは彼女であり、受け皿づくりに珍しく夫の背中を押した。首をひねる者がほとんどであったが。

「なぜなの」

多くを語らない弓子に、まず小布施出身の親友が、責める口調で問うてきた。女子学生の就職には縁故採用が蔓延していたが、この大学の学生たちは、難関を突破してきた能力や語学力を評価され、高望みしなければ就職にそれほど難儀することはなかった。彼女にしても、外資系のコンサルタント会社に採用されることが決まっていたし、成績がよい弓子ならなおさら問題もなく、社会人としてステップアップした、身近な付き合いを楽しみにしていただけに、理由も言わないUターンには失望してしまう。

母の杉恵も、西澤夫妻も、理由がよく分からなかった。祖母の春子は首をひねりつつも、老い先を考えれば自分勝手とは思いつつ楽しみができたと、四年の間に気力が萎《な》えつつあるのを自覚していたので、内心では喜んでいた。

彼女の志向や判断を理解していたのは、荘輔だけだったのかもしれない。

この年も、彼はアメリカに行っていた。今度は新人たちを引率していく選ばれての出張であり、準備作業もあって前年の夏ごろには内示されていた。だから、会社から期待されているのは、本人だけでなく弓子も認識できた。彼女は、気持ちの上で荘輔の重荷にはならず、男が自ら選んだ仕事に集中できるようにしたかった。たぶん彼は、彼女の存在を忘れることはないであろうし、もし離れていくようならそれだけのことで、手を携えて進む相手ではなかったということだと、試練に向かうべく腹を括った。藪の向こうにいる惚れた男に近づいていくには、多少の傷は覚悟しなければならないと自分を励ました。

春先の異動で、長くなっていた西澤の単身生活に終止符が打たれ、東京勤務に戻るのが予想されていて、その場合には荘輔が家を出て、一人住まいを始めようとしているのを、彼女は直接聞いていた。そうなったら、すぐには結婚しにくいにもかかわらず、二人の関係がなし崩し的に前に進んでしまいそうで、これには迷いが生じていた。それに、自分で働いて、その糧で生活してみる経験もしておきたかった。いずれ一緒になるとしても、恋情だけに走るのは、母のような後悔の種を蒔きかねないと、やせ我慢する道をあえて選択した。休んでいるようだと母からからかわれた足元まで、いったんはピンと気をつけしてから、荘輔の胸に心置きなく飛び込んでいこうと決心したのである。

そうはいえ、松本で職探しといっても、なんでもいいということにはならないなかで、なんとか松本に呼び寄せたい伯母が株主となっている企業に、相談された伯父が目をつけ、妻にボールを投げ返してきたのである。

「お前、大株主ではないかい」

この夫婦が、父親から引き継ぎ、弟妹たちに知られていない財産に、地元企業の株があり、これが伯母の名義となっていた。弓子の祖父が蓄財代わりに若い頃に投資した蚕糸を扱う会社が、長く低迷している時期に頼まれて株を買い増ししていたところ、日本経済が右肩上がりしていくのに連動して、保有土地の賃貸事業が順調に利益を上げるようになってきた。株は公開されていなかったし、株の譲渡には株主総会での了承が求められる制約の多い株式で、あまり期待していなかったこともあり、伯母の名義にしておいてくれたのである。ところが、蚕種《かいこだね》の製造販売が頭打ちになる一方で、保有していた不動産の賃貸事業は安定した利益を上げていたので、額面に対して二十五％もの高配当を継続してきていて、誰に気兼ねすることもなく、伯母が弓子に食事のみならず、上京する際にはそっと小遣いを手渡しても余りあるほどの配当金がもたらされていた。

この会社が、新しい分野への進出を目論み、蚕の繭を活用した新規事業を立ち上げたところであった。銀白《ぎんぱく》の繭から、糸を吐ききって蛹《さなぎ》に変じた安眠中の蚕を取り出し、その繭に色鮮やかな顔を描いた雛人形や、繭ごとに色付けをほどこしたうえで、抽象的な部屋飾りとして組み合わせるなど、繭を扱い続けてきた会社なりの製品が、地元の土産物店などで評判になってきていたものの、販売量には限界があった。販路を広げるための人材を探していて、株主総会の後で催される小規模なパーティで話題になっていたのを思い出し、伯母は株主の立場で弓子を売り込んだ。女性というのがひっかかったものの、なんとか採用され、彼女は六助の家で祖母の春子と同居し、軽自動車で市内への通勤を始めた。

当初、店舗販売を中心に位置づけ、弓子も実際に出張販売を試みたものの、思うような成果が上がらない中で、米国における商品販売に関わる情報などを小布施出身の親友から耳にし、パソコンの普及が加速されつつあるだけに、物流としてのロジスティクスは、血の流れと同様に、幹線としての動脈だけでなく、毛細血管のようなきめ細かい支流にも注視すべきことを確信した。

入社二年目から試行し始め、三年目に入るころには、インターネットによる販売が軌道にのり、弓子に時間と気持ちの余裕ができてきた。古くからある中小企業には、往々にして意見具申をしにくい雰囲気もあるが、この会社のトップは、若い社員からの提言として積極的に受け止め、決断してからは小さな組織ゆえの機動性が発揮されたのであった。

弓子は上京しやすくなり、荘輔自身の通勤にも便利な、彼が転居した荻窪《おぎくぼ》駅近くのアパートを訪ねる機会が増えただけでなく、松本へ戻って気持ちを調えておきたかった事柄にも先が見えてきた。

「弓子ちゃん、私は本当に幸せ。こんな機会を作ってくれて有難う」

伯母に時おりご馳走《ちそう》になることで甘えるだけでなく、弓子の運転で、三才山《みさやま》トンネルが開通して近づけた、松本とは山で隔てられていた上田市近くの別所《べっしょ》温泉に連れていった。建物の外観からして立派な老舗旅館の湯船に一緒につかり、洗い場で背中を流すうちに、伯母が泣き始めてしまい困ったが、心の整理が少し進んだように思えた。

翌日は小布施まで北上し、初めて親友が育った町の情緒を味わい、帰途には故郷の一風景として見ておきたかった、姥捨の棚田《たなだ》の景観を高速道路上から二人で俯瞰すると、わずかな時間で松本に帰着した。

旅館代は弓子が払ったが、その何倍もの紙幣が入った封筒を伯母から渡された。

「弓子ちゃん、これは私の張り合いなの。私の楽しみを奪わないでね」

残るは、義父となる西澤をより知るための手がかりであった。

「お祖母ちゃん、有明って知っているかしら。穂高の方らしいけれど」

「詳しくないけれど、弓子ちゃんだって、お母さんと二人で小さい頃に行ったことがあるよ。その有明がどうかしたの」

「西澤の小父さんの故郷なの。荘輔さんも小学校に上がる前には行ったことがあって、庭先の鶏小屋で、生まれたばかりの温かい卵を触ったのを今でも覚えているみたい。だから、コケッコーの家だって、お兄さんと懐かしそうにしていた」

「西澤の小父さんではなくて、お義父さんって早く呼べるようになればいいね」

「お祖母ちゃんたら」

弓子がポッとなりながら俯く姿に、春子はもどかしくなってしまった。

「それで、その有明がどうしたの」

「行ってみたいの。私一人でと思ったけれど、お祖母ちゃんも一緒に行かない」

「弓子ちゃんは、西澤荘輔さんを、本当に好きなのね」

「うん。実は、秘密にしていたけれど、大好きなの」

この孫娘のはっきりした明るさこそ、春子は大好きだった。

「久しぶりに、お母さんも誘って三人で出かけてみようかね」

稲が刈り取られたばかりの田圃からは、秋の名残の藁と土の香りがしてきた。有明山を眺めるのは、杉恵にしてもあれ以来のこと。幼かった弓子が、自分が結婚した年齢をすでに超えている。緑一色だった山が、冬を迎える枯れた色合いに染まっていて、過ぎた時の諸相をさらい直すよう問うているかにもみえる。母の春子と両側から手を引いてやった娘が、ゆるい坂道では母の背にそっと手を添え、ゆっくり歩く三人の速度が二十年近い時を経ても同じなのにも、杉恵はかすかな感懐にとらわれてしまった。母が老い、自分も歳を重ね、それゆえか時間に浮かぶ社会までもが、戦後の混沌としながらも陸離としていた朝の陽光に映える若葉から夏の深緑、さらに夕べの残照を浴びている紅葉へと移ろい、寒さをしみ込ませた景色に向かっているようにも思える。

有明山の姿も、思案から思索に移ろうなかで、間断なく進む時間の軸を貫いて、『鐘の鳴る丘』の旋律《せんりつ》だけが、変わることなく耳に届いてきた。

今日のドライバーは、弓子だ。

荘輔の父親の故郷は、隠れるようにたたずむ道祖神《どうそじん》を点在させる、鄙《ひな》びた田園風景が広がっていた。それも整備された県道に戻ると、過ぎた時代を遠ざける景色が現れてきた。道沿いにはいかにも現代風民芸調のレストランや土産物店が点在し、落ち着いた空気が攪拌《かくはん》されている。

杉恵は、ぼおっとして窓の外を眺めているだけで、いつになく静かだ。

「ここは、どうかしら」

弓子の誘導のままに、生蕎麦《きそば》の看板がかかったやや小ぶりのレストランに入った。店先には、松茸の幟《のぼり》が自信ありげにはためいているものの、正午までまだ時間があったので、店内はさほど込んでいなかった。祖母の春子は山菜蕎麦、母と娘は松茸の炊き込みご飯とかけ蕎麦の定食を頼んだ。松茸ご飯をほおばっている杉恵の姿を眺めているうちに、春子はいつになく大人しい娘をからかいたくなってしまう。

「弓子ちゃん、お父さんとお母さんの松茸事件て知っている」

「お母さん、昔の話を思い出させちゃだめよ。つまらないことは忘れて、忘れて」

「あら、どんな話なの。お祖母ちゃん、教えて」

春子がかいつまんで話して聞かせると、弓子は吹き出すのではなく、いやにしんみりとなってしまった。

「そうなのよね。お父さんは、いつもお母さんに甘えていて、私が甘えにくかったほどなの。今みたいな話は、いっぱいあったもの。そんな時には、伯母さんに甘えにいったのなんて、お母さんは知らないでしょう」

しんみりしてしまった孫娘の気分を変えようとして、春子が訊ねた。

「弓子ちゃんは、お父さんみたいなタイプはどうなの。嫌いなの」

「私は太宰治が嫌いだってのは知っているでしょう。文学は頭でなく心だとお祖母ちゃんから言われているけど、お坊ちゃん育ちの甘ったれな弟で、ぐずぐずしているのも気に入らない。もちろんお父さんは大好きだけれど、タイプはどうかと言われればね」

「あら、私が悪口を言われているのかね」

「お母さんは、お母さんで、それでいいのよ。今のように、それぞれが選択できる時代ならば、自己責任で喜怒哀楽を味わっていくのだから。太宰治だって、別れても惚れ続けられ、あるいは好きになって一緒に自殺する女性だっていたし、蓼《たで》食う虫も好き好きで、他人がとやかく言うものではないでしょう」

「西澤さんは、どうなのよ」

「西澤の小母さんと音子叔母さんは、しっかり者という点で似ているのに、お相手は全然違っているでしょう。西澤の小父さんは、いつもソフトな山科の叔父さんと逆で、耳を傾ける前にぐっと抑えてくるところがあるみたい。あまり、私は実感していないけれど」

「弓子ちゃん、お母さんが聞きたいのは息子さんのほうだと思うよ」

「あの方は、いまあがったどの男の人とも違うのではないかしら」

「あの方とは、随分と他人行儀に突き放しているじゃないの」

「そりゃあ、まだ他人だもの。ねえ、お祖母ちゃん」

「そうよね、弓子ちゃん」

「また二人で手を組んで」

迎えた冬を越すころになると、弓子には、祖母の老いが少しずつ気になり始めた。昔の話が繰り返されるようになっていき、その相手をしているうちに、弓子のほうから聞いておきたい話があるのにも気がつく。

「去年の秋、有明に行ったときに思い出せばよかったのだけれど、上原良治さんなんて名前は聞いたことがないよね」

「上原さんて、あの『きけ　わだつみのこえ』のかい」

「へえ、お祖母ちゃん知っているの。すごいね」

「私より、お祖父ちゃん。少年刑務所に旭町中学校の桐分校をつくろうとしていた頃、お祖父ちゃんがよく話題にあげていた懐かしい名前なの。その上原さんを社会科の教師として松本中学で教えていた百瀬さんという方と仲良しで、その本も百瀬さんからお借りして、感銘を受けたのでしょうね。本屋さんに注文して取り寄せたと言って、嬉しそうに見せられたのよ。確かまだ本棚に置いてあったのじゃないかな」

「上原さんが教え子だなんて、すごい」

「杉恵たちの結婚式でも、主賓で挨拶してもらったよ。お祖母ちゃんより、弓子ちゃんがそんなことを知っているほうが驚きだね」

「荘輔さんのお父さんからなの。あの小父さんは、息子たちに本を読めとはよく口にしていたものの、なにを読めとは指図しなかったなかで、これだけは読んでおけと兄弟ともに言われたのが、『はるかなる山河に』と『きけ　わだつみのこえ』なの。いずれも戦没学生の手記。冒頭で登場する上原良治さんが、同郷の人というだけでなく、高校の先輩だともおっしゃっていたらしい。私は、荘輔さんからの又聞きで読んで、小父さんに報告したら、〝偉い〟と褒められてしまって。生家である上原病院が、有明病院として残っているのをすっかり忘れていて、回ってみてもよかったと後悔しているの」

「まあ、そういうことは俗世の興味にすぎないかもしれないよ」

弓子が松本にいる間にと、杉恵と音子が相談して、梅雨を迎える前に、春子を六助から桔梗ヶ原に移した。引っ越しの荷物の中には、弓子が賞与の手取り半分を奮発して、祖母に贈ったパソコンが含まれていた。母の杉恵にも打診したが、とんでもないと手を振られてしまったのに、春子は目を輝かせ、老眼鏡とワンフィンガーで徐々に必需品になっていたのである。

その杉恵にも、変化がおきていく。

雄三の死から数年後、婚家が商売を閉じた。彼女は、退職金の名目でマンションを購入する資金を受け取り、ようやく雄三や弓子との思い出の住まいから離れた。ただし、場所は松本市内を望まれ、彼女自身もそのつもりであったので、市街にも近い女鳥羽川のやや上流沿いのマンションに移転した。松本にというのが、兄嫁のたっての願望であるのがなぜかを彼女は分かっていた。杉恵の住まいは、弓子の帰省先になるからであり、杉恵に松本を去られて、弓子まで離れていくのは彼女には寂しすぎた。杉恵にしても、今さら環境が変わり、知り合いもいない土地に移る気にはならず、遠からず弓子も結婚するだろうから、さばさばした関係を保っていくのに迷いはなかった。

商売をやめた跡地は、住まいは義兄夫婦が引き続いて住むものの、あとは駐車場として収入源となった。これに、雄三の兄や姉たちが権利を主張してきたのは予想していたとおりであり、この件については、雄三の妻として杉恵も骨肉の争いから一歩も引いていない。さらに数年後に、商売を閉じて隠居生活をおくっていた義兄が亡くなってからも、杉恵は義姉の側に立ち、ずっと頼りにされていく。娘のことまで忘れた様子で、それまでの鬱憤を晴らすかのように、自分の意思で戦闘モードに切り替えた姉の生き生きとした姿は、雄三と出会う前の颯爽としていた明るさを、妹の音子に感じさせるものであった。

弓子の会社での役割も一段落つき、退社しやすい環境が調い、祖母の引越を済ませた彼女が、東京に戻る日が近づいていく。高給の外資系企業に勤め、独身ながら遊び歩く暇がなく、仕事に専念していた荘輔の貯金が、いつの間にかマンション購入の頭金になるほど貯まっていて、彼は中央線の沿線に新居を手に入れたうえで、弓子を迎え入れるべく松本へ赴いた。

彼女は、祖父母と両親の対極的な結婚式の様子は聞いていて、できたら二人だけでの出発としたくもあったが、そうもいかずに、せめて参列者を絞ろうと海外での挙式とした。式場はグァムの教会と聞き、まず春子が参加する意欲を強く示し、彼女の面倒をみるために音子夫妻も出席することになった。母の杉恵、伯母、それに春子の三人は、生まれて初めてパスポートを手に入れた。西澤の家族では、長男の子どもたち、ホテルに着いた途端にプールの周りを走り始めた男児と、機内で〝キュート（可愛い）〟と乗務員たちの玩具にされた、おむつを外せていない女児のパスポートだけをとった。

「生まれる時代を、間違えたわね」

春子は、短い間ながら集中して取り組んだ片言の英語を口にしながら、ホテル内の施設を探索するだけでなく、麦わら帽子まで手に入れてプライベート・ビーチを散策し、娘たちがぼんやりしているのには、せっかくの機会なのにもったいないと叱咤《しった》している。

「なぜホテルとビレッジという言葉が結びつくか、テレビを観ているだけではしっくりしなかったけれど、ここに来て、ようやく実感できたわ」

さらに娘たちと一緒にタクシーを走らせて、広いショッピングセンターで買い物を楽しむなど、日本にいるときよりも元気な姿をみせていた。

当日の午後、ホテルから車でわずか移動した海辺に建っている白い教会に入ると、オルガンの音色が迎え入れた。祭壇の先には、一面のガラスのむこうに、両側の噴水を受け止め、水をたたえたプールが配されていて、その水面の延長に広がる太平洋の、水平ともみえるゆったりとした円弧が、雲を浮かべた空の青を切りとっている。

「ＹＥＳ」

英語で進行されたことで、牧師の言葉を理解できない参列者は、かえって夢の世界に導かれていくようで、厳かな雰囲気と外光の明るさに溶けこんでしまうほど。

締めくくりに近づき声をかけられると、西澤と山科が婚姻の証人としてのサインを行った。

山科は、雄三の名前をまず記して、その代理人として自分の名前を遠慮気味に書き足すと、あらかじめ事情を伝えておいた牧師が、それを目にして微笑みを返してきた。この牧師が、退席する途中で、春子が敬虔なクリスチャンなのを聞いていたらしく、彼女の前で立ち止まり、十字をきったうえで春子の肩にそっと手を置いた。驚いたように見上げた春子が、胸の前で手を合わせ、瞑目した。

「はい」

耳にしたばかりの弓子の「ＹＥＳ」の返事に、はるか昔の自分の誓約が重なり、夫の死で途切れてしまった時間の軌跡を、孫娘がつなげて生きていってくれるようで、神に感謝の念を伝えたくなった。その瞼から涙が溢れているのに気がついた新婦が涙ぐみ、二人の娘たちも親たちの教会での挙式については聞いていたので、春子の心情がそれとなく察せられ、ハンカチを目にあてた。

「お母さん、随分涙もろくなったね」

牧師が去ると、ほっとした空気がチャペルに満ち、それに触発されるかに杉恵が母親を冷やかすのを聞いて、近づいてきた新婦が祖母の背中に手を回した。

「嬉しくても悲しくても、涙は出るものね。お祖母ちゃん、有難う」

「また、私を仲間外れにする。いつもこうなのよ、お義姉さん」

「連れあいを亡くした私たちが、手を組むより仕方なさそうね」

外に出ると、陽が傾くなかで、牧師とシャンペンの祝杯が待っていた。先ほどは春子の涙にちょっとたじろいだ牧師が、彼女にグラスを掲げ、春子もそれに笑顔で応えると、再び和やかな空気が戻ってきた。

夕刻を迎えたホテルのレストランの個室、身内だけの心和む食事会の席上で、春子が感慨深げに発した一言に、西澤と山科は大きく頷いたものの、残る者たちは怪訝な表情を浮かべるだけであった。それでも、一瞬の間をおいて、八重子と杉恵姉妹も気がつき、わずかに顔を曇らせた。

「横井さんは、この島のジャングルに、三十年近くも潜んでいたのね」

4　東日本大震災

「どうしたのかしら」

京都駅を十三時すぎに発車した新幹線〝のぞみ〟が、熱海と小田原の間のトンネルの中で、急ブレーキをかけて停車した。すでに定年でリタイアしている西澤と八重子が、京都と奈良へ古寺巡礼の旅をした帰り途《みち》。天井に並んでいる蛍光灯が消え、非常灯が頼りなげに車内に明かりを届けてくるだけになり、速い速度で進んでいなければならないものが、わけもわからずに動きを止め、暗闇に封じ込められてしまった。車体が左右に揺れているのが分かっても、しばらくの間は車内放送もなく、時おりトンネルがミシミシと悲鳴を漏らしているのが、固まった空気に閉じ込められた者たちを不安にしていく。乗客がざわつき始めるのを待っていたかのように、東北地方で巨大な地震が発生し、安全を確認するために緊急停車した旨のアナウンスがようやく流れた。四十年近く大手の建設会社に勤務していた西澤にしても、内巻《うちま》きして安定状態にある、しかも新幹線のトンネルだから安全だろうと、頭の中から崩落の懸念を消してはいたものの、車体が大地の震動に呼応して揺れるのは、気持ちのいいものではなかった。

横の八重子は、腰を深くしたまま大人しい。

「子どもたちは手を離れていて、あなたと一緒ですから、どちらかが残される寂しさはないうえに、なにより手の打ちようがありません」

寿命が著しく延びた親の世代の諸相を見聞きし、介護に難儀している友人の一人や二人はいる団塊の女性たちの多くは、自分が認知症や寝たきりになるのは恐れても、死に対しては存外に度胸がよい。そのうえ、八重子はすでに両親を見送っているから、生に執着するほどの気がかりは少なく、気になるのはこれから直面する夫婦の老いの姿くらい。

(携帯電話の充電に目の色を変えている、妻子もいるであろうスーツ姿の壮年や、これから春

秋多き若い人たちは、なにかあったら気の毒だ。こちらのことは後回しにして、彼らや彼女たちの無事は願いたい）

トイレも使いにくい中で、二時間ほど停車していた新幹線がようやく動き出し、トンネルを抜けて、小田原駅に臨時停車した時には、暮色《ぼしょく》に浮かぶ町の橙《だいだい》色の灯りが、これほどまでに人の心に安らぎを与えるものかと、西澤はほっとする一方で、前に赴任していた仙台がどうなっているかが不安になってきた。

関東平野の暗がりに点在する明かりを後ろに残しながら、横浜を過ぎたあたりからは、いつになく頼りなげとはいえ、都会の溢れる照明をかすめてゆっくりと北進し、なんとか東京駅に到着して新幹線から吐き出されて目にした、駅構内の大型テレビに映し出される映像は、被害に対する想像を絶し、日本列島沈没の前兆の姿かと呆然となる。帰る手段を模索しようとして荷物を引きずりながら駅舎の外へ出ても、建物や看板の照明がついたままの、交通手段を取り上げられた文明社会の異様な光景が広がるばかりで、諦めて駅に戻ったところで、すべての階段やコンコースの両サイドに、疲れ切った人々の表情が並んでいるだけであった。八重子がキャリーケースに常備しているビニールのごみ袋を広げても、横にもなれずに、膝小僧を抱えたまま、修行僧のような難行苦行《なんぎょうくぎょう》の時間が流れていく。

深夜になって、営団地下鉄が運行を始めたという情報が入ってきた。

「こんなときには、無賃でいいのです。そのままお通りください」

乗車カードを通そうとすると、素通りするように駅員が大きな声で促してきた。終点の荻窪駅で車を拾えるかもしれないという期待は、まったく無駄であった。財布の厚さは、なんの意味もなさない。数年前なら、狭いとしても荘輔のアパートに、一夜だけならころがりこめたのにとぶつぶつ言いながら、それでも気を取り直して、朝までには家につけるだろうと、キャリーケースの車輪が壊れるかもしれないのを心配しつつも、とにかく荷物を引きずりながら自宅のある西へ歩き始める。道すがらのすべてのコンビニエンスストアが、歩道まで明かりを届け、トイレの利用を促す看板を店先に出していた。店から出てきて、道案内をしている店員も見かける。

それだけに、ようやく一駅歩いて到着したJRの西荻窪駅が、シャッターを下ろし、トイレが使用されるのを惜しんでか一切の立ち入りを拒み、わずかな明かりも漏らすまいとしているのが、不愉快というよりも不可解であった。手助けすべき者たちが、仲間のもとへと地を這い匍匐《ほふく》前進するのを阻《はば》んでいる壁のように映ってしまい、急に重たい疲労を自覚させられてしまう。隣に目をやると、妻が口をとがらせている。

「JR東日本というのは、こういう姿勢で社会に対している企業、ということよね。数時間前まで、私たちはJRの客だったのよ」

駅でトイレを使おうと我慢して歩いてきた八重子が、腹立たしげに言い放った。

「〝汽笛一斉新橋を〟の時代から続く、ふんぞり返って切符に鋏《はさみ》を入れていた国鉄時代と一緒。乗せてやる、駅舎も使わせてやるという企業風土なのよ。〝公共性を放棄し、順法《じゅんぽう》闘争なんてふざけた理屈で、利用者の迷惑に一顧だにしない自己中心のストライキか〟って、あなたも春になるといつも怒っていたじゃないの」

恐怖には動じることなく対せられても、不届きへの怒りは抑えられない。

「よく覚えているね。そのとおりで、公共交通手段を人質にして、賃上げを脅迫するみたいなものだった。よくあんなことが許されたものだと思うが、後に振り返ってみれば首を傾げることが、いつの時代も大手を振ってまかり通っていくのだろうさ。今とても、だ」

新婚の夫の通勤の難儀には、田舎から出てきて事情が分からなかっただけに、本人にもまして心を痛め、憤《いきどお》っていた。

「お父さん、女性というのは、歳をとるときつくなるらしいよ。好々爺《こうこうや》に対《つい》する言葉なんて聞かないじゃない」

つい先日、久しぶりに顔を出した長男が、八重子が嫁と孫たちを連れて近くのスーパーマーケットに買い物に出かけた後で、ぼそっと話していたのを思い出してしまう。

「とくにお母さんのように、やや勾配《こうばい》がきつめの女性というのは、若いうちは本人が努力して、砂を盛って傾斜を緩めにしていても、長年の風雨で徐々に砂が流れて、地《じ》が出てくるみたい」

「そんなことを、息子に教えられようとはな。お前も、大したものだ」

「もうすぐ不惑だからね。もっとも、この話はお母さんには内緒にしておいてもらわないと。風当たりが強くなっても困るから」

日ごろから、天に代わりて悪を討つような勢いある会話が、同年配の友人たちと交わされているのは耳にしている。リタイアして大人しくなりがちで、年に四、五回の会社の同期会や同窓会を除けば、徐々に仲間の紐帯がほどけがちな男とは逆に、経済環境が似ていて息が合った女同士の関係は、ゆるぎはしない。

「男って意外と意気地がない」

年金に頼りがちな亭主の気力や体力の衰退を俎上に上げ、さらに気迫を込めあうかのように、政治や行政や権益に巣くう大法人などを鞭うつ姿勢に接していると、団塊の世代という言葉が、男を中心に語られてきたのが見当違いで、真に恐れるべきは、彼らの隣にいた女性たちのように西澤には思えてくる。

ＪＲ東日本を除いて、この夜の東京は、常になく思いやりが感じられる街になっていた。暗い駅舎が歩き続ける気力を萎えさせ、困惑しているところへ、小さな手書きの看板を掲げた青年が、遠慮がちに仮宿舎の案内をしてきた。

「お困りのようでしたら、この先の〝井荻《いおぎ》小学校〟に避難所を設けていますので、ご利用になってください」

　彼の教えてくれた明かりの乏しい道を、半信半疑で十五分も歩くと、説明されたとおりの小学校があり、慰労の言葉だけでなく、温かな日本茶までが迎え入れてくれた。何組かの先客に迷惑にならぬよう講堂の床に寝具を調えてから、外に出て沿線に住む荘輔に連絡すると、両親を心配して起きていた。埼玉県に住む長男一家への伝言も頼んで、布団にもぐってみても、悲惨な光景がぶり返してきて、よくは眠れなかった。

　翌朝、陽も上がらぬうちに、マナーモードの携帯電話が震えた。

「本当にお疲れ様でした。早く家に戻ってお休みできるように、いま荘輔さんが迎えに向かっています。早朝で道もすいているでしょうから、三十分もあったら到着すると思います。着いたら携帯に連絡しますので、建物の中でお待ちください。お祖母ちゃんが心配だからって、あさかもついていきました」

　すでに浅い眠りから目覚めてはいた。急ぎ寝具を片付けてから、子どもの背丈に合わせた手洗い場の蛇口をひねって、足元に飛び散る冷たい水を気にしながら顔を洗い、関係者らしき人影は見当たらなかったので、建物に向かって深々とお辞儀をし、正門前で待っていると、ほどなくして車が近づき、荘輔が運転席から手を挙げた。車が止まって、荘輔にドアを開けてもらうと、孫娘が外に飛びだしてきて八重子にすがりついた。

「お祖母ちゃん心配していたよお。大丈夫だったぁ」

「あさかちゃん、迎えに来てくれて有難う」

二人が離れがたい様子で後部座席に乗りこんだので、西澤は助手席に回り、座席を少し後ろにずらした。

「兄貴のところは、心配して起きていたのは一人だけだった」

中学生の孫の名前を口にすると、ニヤリと頷いた。

「よく分かったね。孫代表というか、従弟妹《いとこ》たちのリーダーとしての自覚を感じたよ」

荘輔は、「ようやく子分ができた」と、お尻の臭いをかいで、おむつを替えるほどに可愛がっていた甥と、久しぶりに長電話できたと喜んでいる。息子たちのおむつさえ替えた記憶がない西澤には、それが不可解な光景でしかなかったのを思い出してしまった。

「それはそうと、恵比寿《えびす》から、あんな時間までによく戻れたな」

「いやあ、昨日は、弓子に助けられてね。ウィークデイにしては珍しく、夕飯も久しぶりに家で食べたよ」

「迎えに行くといっても、小さな子ども二人を抱えて、渋滞で大変だっただろうに」

「いや、弓子は一歩も家から動いていない。女性陣のネットワークがフルに機能してね。それより、原子力発電所も大変な事態になっているらしくて、地震や津波の被害と競うように、朝から大きく報道されている」

「なに、女川《おながわ》がやられたのか」

原子力発電の関連部門にもいたことのある西澤は、すぐに仙台に近い原子力発電所に懸念が走った。スリーマイル島やチェルノブイリの惨状は、安全性に万全を期している日本とは無縁のものと認識してきたが、大地震に直撃されたら、いかな女川原子力発電所でも、想定外の被害にあってしまったのかもしれない。昨夜の東京駅のテレビで観た、夜空に炎を立ち上げている、燃料タンクと思《おぼ》しき火災の映像も再びよみがえってきた。

「そんな名前ではなくて、確か福島とかいっていたよ」

「それはないだろう」

家にたどり着いた西澤は、すぐにつけたテレビの報道で、愕然となる。核燃料のメルトダウンにしても、しばらくの間は、政府まで巻き込んで糊塗《こと》を画策し、現実を直視せざるをえなくなると、官民共に呆然自失の体《てい》で右往左往するばかりであった。国家の統治機能が傷《いた》んできているのを痛感させられてしまう。

（JR東日本だけでなく東京電力にしてもそうだが、業界の盟主《めいしゅ》のごとく君臨し、偉そうにしていた連中ほど、衣を剝《は》いだ地の姿はこんなだったのか。これとても、おそらくは不運だったとしか受け止めてはいないだろう。往々にして平時にあっては自戒を忘れ、崩れかけると、わが身だけは守らんとして、あたかも被災者や犠牲者であるかのように弁明し、加害者なのに被害者を顧みない)

領土を失ったわけではないとはいえ、そうでなくとも狭い国土の一部が傷つき、もしかしたら、あるいはおそらく、数百年にわたり足を踏み入れられない状態になってしまったのを、原子力発電の建設と無縁でなかっただけに、西澤は唇を噛んだ。国土を長く使えなくしてしまった現実が、あまりにも重くのしかかってくる。

(後世に、申し訳ない)

弓子のネットワークは、結婚して以来の彼女の活動そのものであった。そのひとつは、小布施出身の親友に端を発していた。数年前、結婚した弓子が中央線の三鷹駅からも歩ける距離の新居に落ち着くのを、彼女が手ぐすね引いて待っていて、わざわざ休暇をとって訪ねてきた。

「この場所を調べてみたら、太宰治のお墓がある禅林寺《ぜんりんじ》がすぐ近くのようだけど、弓子は宗旨替《しゅうしが》えをしたの? 荘輔さんて、あんなタイプの人なの?」

分かっていながら、からかってくる。ジャブの応酬でふくれてみせるのはいつものことで、学生時代の距離まで、すぐに近づける。

「失礼な。まったく別よ。私も移ってきて初めて知って、驚いちゃった。彼は、そんなことにまったく関心はなかったようで、だいたい太宰治については教科書レベルの知識だけ。それがどうかしたの、と不思議がられてしまい、張り合いがないくらいよ。でもね、彼のお義父さんは来たことがあるみたい」

「へー、それじゃあ舅と嫁で意見が合わなくて大変じゃないの」

「それが違うの。お義父さんは森鷗外の大ファンで、娘が生まれたら、愛読していた『渋江《しぶえ》抽斎《ちゅうさい》』の奥さんの五百《いほ》と名づけるつもりだったみたい。それは空振りだったけれど、お墓参りには来て、太宰の墓がすぐそばにあるのに気がつき不愉快だったと、その話題で盛り上がってしまったほど」

　その彼女が、米国から赴任してきていた同僚に声をかけられ、語学力のブラッシュアップも期待して、ゴスペルを歌うサークルに参加していた。ほとんどが日本人で、むしろ彼の日本語の勉強に資するだけで、英語の勉強にはならなかったが、弓子も誘われて顔を出してみると、心の底に響いてくる、哀調を潜ませた力強さに魅せられてしまった。それに、ゴスペルの語義が福音そのものと知り、音楽としての源流はプロテスタントに発するものとはいえ、熱心なクリスチャンであった祖母の春子につながる絆のようにも思えて、歌うほどに親しみがましていくことになる。結局、彼女はその同僚と結婚して、米国のカリフォルニア州に渡ってしまったが、弓子は熱心にゴスペルを歌い続け、仲間同士で小さな会場を借りてリサイタルを開くまでになっていき、交友範囲も広がっていた。

一方で弓子は、結婚して長女のあさかを妊娠中に、産前産後の女性の心身のケアを行う活動グループに興味を持ち、出産後にここのプログラムに参加していたが、数年後に彼女が長男を産んだ年にＮＰＯ法人として設立されてからは、創立者である代表をはじめすべて女性たちによる、この事務局の業務に係わるようになっていき、竜輔と名づけた息子が一歳の誕生日を迎えるころには、事務局員として働き始める。この活動を通じても、いつの間にか知人が増え、携帯電話を通じたネットワークがかなりの広がりをみせている。

地震発生の一報を受け、荘輔と連絡を取り合うと、弓子は東京の地図を広げて、ゴスペル仲間の二人の友人にメッセージを送り、負担にならない程度の短い距離を運転してくれるように頼みこんだ。荘輔は妻の指示に従い、会社のある恵比寿から渋谷方面の友人宅まで歩き、そこから車二台でつなぎ、最後はＮＰＯ法人の事務局の同僚宅で自転車を借りて、両親が東京駅に着くより早く家に到着できたのである。

その話を聞いて、切羽詰まった状況とはいえ、西澤ならばこれしきのことで、妻にセッティングされただけの会ったこともない女性に、車で送ってもらうかと考えると、首をひねらざるをえない。自転車を借りるにしても、息子のように、さして気兼ねもせずに親切心に乗っかれはしまい。おそらく、逆の立場になったら、彼らも何事もないようにそうするのだろう。垣根を低くして、手を振りあっている。

「あなたたちの年代の男の人というのは、会社の同僚や親しい友人を除いて、人付き合いの面では往々にして構えがちなのよね。妻の友人はまだしも、その夫となると距離をおきたがる。すぐに馴れ馴れしくされるよりは、田舎育ちの私なんかは好ましくて、可愛げさえ感じてしまうけれど」

夫たちのぎこちなさは、なんとなく理解もでき、それに馴れてはきているものの、八重子にしたら、裃《かみしも》を外している息子たちの姿勢にも惹かれる。

「オープンでフレンドリーなのよ。お兄ちゃんだって荘輔と同じだから、今さら埋められない世代間のギャップ」

息子たちは、勤務先との係わりも団塊の世代ほど濃密ではなく、ともに清水《きよみず》の舞台から飛び降りるような決心も示さず、すでに転職も経験している。八重子にしてみたら、これには母親として、安定した生活や孫たちの養育を考えると、夫のように定時採用された会社でずっと働いていくのが安全だと思えるから、決していい顔はできない。

「なにも一つの会社にしがみつくことはないかもしれないよ。もっとも、四十歳に近づいても迷えるのは、世の中にゆとりがあるからで、我々の世代にそんな余裕はなかった。妻子を養い、生きてくるのに精いっぱい。それも上の世代からみたら、団塊の世代だって、平和の落とし子にしかすぎないのかもしれない」

母親の懸念には思いをいたさず、むしろ夫は父親として、前向きに受け止めようとしているのが、八重子は気に入らなかった。

「まったく別の花畑に目を向けてふらふらしているというなら、口を挟みたくもなるが、同じ業界の中での転職じゃないか。彼らなりにスキルアップしようという、ひとつの判断だと思うよ。頑張った末に食い詰めたら、孫の面倒くらいみてやるさ。あの連中なら、倒れたとしても、なんとか立ち上がるだろうと信じてやりたいね」

夫の言葉を聞いているうちに、弓子が、荘輔との結婚を望みながらも松本へ戻ったのも、息子たちの転職と共通するものがありそうに思えてきた。

(安定は、進歩を阻害《そがい》しがちなだけでなく、安全でさえないのかもしれない)

弓子のいったんは帰郷するという決断を、あの折には危惧したが、無用なものだったようだ。楽だからといって、慣性《かんせい》に身を委ねたくなかったのだろうと思えてくる。

(私にはできないし、夫も選択しなかった道を、それが許される社会であるとはいえ、肩ひじ張らずに歩いている)

親子それぞれが、社会の慌ただしい変化が生み出した、世代間の落差に驚きながらも、骨肉《こつにく》ゆえに我慢しながら折り合えるし、そうせざるもえない。

　東日本大震災の発生後、弓子を心配していち早く連絡してきたのは、伯母だった。

「弓子ちゃんの声が聞かれてひと安心よ。だいぶ揺れたのでしょう」

「伯母ちゃん、有難う。食器が落ちて割れたりしたけれど、子どもたちにも怪我はないし、心配しないで。首都圏の列車がすべてストップしちゃったみたいで、荘輔さんの帰宅の足が確保できるよう奮闘中でばたばたしているから、また連絡するね」

「そうなの、おおご苦労様ね」

「荘輔さんのご両親が京都に出かけ、今日帰ってくる予定だけれど、新幹線もストップしたみたいだから、むしろそちらのほうが心配なのよ」

「そんなことより、明日にでもどんなか教えてちょうだい」

　母親の杉恵からは、その夜になってのんびりとした声が電話口から聞こえてきた。

「お義姉さんが電話したって。だいぶ揺れたみたいだけれど大丈夫よね。便りがないのはよい便りっていうしさ、あまり心配していなかったわよ。私の若い頃には、松代群発地震があったし、〝フォッサマグナ〟だけでなく、近くには牛伏寺《ごふくじ》断層なんていう地震の巣まであるから、どうも地震には鈍感になっちまってね。そうそう、お祖母ちゃんも大丈夫だって、音子叔母さんから連絡があったし、こちらのことは心配しないでいいよ」

その翌日、長野県北部地震が起きて、松本市から北西にあたる栄村《さかえむら》で深度6強と大きく揺れたのには、昨日の今日で、二日続きの大地震は連動したものかと弓子を驚かせた。伯母に見舞いの電話を入れてから、母に連絡すると、さすがに動揺の色を隠せない。

「東北の地震は、津波の被害で大変なことになっているみたいじゃないの。こっちも大きく揺れるし、日本列島は大丈夫かね。あなたたちも、気をつけなさいよ」

「気をつけなさい」と言われても困るよなと思いながらも、それから続く毎朝の報道番組から流れてくる映像は、目をつぶりたくなるようなものだった。

地震の際に弓子が声を直接聞けなかったのは、祖母の春子だった。彼女はこの時には病院のベッドの上にいたのである。春子は、弓子が東京へ去るころから、さすがに老いを感じることが多くなり、末娘の音子夫婦の世話になっていた。娘たちのうち長女の優香は気にしなかったが、杉恵と音子は、母の春子が並の経済感覚に欠けているのが気になってもいたので、これに一安心することになる。父の遺族年金がたっぷり支給されていたはずだが、一切貯えず、新しい電化製品でも出れば飛びつくような新しもの好きは変わらず、竹の子生活におちいらなければやりくり上手という、春子の常識が覆《くつがえ》りはしなかった。六助の家は処分し、音子夫婦が初めから引き取る心算《つもり》で調えていた、広い隠居部屋が彼女の住処となり、娘たちに手厚く見守られて過ごしてきていたものの、ついに自宅での介護が難しくなり、終末医療のために入院していたところに大地震が発生したのである。入院先の病院から音子のところに報告がはいり、すぐに杉恵にも伝わったが、別状ないとの報告だったので、彼女は弓子に伝えるのを失念しかけたほどであった。

天災をよそに、春子はなおも生きた。生き続けられるはずの途上から、不本意にもこぼれ落ちていった家族の寿命を、丁寧に丁寧にかき集めて引き継ぎ、波乱多い時代を生き抜いて天寿をまっとうしたのは、この年の初冬のこと。彼女は幼子として陰りなく育った懐かしい桔梗ヶ原に戻り、故地で終極を迎えたことになる。常念岳を望む城山公園中腹の、墓石に十字架を刻んだ夫が眠る墓地が、夫婦二人だけの安住の地となった。

最期の面倒をみてくれた病院に挨拶に赴いた折に、看護を担当してくれていた女性に聞かされた言葉が、弓子の耳から離れない。記憶が朦朧《もうろう》とするなかで、春子が繰り返していたのは、彼女の母親への呼びかけだったという。

「母さん、母さん」

いよいよ意識が混濁して、娘たちが見守る中で、口元に耳を近づけた杉恵に、「母ちゃん」と甘え声を残し、息を引き取ったようだ。

弓子は、祖母との二人だけの生活のなかで、「母さんは、一人だからね」と、幾度となく涙ぐんでいる姿を目にしていて、よほどの母親っ子だったのだろうと受け止めていた。その祖母が、幼いころは母親を「母ちゃん」と呼んでいたらしく、そのころの思い出話になるとなんの曇りもない表情で、楽しんでいたのがよみがえってきた。哀しみも多かったであろう彼女が、「母ちゃん」との世界に戻り、〝最後の審判〟に描かれた天空を、童女となって嬉しそうに昇天し、背景の澄明な青に吸いこまれていく姿まで思い描いてしまった。

「お祖母ちゃん、お疲れさま」

その一方で、祖母の生きた一世紀近い歴史が、狭い空間の中で、煙を確かめられない荼毘《だび》によって、なんの痕跡も残さぬまま燃やされてしまいかねない無念も、弓子は火葬場の控室で確かめていた。

「生ききったお祖母ちゃんは、偉い。でも、はかないね、お祖母ちゃん」

「そんなことはないよ。私の思いは、弓子ちゃんにつなげられたから」

耳朶《じだ》に、遠くから届く春子の囁きが届いてくる。

音子が喪主となり、山科が彼女に代わって挨拶したが、一緒に暮らしている中で、春子が辰夫と結婚し、三人のよい娘たちに恵まれて幸せだったと繰り返していたという話に、馴染みが薄い伯母の優香が嗚咽《おえつ》を漏らし始め、いつもは疎遠にしている母の杉恵に支えられているのが、姉妹のいない弓子には羨ましかった。

「お母さん、寂しくなっちゃったねえ」

つい甘えたくなって、珍しく両肩に手を置いて顔を覗き込んできた娘に、気丈にふるまっていた杉恵が、甘え返すように涙ぐんで身体を寄せてきた。

「〝弓子ちゃんがいて本当によかった。あの娘こそ私の宝物〟だって、母を大好きだった実の娘に向かって言うのよ。妬《ねた》ましいほどだった」

この翌年、弓子はＮＰＯ法人の事務局長となり、法人運営の財務や経理については、夫のアドバイスを受けながら、職務の広がりに張り合いを見出していく。

5　米国への旅立ち

弓子がＮＰＯ法人の事務局長に就いてからというもの、彼女には忙しい日々が続いてきた。あさかの小学校入学や、事務局の仕事も法人自体の活動が広がってきたこともあり、半ばボランティアとはいえ責任は増してくるし、そのうえにゴスペルへのこだわりも弱まっていない。楽になったのは、車での送迎が必要だった竜輔の保育園通いが、徒歩で通園できる幼稚園に移ったことぐらい。

繁忙になったとはいえ、なんとか生活がリズムにのって流れていく落ち着きに、新たな渦を招じさせたのは、荘輔だった。まずは彼の転職やその後である。数年前に荘輔は、コンピュータの周辺ソフト業務を取り扱う企業にヘッドハンティングされていたが、これにとどまらなかった。彼が仕事で活躍の場を与えられ、国内外を走り回っているうちに、もうひとつステップアップしたい気持ちが生まれてきていた。

「アメリカの本体のほうが、チャレンジするフィールドが広そうだから、希望を出してみようと思うけれど、いいかな」

その日本法人から米国の親会社に転籍して、一家そろって本社のあるノースカロライナの州都であるラーレ郊外に引っ越す動きが、流れとなって加速していく。荘輔なりの目算があろうし、面白い世界が待っているかもしれないと、弓子はすぐに前向きな気持ちになった。

「状況によっては、グリーンカードをとって、永住という方向に進むかもしれないよ」

これにも逡巡するものは、ない。あえて懸念があるとすれば、子どもたちの人生を巻き込むことだけだが、生まれる前から子は親を選べないし、所与《しょよ》を必然として生きていく逞しさを期待することにした。祖母の春子にしても、母の杉恵だって、みんなそんな生き方をしてきたはず。ぐずぐずしたところで、なにも好転しない。

「下見に行ってくる」

米国本社への転籍を企図した荘輔は、休暇をとって一人でノースカロライナまで、ふらりと出かけていった。そのさりげない出立が、弓子には心強かった。それまではただの出張で、空港との往復とラーレ市内を移動するだけだったが、荘輔はあらためて家族の居住環境の視点で、近郊の住宅事情なども同僚に確かめ、さらに現地の学校にも足を運んで校長にヒアリングまでしてきている。

戻ってきた夫は、吹っ切れた表情で、そうでなくとも小さかった弓子の不安を払拭してから、米国での勤務を願い出る。軌道が定まりつつある中で、子どもたちにも心づもりをさせるため、四人でノースカロライナへ足を運んで、夫が同僚となる予定の家族と交流を始めたりしたが、彼女の語学力が不十分なのを痛感させられてしまい、英語のブラッシュアップにも注力せざるをえないのが、繁忙のあらたな課題となる。

「弓子なら、なんの心配もいらないわよ」

とはいえ、日本への帰途に立ち寄ったサンフランシスコで、小布施の彼女の家に泊めてもらい、励まされて、米国での生活が楽しみになってきていた。

「へー、なんでＣＦＯ（財務）なの。ＣＥＯ（経営）とかＣＯＯ（執行）ではないんだ」

人事部にいて採用も担当した経験がある西澤が、荘輔の報告を受けて、息子の米国移住よりさきに、つまらぬことに興味を示してきた。いずれも企業の中での最高責任者だが、日本ではＣＦＯは人事から遠い。ＣＥＯかＣＯＯが、人材採用の最終決定者のはず。

「なるほど、さすが父上だ。気にもしなかったよ。経費の支出につながるから財務なのかな。すべての企業がそうなのかは分からないが、確かにアメリカ的かもしれないね」

米国の本社での荘輔の採用が、日本企業のように人事のラインではなく、財務の責任者によって最終的に承認されたとの連絡を受け、いよいよ転籍が確定した。西澤は、息子が別世界に旅立つのが実感でき、一昔前なら子供の海外移住には不安が先立ったであろうにと推測しつつ、むしろ物見高い気持ちが強まってくるのを楽しんでいた。

（ボーダレスの世に、なんとか意識がついてこられたようだ）

出立までにあまり時間は残されていないなかで、荘輔と弓子は、子どもたちを連れて信州に戻った。弓子には、心のけじめとして、祖母の春子への報告が欠かせなかった。

母にしても伯母にしても、米国へ一家で引っ越ししてしまうのは賛成ではなかった。日本にいてほしいと懇願もされた。けれども、春子が存命であったなら、弓子の米国行きにはもろ手を挙げて賛成し、喜んで送り出してくれたはずと考えていた。数年の間、二人だけで生活する中で、娘たちのみならず、おそらく夫の辰夫でさえ知らなかったかもしれない彼女の青春時代の思い出を耳にしていた。祖母が戦時ゆえに閉じ込めざるをえなかった夢を実現させられる時代に巡り合えたうえは、彼女の希望を現実の指標に置きかえ、叶えていくような生き方をしたくなっている。

（私の分まで、夢を追いかけていってちょうだい、弓子ちゃん）

春子の願いが、弓子に同化していた。

「行きましょう」

夫から米国行きの意思を打ち明けられ、すぐに賛成したのにも、東京に残ることさえできなかった祖母の遺恨を、異国へ旅立つことで晴らし、大好きだった祖母の分まで生きていけるようにも思えたからだ。

「お祖母ちゃん、私がきっちりとバトンを引きつぐからね。きっといい報告をするよ」

城山公園の近くに眠る祖父母に手を合わせた後に、その祖母の父母たちが眠る墓にもお参りした。彼女がひそかに足を運んでいたのは聞いていて、小さな林に囲まれた十数基の墓石の中から、祖母が慕ってやまなかった彼女の両親と祖父、春子を導くように亡くなった長兄、それに遺骨は日本に戻れず名前だけが刻まれた次兄の墓前に、香華《こうげ》を手向《たむ》けた。

「すっきりしたようだね」

事情を聞いていた荘輔が、弓子の肩に手を置いた。

「有難う。これで後ろ髪を引かれるものが無くなったわ」

竜輔までが神妙な顔をして合掌していたので、弓子は子どもたちの頭を撫でてやった。

荘輔の運転で、次に向かったのは穂高だった。西澤一族の菩提寺が、穂高駅近くの宗徳寺《そうとくじ》というお寺であるのは、父親から聞いていて、カーナビが指し示すままに進むとすぐに行きついた。お布施を包み、住職が不在だったので場所だけ教えてもらうと、水道の蛇口から水を木桶に満たして四人で先祖の墓群に向かった。

「私でさえ久しく行っていないのに、まめなことだな。無理をしなくていいのに」

「お父さんやお母さんが、あまり祖霊《それい》崇拝なんて気持ちを持っていないのは知っているけれど、日本を離れるうえは、報告しておくのがけじめのように思えてね。我々の方が古いのかな。とはいえ、団塊の人たちは、世の変化が激しい中で生きてきた所為か、こだわるものを絞りすぎているようにも思うよ。捨てすぎというか。羨ましくもあるけれど」

「いやいや、そう言われると立場がないが、別に反対しているわけではない。気が済むようにしたらいい」

弓子に問われ、父親が学生時代の話をするのを聞いていて、あまり落差を感じずに、すんなりとビジネスの世界に入っていけたようなのに、荘輔は違和感を抱いたものだ。夏の夜空に咲く菊や牡丹の大輪に、〝玉屋〟、〝鍵屋〟と声をかけ、熱く燃え上がったならば、多少の余韻は残り、あるいは空しさや儚《はかな》さを感じるだろうものを、翌朝にはそんなことはなかったかのように明るい笑顔を浮かべ、連続した地平を闊歩してきた男たちの生き方は、批判する気はさらさらないとはいえ、自分にはできないものであった。

西澤にしても割り切れない思いは残っているものの、視線を広角に向けられず、多少角《かど》ばった生き方は仕方がなかったと内心では弁明している。息子に吐露しないだけだ。

「あの連中のほうが正直で実直かもしれない。真鍮を金に見せようと背伸びしていない」

母にこぼしたという本音から推察すると、自覚したうえかとも思え、さらに理解しにくい。ただ、いずれにしても子どもをもってみて、親の愛情は思い知らされている。

(たぶん、二人で精一杯育ててくれた)

西澤の名字が刻まれた墓石群に着くと、ここでも子どもたちは中心の大きな一基を取り囲んで配された墓石すべてに水をかけ、それぞれに線香を供え、合掌した。祖国を離れるからこそ、伝わる習いは教えておきたかった。

「ねえ、もう二か所回ってもらってもいいかしら」

「一か所は、『鐘の鳴る丘』のモデルになった場所だろう」

「あら、よく分かったわね」

「子供のころと結婚する前と二回訪ねたというのは、何回か聞いているからね。それで、もう一か所はどこなのかな。皆目見当がつかない」

「有明病院て、聞いたことない」

「ないなあ」

「上原良治さんの名前は知っているわよね」

「名前だけでなく、どんな経歴や考えを持った人かも知っている。知らないなんていったら、この歳になっても親父の拳骨《げんこつ》がとんでくるよ」

「その上原良治さんのご生家が、上原病院から名前がかわって有明病院となっているみたいなの。出陣して亡くなる前に親族として最後に会った妹さんが、今の東京女子医大を卒業後に田舎に戻り、ご実家の上原病院でお医者さんをされていたそうよ。お義父さんも、小さなころには診《み》てもらったことがあるとおっしゃっていた。幼い身に注射針をさし、苦い薬を処方するお医者さんは怖いなかで、上原先生は優しい女医さんだったんだって」

「初耳だな。そんなことまで親父はあなたに話していたのか」

スピーカーを通して流れくる、『鐘の鳴る丘』のメロディを子どもたちに聞かせてから、帰り道の有明病院に回ってみたが、すでに診察はしていないようであった。人が住んでいる気配も感じられず、田園風景の中の大きな診療所みたいな建物は、静かに役割を終えたかにもみえた。正面玄関に、上原姓の表札がわびしげにかかったまま。

「お祖母ちゃんに、前に来た時に有明病院を訪ねてみたかったたと言ったら、俗世の興味として笑われてしまったけれど、確かにそうだったのかもしれない」

「そうでもないだろう。朽ちてしまえば記憶から徐々に遠ざかるとしても、関心を示す者がいる間は、記憶から消え去らないからな。上原さんのこともそうさ。あなたの大先輩でもあるのだろう」

「そんなふうに言ってくれて、有難う」

翌日、帰りがけに、弓子が希望して松本少年刑務所に迂回《うかい》した。現在も、役割をかなり違えたとはいえ、旭町中学校の桐分校が併設されている。道路沿いにある分校の新しい建物の横には、入所者らが製作した物品を取り扱う洒落た販売所が一棟あり、少年刑務所の正門では、若い女性が警護服を着て入退所者を監視していた。

「六助は回らなくていいのかい」

「ええ、古い家が残っているとは思えないし、記憶も大事にしたいから」

東京へ戻る途中で、中央高速道路を運転中に、荘輔がハンドルを小さく叩いた。

「穂高にいったら足を運ぼうと考えていたのに、忘れてしまったよ」

「あら、どこなの」

「穂高神社。親父がお宮参りして氏子にしてもらった、由緒ある神社だと聞いている。立派な弓道場があって、そこで弓道の大会を見たのがきっかけで弓道を始めたらしい。宗徳寺の近くだと聞いてきたのに、うっかりしていたな」

「お義父さんは、神道に熱心なの」

「いや、宗徳寺は曹洞宗だしね。もっとも、神さびた祠《ほこら》だけみたいな神社の前を通ると、たいていはお参りして賽銭《さいせん》を献じるのが習慣になっているようで、いつの間にか並んで柏手を合わせて打てるようになったと、おふくろが苦笑いしていたよ。それが、古くからの神社には東京だけでなく、奈良や京都、伊勢や出雲、さらには九州までも喜んで出かけるのに、都内であっても明治以降につくられた仕掛けが大きな神社は、鳥居にも目をくれず素通りするらしい」

「なんとなく、お義父さんらしいようにも思える。なにか気に入らないのでしょう」

「軍人勅諭や教育勅語の〝勅〟という言葉に、世俗の臭いを感じているらしいが、同根かもしれない。今の両陛下を深く敬愛していて、被災地訪問や慰霊の映像に涙ぐんだりしているからね。でも、あの人の頭の中は、よく分からない。あなたのところは、どうなの」

弓子は思い出そうとしたが、神社やお寺についての記憶が曖昧だった。

「どうなのかしら。母の方は、あなたも知っているように、祖父母は熱心なクリスチャン。母はなまくらかな。お祖母ちゃんはそもそも神社に行かなかったし、母は付き合いで境内に入ってもお参りはしないというところ」

「お義母さんの結婚式は、神社ではなかったっけ」

「そうなのよ、お祖母ちゃんにその時の心情を聞いてみたら、〝愛は徳をまっとうする帯なり〟という聖書の言葉に続けて、〝なによりも娘の幸せに係わること。愛のためには折り合うしかないのよ〟と笑顔を向けられたわ」

「お祖母ちゃんと同様に、あなたも〝折り合い〟は会得《えとく》しているわけだ」

「仕方ないでしょう。周りは大人だらけの、難しい境遇だったのよ」


十一月の中旬、小春日和の旅立ちの日、成田には、弓子の友人たちが子どもを連れて駈けつけてくれたので、二十人近い集団の見送りとなった。仲良しと別れを惜しみ、泣きべそをかいているあさかを励ましながら、飛行機に乗り込んだ。

航空便の乗り継ぎ事情で、ミネアポリスでトランジットしてラーレに向かう旅は、居住目的の入国審査であるのを考慮して、経由時間に余裕を持たせたため、終着地に到着するまでに十七、八時間もかかってしまった。直行便がある都市、それもシアトルやサンフランシスコ、ロスアンジェルスといった西海岸であれば十時間ほどで着くだけに、イミグレーションを通過し、当座の生活に必要な荷物を通関させてラーレ便に預け直すと、弓子は、いよいよ米国の深奥部に移ってきたのを実感させられた。

「お母さん、伯母さんと一緒に遊びに来てよ」

松本で別れる前夜、惜別の宴で、弓子が誘った一言に、二人で顔を見合わせて首を振っていたが、確かにそんなことは難しかろうと思われる。それでも、祖母が元気だったら、這ってでも来そうだ。

夜遅くにラーレの空港に着いて、予約先のホテルに向かうレンタカーを借りている間に、竜輔が行方不明になってしまって大騒ぎで捜したところ、いつも通りに弱音を吐かず、俯きながらも黙々と最後尾でついてきていたのに、わずか手前で力尽きたらしく、建物横の薄暗いベンチの上で泥のように眠っていた。

「やはり、遠かったわね」

旅行で来るのと違う気づかれに、弓子もあさかも疲労困憊《こんぱい》していた。

「さ、出発だ」

もっとも疲れの色濃い荘輔が、エンジンのスイッチを入れ、ライトをつけて動き始める間にも、弓子は助手席で、子どもたちは後部座席で爆睡状態になっていた。

一週間ほどの間に、住まいを決めて、その後日本からの家財道具なども、手配どおりに〝クロネコ印〟がついたコンテナ便で遺漏なく届き、新しい生活が始まった。弓子の英語力は、役所や学校への手続きを電話で処理するにはまず本人が自信を持てなかったので、荘輔にからかわれながら、いちいち足を運んで対面でなんとか処理していった。結婚してからは、子どもたちの送迎を除いたら、運転する機会も減っていたのに、通勤で使う夫とは別に車をレンタルして、少しずつ車社会の米国での生活に馴れていかざるをえない。

海外からの居住者が多い国だけに、早く社会に溶けこめられるようにと、公共で無料の日常会話研修の機会が設けられていて、弓子も通い始めた。

「アメリカに来たばかりで、なんでそんなに話せるの」

同じ教室の受講者に、たどたどしく単語を羅列《られつ》され、目をむかれてしまった。

「ここは、アメリカ合衆国での生活をいちから始める人たちを対象にしていて、あなたはすでに修了の水準を、はるかにはるかにこえています」

すぐに退学に追い込まれてしまったが、米国でなんとか暮らしていけるだけの語学力のレベルにすぎないのは本人がよく自覚していて、それでは不自由なので、やむなく車で四十分ほどかかる、有料の語学学校に通学することにした。

「才媛すぎるのも大変だね」

夫が苦笑いしながら冷やかした。

ラーレには日本のメーカーの工場もあり、高校生までいれると百八十人ほどの学生や生徒を対象とした日本の補習校が設置されていて、あさかや竜輔も毎週土曜日に、現地の女子高校の校舎を、休校日だけ借りた教室に通うことになるが、思わぬ事態が待っていた。米国に着いて間もないにもかかわらず、荘輔が補習校の運営委員長になったことである。

「副委員長は、ここに生産拠点を置いている、あのメーカーの人が常に就くことになっていて、そのかわりに委員長は交代制になっているのに、今年はなり手がいないから、引き受けてもらえないかと言われてしまったけれど、どうする？　やっぱり、断った方がいいよね。仕事に慣れるだけでも大変だものねえ。難しいと首をひねっているのだけれど、念のため、あなたに打診してみてくれないかって」

補習校の運営委員会に出席していた弓子から、隣席との間に低い仕切りがあるだけの机に向かっていた荘輔の携帯に連絡が入った。彼は日本法人ではゼネラル・マネージャーであったが、転籍すると肩書は外れ、出直しの形になっていて、まずは独自作業で担当するオペレーションの処理に日々追われていた。オフィスは無人となる土曜出勤までして、慣れぬ環境でならし運転に忙しいのは、話を聞かなくとも弓子は分かっている。

「委員長不在というわけにはいかないのだろう。それじゃあ、やむをえないじゃないか。うちも二人面倒みてもらうのだから、ぐずぐず言っていても仕方ない」

「引き受けていいの」

「構わない」

「本当にいいの」

「本当に構わない」

荘輔が構えないのは日本を離れても同じなのに、弓子からは、これからの先行きに感じていなくもなかった不安や暗雲が薄れていく。数千人規模の会社で、大勢のインド人は働いているものの、日本人がいないのをまったく気にしていないのに驚いていたところだけに、分かっていたつもりでいた夫が変幻自在に姿を変えてしまう。それだけに、

「海外に来てもこんななのね」

補習校の運営委員長のような役目は、男が前提なのには、女性だけで運営しているNPO法人で活動し、それで特段の支障もなかっただけに違和感を抱いてしまう。

「引きずってきたものを断ち切るのは難しいのさ。トカゲの尻尾《しっぽ》切りと同じで、窮地におちいらないと変わりきれないのかもしれないよ。日本人同士の付き合いには、気安く心休まる面もあろうが、反面ではうんざりすることもあるらしい。とくに夫の海外駐在についてきている女性たちは、外交官夫人を頂点にして、大きな商社の系列につながるヒエラルヒーがあるみたいだ。〝奥さま、なぜ挨拶にお顔をお出しになりませんの〟とか、〝挨拶に来るのが遅い〟なんてね。そんなものは相手にしなければよいだけなうえに、ここは領事館があるわけでもないし、州都とはいえ田舎町だから、まだ恵まれているということだろう」

（「弓子ちゃんはきっといい相手と巡り合える」って、お祖母ちゃんが言っていたけれど、お見通しだったのかしら。私も頑張らなくっちゃ）

ふと、あの舅や姑だったら、こんな話題にはもっと厳しく反応するだろうと、夫の後背に二

人の姿が見えるようだった。

義母の八重子が十六、七年も働きに出ていて、預金量でトップだったこともある都市銀行が、他行と合併してメガバンクとなってからは行内の空気が変わってしまい、彼女が持参した弁当を、繁忙な女子行員を先に休ませ、時間外れの食堂の隅でかきこんでいた折に、これまでなら考えられないような言葉に接することになる。

「パートには、焼魚なら尻尾《しっぽ》を食べさせておけばいい」

新規に加わった銀行の出身で、厚生業務を担当する課長が、賄いの女性に指示しているのを耳にして、彼女が鉢巻きどころか襷《たすき》までかけて、一歩も引かなかったのは聞いている。

「パートのくせに生意気だ。辞めさせてやる」

すでに豊かになっている彼女に通用しない一言が、（こんな形でいじめられて、泣き寝入りせざるをえないパートもいるだろう。戦える境遇の私が、弱い者いじめを見過ごすわけにはいかない）と、火に油を注ぐ結果となる。

「西澤さんが結婚する前に勤めていた、古巣の銀行ではなかったっけ。その際にも、都銀同士の初めての合併後にすぐに辞めたのは聞いているが、それは結婚が理由だったのだよね。今回は戦線離脱はなしにしてもらわないと、あなたを慕って追随するパートの人が出てきたら、困るのは私だから」

面倒見がよく、冗談も言える仲になっていた副支店長が、からかいながら仲裁してきて、なんとか矛《ほこ》を収めたようだ。

「ずいぶん行儀が悪いらしいな。それにしても、人権意識の低さには呆れるよ」

西澤は、ともに合併した政府系のもう一行の知り合いから、企業風土の違いをこぼされてもいたので、一笑に付すしかなかった。

「馬鹿を相手にしたら、馬鹿をみる」

人事部門の業務の一環として人権啓発を担当し、多くの企業とも交流するなかで、ジェンダーへの向き合いをはじめ、人権意識の高低は、今後あらゆる組織の生命線になりかねないのを認識していたので、馬鹿という言葉まで使って妻の怒りをなだめている。

舅も同様であるのは、上司に対しての似たような話を、社宅にいたころ耳にしたことがあると、八重子が自分のことは棚に上げて、苦笑いしていたから承知済み。

「教師だって、寄ってくる生徒は可愛いっていうのにね」

家族は似てくるものなのかと、弓子はつい夫の顔を見つめてしまい、怪訝な表情を返されてしまった。断固とした姿勢を表立って示すか否かの違いだけで、荘輔の姿も重なる。

「もっとも、あなたから相談を受けたとしたら、〝無視したら〟と言うと思うよ。ルールは守らなければならないとして、暗黙の掟《おきて》というのは、あなたが嫌いなクローズドされた社会の負の遺産みたいなものさ。夫の肩書だけにおんぶされている女というのは、虎の威《い》を借る狐みたいなもので、本当に情けない。それを黙認している男も、すがるものが必要な張り子の虎が実相で、同罪だけれどね。男も女も、もっと自立しなくちゃ」

ＮＰＯ法人の事務局長の役割を務め続けることになっているのには、なんとかなるだろうと楽観しつつも、いささか負担を感じながら渡米してきたが、こんな夫がパートナーならば、継続していけそうに思えてきた。この運動を創始したリーダーの女性から、これだけインターネットが発達した社会だから、やっていけるはずだと励まされ、また彼女が海外の団体とのチャンネルを築き始めていて、ボーダレスな活動の一助となるのも楽しみだとささやかれ日本を発ってきていたので、彼女の心意気に応えようと決心し直した。

「ＮＰＯで大切なのは、〝共感〟らしいよ」

どこかで読んだのか、自分で考えたことでもそんな言い方をする舅が、ポツリと弓子につぶやいたのは、渡米を前に、仕事の継続を迷っている時だった。関心も示していないようにみえた舅だが、さりげなく気にかけていたのだ。

「プロフィットなしの事業のミッションがなにかというのは、難しいよね。企業だと、ミッションの先には、どこかでプロフィットが見え隠れして、それが事業の推進力になっているのに、それがないのだから。となると、〝共感〟あたりがキーワードになりそうだな。共感できる仲間がいるなら、不安になることはないかもしれない」

　周りが、さまざまに励ましてくれたのも思い出した。

（お祖母ちゃん、弓子はもう引き返さない）

　荘輔が日本を離れるにあたり、母の八重子にアイパッドをプレゼントしてきていて、日米で交信しあうなかで、タブレットに映る互いの姿や耳に飛び込んでくる音声に、祖父母と孫が喜んでいる。体感を除けば、異国にいても隣り合わせにいるような時代だから、敷居を低くするだけでなく、枠も外していけば、自分たちの世界が広がりそうだと、日本を離れてから弓子は一層確信できた。

　実際、渡米して数日後に、初めてインターネットの電話サービスである〝Skype《スカイプ》〟をつないで会議を始めた折には、まだ家具もなかったのでスーツケースを机代わりにしたものの、点在している日本の事務局メンバーと、同じ国内にいるのと変わらぬ意思疎通を難なくでき、あらためて新しい世界にスムーズに踏みこめたと実感した。もっとも、事務局といっても、固定のオフィスをもっているわけではなく、普段はそれぞれが在宅勤務し、必要な都度情報を共有しつつ役割を果たしているのだから、懸念自体が無用だったのだ。時差の問題にしても、主要なミーティングは、日本が午前中で、弓子が夕食を済ませてからの夜間の時間を活用することでクリアーすることに。子どもたちも、母親の生活リズムはそんなものかとすぐに馴れる。

補習校が開かれる土曜日には、荘輔は子ども向け図書の貸し出しなどの雑事もあって、学校に顔を出さざるをえないものの、彼がそれを意図したわけではなかったが、日本人の社会に早く溶け込むチャンスとなり、交友範囲も広がっていった。日本フェアで焼きそばやたこ焼きづくりの下働きをし、餅つきでは杵《きね》は持たずにひたすら返しを担当するなど、冗談めいて「家ではずっと下っ端だったから、それに慣れてしまって」と言いながら、彼の持ち味が発揮され、家族もその波に乗れていく。

さらに、補習校の運営を通じて、米国の学校ではよく見られる、資金集めのファンドレージングの手法に通じていった夫から、弓子はＮＰＯ法人にも参考となるヒントをえられるなど、海外生活では、日本にいるときより、一歩踏み出せば手ごたえも確実にかえってくるようであった。

姑の八重子が羨ましそうにこぼしていたのも思い出した。

「どうも私の父の世代までの男たちの中には、妻は自分の持ちもののように考え、養っているという意識の夫たちがいて、口にもしていた。団塊の世代の男たちは、そこまではないとしても、妻子を背中に負う責任に喘《あえ》いでいるようなところをみせるのよ。それが妻子にとったら負担になるのが分からないらしい。とてもそんな姿をみせないような、優しい山科さん、あの音子叔母さんの旦那さんでさえ、例外ではないかもしれない」

もっと肩の力を抜いたらいいのに、というのが結論だったが、息子たちをみていて、母親というよりも一人の女として感じるものがあるようだ。

荘輔は、家族に対する思いは強いが、弓子や子供たちに負担とは感じさせない。


半年を越して、米国での生活に馴れかけたところで、子どもたちの学期末の長期休暇が始まり、二人の人生の選択肢を広げておけるようにと、日本の学校にも通わせるため帰国した。こちらの夏休みが始まるまでの一か月に満たない期間であり、仕事を抱えている荘輔を残して、六月の半ば過ぎに、まず三人で帰ってきた。

日本に戻ってすぐに、時差ボケ解消を兼ねて、弓子は、あまり使わないからという舅の言葉に甘えて車を借り、その足で松本に帰省して、杉恵のマンションに身を寄せた。

「弓子ちゃんと、また一緒に温泉に入れるとは思わなかったわ」

伯母の招待で、母と五人で浅間温泉に出かけた夕刻のこと。

「お待ちしておりました。ごゆっくりお過ごしください。こんな場でなんでございますが、ご主人さまのことは心を痛めておりました。心からお悔やみを申し上げます」

挨拶に顔を出した女将から弔いの言葉をかけられ、杉恵はそれが誰かに気がついた。髪は染めているのか白いものは見当たらず、歳を隠す艶っぽさを感じさせる女性は、若い日の杉恵が雄三との間を気に病んだ、あの浅間のお姉さんだった。この旅館は得意先だったこともあり、義父の代から男たちの寄合いでよく使っていたから、経理を担当して支払先を把握していた義姉が予約したのに不思議はない。

「ご丁重に恐れ入ります。ご無沙汰をしておりましたが、今宵はお世話をかけます」

「あら、杉恵さんは女将さんと面識があったの。雄三さんと一緒に来たことでも」

二人の関係を知らない義姉の言葉を、女将が慌てて否定した。

「なにかの機会にお目にかかり、ご挨拶申し上げたのは覚えておりますが、いつだったかは記憶も曖昧で、まことに申し訳ありません。こちらはお嬢さんとお孫さんですか」

話題を変えようとした女将が、お世辞のつもりで余計な一言を漏らした。

「よく勉強がおできになったお嬢さんだと」

訝《いぶか》しげな杉恵の表情に、女将もはっとした。

「ずっと昔に、そんな噂を耳にしたことがあったような。それでは失礼いたします」

「弓子ちゃんの才媛ぶりは有名だったのね」

屈託ない言葉を、杉恵は聞き流すしかない。その義姉と弓子を隣り合わせにして、杉恵との間に子どもたちの布団を敷いてもらった深夜に、彼女は嫌な夢を見た。女将が二人の頭を撫でながら、雄三と楽しそうに言葉を交わし、誰かしらといった表情を杉恵に向けてきたのだ。こともあろうに、夫までがそれに同調して首を傾げている。

「馬鹿」

目覚めてすぐに弓子から、大きな寝言で起こされてしまったとからかわれたが、娘のほかは誰も気づいていなかったようだ。

「お父さんをしかりつけたの」

「そんなことだと思った」

この日の雄三の墓参りには、体調が悪いとして杉恵はついていかなかった。あらためてなにかあったとは思わないが、よしんば宴席の片隅でとはいえ、弓子について話題に上げたのが気に入らない。相手にだけ、こちらの様子が一方的に知られているのは、窓から家のなかを覗き見られていたようで不愉快きわまりない。

「一緒にいられる時間は限られているのだから、早く機嫌をなおしてよ」

なにかを察したのであろう弓子が、なにも問わずに笑ってみせた。

弓子たちが松本を離れる前日、小高い丘の上にある城山公園まで出かけ、鉄骨造の開放的な展望台から、梅雨の晴れ間に姿をみせている常念岳を望み、下方に流れる梓川沿いに松本城の近くから移転してきていた、弓子が産声を上げた丸の内病院を眺めているうちに、この日はついてきた杉恵の気も晴れてきた。

「弓子は覚えていないだろうけれど、このブランコを隣り合わせでこいだのが、荘輔さんとの出会いだったのよ。今のあさかよりもっと小さいころ。ずいぶんと昔。良い思い出は残し、嫌なことは忘れるのが一番だね」

駐車場横の遊具で子どもたちをしばらく遊ばせてから、少し下った辰夫と春子の墓前で、弓子は米国での生活を瞑目して報告した。祖母が瞳を輝かせて、大きく頷きながら聞いている様子が、目に浮かぶようであった。

松本で土日を挟んだ四日間をすごし、住み慣れたマンションは離日にあたって賃貸していたので、あさかが通っていた小学校に電車通学が可能な、八重子の小平の家に、一昨日戻ってきた。竜輔も元の幼稚園に通園することになっていて、昨日は弓子が小学校と幼稚園に顔を出し、米国からの依頼どおりに受け入れ態勢が調っているのを確かめていた。

弓子が二人を連れて通学、通園させることになっている西澤家の初日は、母親をたしなめる竜輔の一言で、賑やかに動き出す。

「声が小さーい」

竜輔が、顔も上げずに母親の弓子を注意した。弓子が、舅たちの住まいに居候している間は寝室にしている二階からのんびりと下りてきて、和室の座椅子に座って、朝のニュース番組を見ている西澤に、開けっ放しになっている隣の洋室から朝の挨拶をしたところ、すぐに竜輔から注意されてしまう。ソファーの上で小さな胡坐をかき、組んだ足にのせた『妖怪ウォッチ』のキャラクター・テキストに、視線を落としたままである。

「お早うございます」

やむなく大きな声で挨拶をし直した母親の声調を確かめると、

「それでよーし」

竜輔がにこりともせずに、ようやく母親を見てこくりとした。

「お早う。弓子さんも大変だねえ」

西澤もやや大きな声で挨拶を返してから、吹き出してしまった。

「こらっ、竜輔。お母さんへの挨拶が先だろう。大体お前は態度が大きい」

「誰に似たのかしら」

朝食の準備と給食がない竜輔の弁当作りに励みながら、八重子が台所から、夫に聞こえるように一言発した。家族の中でもっとも早く起きてきて、ランドセルの中身を確かめるのに余念がなかった姉のあさかが、祖父に気をつかい、手を休めて弟を注意する。

「竜輔、お祖父ちゃんが注意をしているのでしょう。返事をしなさい」

竜輔は聞こえなかったふりをして、頁をめくっている。

「あさかが可哀そうかもしれないな」

帰国して合流した荘輔に、西澤が漏らした。七夕を控えた時期だったので、近くの造園業者から譲ってもらった背の低い篠竹に、孫たちと色紙の輪っかをつなげた紙の鎖や短冊を飾った。その翌日、〝早く日本へ帰れますように〟とのひそかな願いを込めた一枚の短冊が、隠れるように加わっていた。

「米国に住んで、あちらの学校に通っていたら、自然と英語が身につき、バイリンガルになるとの勘違いがあるけれど、そんなことはなくてね、倍の努力と苦労を求められるだけ。ことに日本の小学校に通って、仲のよい友だちが大勢いたあさかは、ある面でもっとも辛い時期に連れていかれたのかもしれない。週に一度の日本語の補習校を除いたら、授業はすべてちんぷんかんぷんの英語で、周りに日本人の友だちもあまりいないから」

「それは竜輔だって同じではないか、と言いたいところだが、違うのだよな」

分かっているではないかといった笑顔で応えてくる。

「あれは、〝妖怪ウォッチ〟や〝ワンピース〟、あるいは〝ポケモン〟で頭の中の70%くらいが占められ、残りのうちの20%は食べ物のことだから、まだ気楽かもしれない」

そういえば、目立つところに吊るされた七夕の短冊には、〝にく〟と〝おし〟の下手くそな二文字が大きな顔をしていた。

「〝おし〟って、なにかね」

「お義父さん、よく見てくださいよ。点がないでしょう。本人は〝すし〟と書いたつもりです。〝にく〟にしても、本当は〝からあげ〟と書きたいところですが、そこまでの能力がないからにすぎません」

弓子が母親らしく判読して解釈してくれたが、これにとどまらず、「まだタコ飯を食べていない」と、日本で食べたいものの一覧表を、あらかじめ父親に頼んでメールしてきており、頭の中でそのひとつひとつをチェックしているかのように竜輔は貪欲《どんよく》であった。寿司や蕎麦やラーメンは、親が休日に連れていき、友だちの家に泊まりがけで出かけた夜には、カレーライスを何杯もお代わりしたと、八重子に鼻をふくらませている。

「お祖母ちゃんが作る唐揚げやかつ煮が美味しいから、もう一度食べたい」

唐揚げやとんかつは米国でいくらでも食べられるだろうにと思って、八重子が、「お母さんは作ってくれないの」と確かめると、「作ってくれたけれど、美味しくなかった。お祖母ちゃんのは美味しいから大好き。ねえ竜輔、そうだよね」と、横からあさかがいち早く反応した。

「うん。ベチャッとしていた」

そんな話を後から聞かされても、弓子は気にするふうもなく、肩をすぼめて舌を出す。かわって荘輔がそっとコツを母親に訊ねてくるので、鶏肉の下処理や油の温度加減を伝授する。

八重子は、弓子が育った環境や祖母の春子との仮寓生活の様子を聞いていたし、学生時代に遊びに来て台所仕事を手伝う様子から、食べることに興味はあっても、調理には関心を示さないのも分かっていた。家事というものは、おのずと伝わる女系の流れのようなものだと割り切っていて、息子が問い合わせてくるのにもすぐ慣れた。

（役割なんてこだわらない、それも弓子さんの長所ということにしておこう）

孫たちにとって西澤は気兼ねなところがあり、八重子は逃げ場所になっていたが、それは嫁たちにしても同じ。もっとも、よい姑になろうと努めている妻の気持ちはよく分かっているので、彼は憎まれ役を貫く心算でいる。

競争相手が多かった団塊の世代は、頭ひとつだけでも目立とうとして、つい自己中心になりがちであったが、そろそろ童話〝泣いた赤鬼〟の青鬼役もはたすべきだと西澤は思い始めており、青鬼が親友の赤鬼のために、あえて悪役をかってでた童話に倣《なら》い、書斎のガラスケースの本棚に張り子の青鬼をさりげなく飾り、自戒している。誰に知られずともよかったが、長男がこれに気づいているらしいのは望外と、ひそかに満足している。

荘輔は日本に二週間ほど滞在し、その半ばは仕事に明け暮れた。昼間は前年まで勤務していた恵比寿の日本法人に出向き、深夜や早朝には、西澤の書斎をオフィス代わりにして、米国の本社とテレビ会議をこなす生活は、西澤からしたら羨ましい働き盛りのもの。バブルだ、失われた二十年だとかいわれる中で、昼夜を問わずに働き続けた時代が懐かしい。

家族が一堂に会しての歓送の宴に、妻子を伴って顔を見せた長男が、父親の書斎に本を漁《あさ》りに来て、パソコンに向かっていた弟が報告書を送信し終えるのを確かめると、本棚に飾ってある、金棒《かなぼう》を握り、虎皮模様のふんどしを穿《は》いた張り子の青鬼について触れた。

「荘輔は、この青鬼のことを知っているかな」

荘輔は、書斎を事務所代わりに使っていたのに、青鬼の存在に気がついていなかった。兄の説明には、いやに納得させられてしまう。

「さすがに兄貴だ。それは知らなかった。そう言われてみると、いばった様子なのに、恥ずかしそうに自省している表情にも見えて、悲しいようでさえあるよ」

「とはいえ、緑地に金まで散らした、豪華な縁《へり》がついた畳の花瓶敷きの上で、ふんぞり返っているあたりは、いかにも親父らしい」

「そうだね。団塊は一家の主人然とした、〝地震・雷・火事・親父〟の最後の世代となるのかな」

6　さらに遠くへ

「そんな先生いないよ」

竜輔の一言に、弓子は軽いショックを受けた。九月の新学期から現地の小学校に通い始めている竜輔に、担任ではないが、学年の全クラスを補助する副担任の名前を告げたところ、知らないとの返事が返ってきた。学校から渡されたプリントに記されたスペルを確かめても間違いない。言葉が分からないだけに、学校に行っても漫然と時間を過ごしているだけなのかと不安になってしまったのである。

「ほら、担任の先生を手助けしてくれているアマンダ先生よ」

「手助けってなあに」

「応援してくれている、ちょっと太っていて、いつもズボンを穿いている女の先生」

「ああ、アミャンダ」

弓子の発音が竜輔には通じなかったことに、彼女は別のショックを受けてしまった。そういえば日本語だって、雨と飴や箸と橋では平仮名にしてしまえばスペルは同じでも、イントネーションが異なって、通じるはずが意味不明になってしまう。弓子の平板な発音と違って、竜輔の発声では〝ミャ〟が強調されている。〝ア〟だって母親のものとは明らかに別ものだ。竜輔の耳では聞き取れ、復誦《ふくしょう》できるものが、自分は正確に聞けていないとしたら、話す場ではさらにカタカナ発音から抜け切れず、相手が理解しようと努めていてくれるだけで、かなり乱暴なしゃべりになっていたことになる。

弓子ほどではないにしても、荘輔にしても失敗はある。ドキュメントの読解力や記述力、あるいは職場でのやり取りにはそこそこの自信はあるが、相手の姿や表情が見えない電話でのヒアリングには、慎重に対応しないとなおも不安が残っている。

これより少し先のことになるが、あさかを車の助手席に乗せての外出時に、日本から送られてきた荷物を届けて、誰もいなかったので玄関に置いてきたとの、運送業者だという男の連絡が携帯にはいった。ダッシュボードのスタンドにのせてあったスマートフォンの向こうで、続けて早口でなにかごちょごちょ言っていたが、運転中だったので気にもせずにいたところ、電話が切れてから、助手席のあさかが顔を向け確かめてきた。

「玄関先の郵便受けに車がぶつかり、ポールを壊しちゃったようなのに、そのままにしておいていいの？　サンキューってお礼まで言ってたけど」

慌てて、車を道端に停めて連絡したところ、あさかの言うとおりだった。子どもたちから、発音の間違いを指摘されることが多くなっていく。

「お母さん、ぜーんぜん、違うよお」

こんな折には、勝ち誇った表情で、語尾まで上げて竜輔は正してくる。

あさかは、宿題の英文を荘輔にチェックしてもらいながらも、父親の微妙な発音の不正確さを指摘するのが張り合いになっている。いやいや米国に連れてこられたことへの仕返しをしているかのような、嬉しそうな表情を浮かべる。

「お父さん、もう一度」

一層忙しくなるのは覚悟して、弓子は公立の短期大学である、コミュニティカレッジの留学生クラスに通い始めることにした。世界中から集まってきている、肌の色も宗教も異なる人たち、それも若者だけでなく、彼女よりはるかに年配の男女との交流は、新しい視界が開けてくれるように思えた。午前中はコミュニティカレッジ、午後はNPO法人の事務局の仕事、夕食を子どもたちに食べさせ、学校の宿題を確かめ、日本との打ち合わせがある夜は、ときに深更に及んだ。夫もそれにも増す忙しさにもかかわらず、土曜日の補習校に持っていく子供たちの弁当は、父親譲りで料理好きの荘輔が早起きし、色とりどりに工夫を凝らして作ってくれるので、適度に怠け、肩の力を抜いていた。

(そういえば、ずっと昔に、いい加減はだめだけれど、やりすぎても駄目で、よい加減くらいがいいと聞いたけれど、今の私はそんなところかもしれない)

それでも、彼女のフェイスブックは、日本語と英語を併記しているが、「最近、英語がだいぶこなれてきた」と、夫に褒められるようになっていく。

翌年の夏も、その次の年も帰国して、一家は八重子に世話をやかせている。

「大変でしょうに、偉いわね。お孫さんだけだったらまだしも、お嫁さんもなのでしょう。私だったら、どんなに辛抱してもせいぜい一週間。実の娘でも半月。初めから一緒に暮らしていたのなら別でしょうけれどね」

八重子の友人たちは、口をそろえた。

「西澤さんて凄い。実家ならまだしも、旦那さんのご両親と一か月以上も肩を寄せ合って生活するなんて、信じられない。私なんか、ノイローゼになりそう」

一方の弓子にしても、友人たちを感服させている。

女が二人入れるほど広い台所はないから、弓子が料理好きでないのも、料理自慢の八重子を気楽にさせていた。調理師や栄養士の資格を持ち、自宅で料理を教えている長男の妻だと、こうはいくまいと西澤も見立てている。意識せずにテリトリーを守れる負担の無さこそ、共同生活を長持ちさせられる秘訣のようなもの。だから、夫である彼でさえ、八重子の台所を使うには気兼ねをしていて、専用の出刃包丁が出番を迎える、あるいは中華鍋を振るような、腕力を要する料理の手伝いや包丁研《と》ぎに徹している。男子は厨房《ちゅうぼう》に入っても脇役であるべしと、わきまえている世代でもある。

ここで親子は断絶して、荘輔のフェイスブックには、自作料理の登場が多くなっていく。ラーメンのスープを作るための大きな寸胴鍋《ずんどうなべ》は、現地のアジアンマーケットでなんとか調達できたが、調理麺の入手に難儀していたところ、多様な麺を作れる製麺機が新発売されたと知り、すぐに手に入れて託送手荷物で米国に持ち込み、ラーメンの丼も帰国の際にわざわざ日本から運んでいく凝りようであった。

「料理は包丁や火を扱って危険と隣り合わせだし、味かげんに集中しなければならないから、雑事を忘れさせてくれ、最高の気分転換になる。いわば趣味の領域で、好きなようにしているだけ。お互いに持ち味を生かしたら良いじゃないか」

家庭での役割に執着しない、弓子を気楽にさせる一言だし、荘輔の本音でもある。

「せっかく本場にいるのだから、ゴスペルにもっと近づいたら」

渡米して三年後には、荘輔は借家生活から抜け出し、ラーレ近郊の住宅地に自宅を購入していて、これで庭もかなり広くなり、隣近所に遠慮することなくバーベキューができるようになると、肉を炙るにもガスグリルに飽き足らず、炭焼きのグリルまで備えた。味や食感に口うるさく注文をつけながら、竜輔は食欲を充たすだけでなく、あさかは興味を示さないのに、料理好きにもなりつつある。

「まだ早い」と、肉の焼き具合を竜輔が睨む姿も絵になってきた。

「そういえば、小さいころの我が家でも、鍋奉行は一人だったな」

「やはり隔世遺伝よね」

さすがの春子も、孫娘たちが田舎とはいえ米国に家を買って、ここまでどっぷり米国に定着するとは、予想もしなかったであろう。

「目立たないようにしていたのに、見つかってしまった」

荘輔は、米国本社でも肩書がつく立場になっていた。

「部下のない気楽さを楽しんでいたのに」というのは半ば本音であった。ただ、担当するプロジェクトを前に進めようとする律義さから、フロアの最後の照明を消し、百台以上もとまる駐車場に、最後の一台として残された車のエンジンをかける夜が続いても、あまり肩肘張ることない姿が、かえって際立ってしまったらしい。

「金曜日でもそんななのを知られて、(週末なのになぜ?)なんてからかわれてね」

「いかにも日本の猛烈社員じゃないか。〝やる気、ガッツ、根性〟だけでなく、〝汗だ、腰だ、筋肉だ〟なんて掛け声が、いつも聞こえてきそうだったよ」

帰国中に父親に冷やかされ、新しい名刺を差し出した。

「いや、そんなではないけれど、職務や職責はここまでという気にもならなくて」

「それで、家を買う気になったのか」
「それは関係ない。日本企業のように住宅手当なんてないから、高い家賃を払うのが馬鹿馬鹿しくなっただけ。それならローンを組んだ方がいいだろうと思って探していたところ、ちょうど手ごろな物件があったから思い切った」

荘輔が越えるハードルが、団塊の世代の西澤には、いつも低めに感じられる。

「遠かったよ」

自宅を見に来てほしいという息子の誘いに、西澤が渋々と重い腰を上げた。どんな家かは見てみたかったうえに、「兄貴が新築した家は見に行ったのだから、兄弟は公平にしてもらわなければ」と、荘輔にニヤリと促されてはいたが、米国内でのトランジットが必要な不便な場所だから、気は進まずにぐずぐずしていた。ところが、荘輔だけでなくあさかからの強い誘いもあり、八重子は一人でも出かける意気込みを見せ始め、これには西澤も追い込まれてしまった。

やむをえず、北米大陸への旅行と割り切り、立ち寄りたい都市をピックアップし、その中にラーレを組み込み、いつもどおりに綿密な旅行計画をたてて、航空機とホテルを予約した。大型船でのクルーズ旅行でもなければ、まずツアーに参加しない夫婦だけの旅では、西澤はツアーコンダクターのつもりでほぼ案内役に徹する。金銭に余裕がなく、旅行にほとんど連れていけなかった、子育て時代の妻への借りを返すようなつもりで、旅行先は、八重子の希望を七、八割はかなえるようにしている。

「家族四人で浴室が三つというのは、無駄じゃないのかな」

「浴槽がついているのは二つで、あとはシャワーブースだし、アメリカの住宅地の家はこんなものかもしれない。引っ越すまで住んでいた借家だって、浴室は二つあったし、トイレが三か所というのも同じだからね。とはいえ、ゆったり車二台分のガレージがあるのを弓子は喜んでいるよ。いままで彼女の車は、屋根のない玄関横だったから」

これには、アメリカの住宅地だから、そんなものかと思うだけであったが、ラーレは州都といっても人口が数十万人の中規模都市であり、住まいはこの郊外だから、荘輔や弓子に運転してもらわなければどこにも出かけられず、自力でコントロールできない生活には、働きバチにとって時間が無駄につぶされていくようで、うんざりしてしまう。

夫とは違って八重子は、初めて実感する、日米の文化の落差に目を丸くする。ことに小さな日常生活の出来事への視座は、西澤にはないもの。女性はそういうものなのかと、むしろそちらに感心する。

「すごいわね。日本の政治家や役人たちは、子育て重視だ教育だなんて言いながら、なんで手をこまねいているのかしら。要は、上滑りの言葉だけで、真剣じゃないのよね」

海外に来ても、母親の視座が加わったりすれば、変わることなく意気軒昂《けんこう》である。全国共通で黄色く塗られたスクールバスが、生徒の乗降などで一時停止した場合、ノースカロライナ州では、後続車がこれを追い越すのは禁じられているだけでなく、対向車線の車まで停止しなければならないという。子ども保護の姿勢には感嘆しきり。

「片道二車線の道路でもこのルールが適用されるから、朝の通学時にはスクールバス渋滞が常態化している。罰点が十二点で免停なのに、この追い越しの罰点が五点というのだから、かなり厳しいよね」

「なにを選択するか、ということか。経済活動に多少の影響があっても、いかに子どもを守るかの方がそれより大事との判断だろう」

「仕方がないから、この時間帯を避けて通勤している。日本人だから、家を出るのがつい早くなってしまって」

「こんなルールは、すごいわね。集団登校している小学生の列に車が突っ込み、子どもたちが交通事故の被害者になる悲劇が後を絶たない日本とは、えらい違い」

妻の指摘に、沖縄の道路をレンタカーで走っていると、たまに見かけるゆっくり走行している黄色いボンネットバスを、いらいらしながらスピードを上げて追い越していたのを、西澤は思い出して首をすくめた。もちろん咎められることはないにしろ。

学校から帰宅すると、インド人の友だちと遊ぶ約束をしていて、すぐに家を飛び出していった竜輔がいないリビングルームで、スクールバスの別の話題にも話が及ぶ。

「ちょっと騒いだだけでも、太ったドライバーのおばさんが怒鳴りつけてくるの。大きな声で怖いのよお。竜輔は友だちとふざけあって、よく叱られている。今日は睨まれただけだったけれど」

生まれてこのかた、大人から怒鳴りつけられた経験などないあさかには、初めはかなりのショックだったようだが、すでに馴れてきている。竜輔は祖父の拳骨の洗礼を受けていたから、耐性はできていたようだ。

「よその家の子どもを注意するなんて、最近の日本では見かけない光景ね」

「その一方で、こちらでは家庭の躾《しつけ》でも、やりすぎと判断されてしまえば、たとえ親でも、児童虐待として犯罪となってしまいますから」

洗濯専用の小部屋から運んできた洗濯物を、八重子とあさかが畳んでいる近くで、弓子がパソコンに向かいながら口を挟んできた。

「お祖父ちゃんだからといって、竜輔を気楽にぽかりとはいかないのよねえ」

「子供の頭に手を挙げるなんて滅相もありません。誰かに覗かれたりしたら大変ですよ。〝お祖父ちゃんに暴力を振るわれた〟なんて、竜輔なら先生に言いつけかねませんから」

孫たちの通学に合わせて学校訪問をしてみると、始業前の教室では、すでに担任教師が一人で授業の準備をしながら、子どもたちの登校を待っていて、祖父母だと挨拶すると、遠いところをよく来てくれたと喜んで迎えいれ、授業で使われる教材を説明し、意見を求めてきたが、納得した振りをして大きく同調してみせるしかない。

「トレジャーボックスなの」

あさかが教師に促されて棚から下ろした平たい四角形の缶には、キャンディーがはちきれそうに詰められていた。子どもたちがルールを作って、自主管理していると、胸をはる。

「教室に入って、ぜひご覧になっていってください」

土曜日に補習校にいくと、校長が近寄ってきて、授業参観するように勧めてくる。学校と子どもとの距離が近く、オープンでもあるが、西澤はつい一歩引いてしまう。

「長野県は教育県だと聞かされながら育ったけれど、こんなふうではなかったわね」

「そうだなあ。もともと貧しい山国だったから、都会に出ての立身出世に望みをかけ、子弟の教育に力を注いだのだろうよ。末は博士か大臣か、なんて。惜しむらくは神童とて、たいていは二十歳すぎればただの人。ここにも立派な見本がいる」

「教育県といえば、あなたも旭町中学校の桐分校は知っているでしょう」

「名前とどんな学校かはね。杉恵さんのお父さんが設立に係わったと聞いたことがある。設立当初とはかなり違うようだが、〝塀の中の中学校〟として映画にもなったよな」

「杉恵さんが、そのお父さんから、長野県は教育が文化になっていたから桐分校が誕生したと聞いたと言っていたけれど、どうなのかしら」

「さて、どうだろう。でも、教育県という土壌があったとはいえ、無から有を生み出した社会との向き合い方はたいしたものさ。ここまでダイナミズムから遠ざかった政治家や中央行政府の官僚たちなら、発案どころか、積極的につぶそうとしかねない。前に進んでいるようで、いともたやすく社会は退行、老化していく。危なっかしくて仕方がない」

　地方都市のラーレはすぐ物足りなくなるのは分かっていたので、ここに六日間、帰途に二週間強の旅程を組んでいた。

「インド人の同僚の両親は、一か月近くも滞在していたというのに。父上、あまりにもそっけないじゃないですか」

　短い理由が分かっているだけに、荘輔が一応はこぼしてみせた。

（この親父にしたら、こんな遠隔地に足を運ぶだけで、義理を果たしたくらいに思っているだろう。でも、一致させられる選択肢は限られるから、それでよしとしよう）

　親子は、なんとなく分かりあってはいた。

（西海岸の大都市だったら都合がよかったのに。それだったら荘輔の家の一室でも間借りして、

日本との間を往復する生活も面白そうだ。勝手な願望だけれど）

さらに遠くへと、次の時代へ足をかけられそうで、そんな往来にも魅力を感じ始めていた西澤の肩を落とさせる言葉が、別れの挨拶がわりに待っていた。

「家でも餅をつけるように、日本に注文した臼と杵が、遠からず届く予定になっているから、次に来た時には一緒に餅つきをしようよ」

米国からの手配だけに、輸送方法まで含めて調査や依頼に半年かかったものの、なんとか秩父の木材会社に頼みこんで、空輸してもらう手筈を整えたという。

「そろそろ下っ端の役割から解放されたくてね」

ボーダレスがここまで進んでいるのかと唖然とするしかない。父親の夢想も青鬼の心情も置いてけぼりにして、息子の背中が遠ざかっていく。

旅路の標《しるべ》に

ラーレの空港で、職場に向かった荘輔を除く、弓子や孫たちに別れを告げ、長期旅路の途中下車の感覚で西海岸に向かった。八重子の希望に沿い、サンフランシスコとシアトルで短期滞在し、西澤が足を踏み入れたことのなかったカナダのバンクーバーを経由して帰る予定としていたのである。サンフランシスコは海で泳ぐ人がいるほどであったのに、朝晩のシアトルは、コートや毛皮の手袋が必要なほどに冷え込んでいたので、バンクーバーはさぞかしと覚悟して北上した。

旅の最終地として白羽の矢を立てたバンクーバーは、少し前に、ここに日本人街があったというドキュメント番組のテレビ映像を観て、西澤が訪ねてみたかったところ。〝わが心の旅〟として、著名な役者を両親にもつ男優が、カナダに移民として渡ってきた祖父の足跡を求めて、この地を訪ねたものであった。リタイア後は、学生時代に入れ込み、不消化なまま積み残してきた思念を洗い直すなかで、それぞれが社会正義に酔ったあの時代を、老いの残像としてよみがえらせ、頭の中だけでも回帰してみたくなっている。

（さすがに、砦の上になにかを築けるとは思いはしないが、漠然としながらも夢を描いた時間

が、すべて無意味だったわけでもあるまい。小さな一歩でいいから、地を踏む実感をえながら、残りの人生に向き合いたい）

訪れた十一月の初旬、シアトルより北にあるのに、なおも散り際の紅葉が目につく海辺の都市は、都会の賑わいを季節が包み込んで静かだった。

「どういうことなのかしら、これは」

散策に出て、すぐに寿司店の多さに八重子が目をむいた。確かに、街の中心にこれほど寿司を扱う店がある大都市は、日本でも知らない。〝Ｓｕｓｈｉ〟や〝寿司〟、〝すし〟と、多彩な寿司の看板と握りの絵柄のポスターが街角をにぎわしている。白地に墨痕だけの暖簾をかけた、寿司屋といいたくなる趣の店はほとんどないにしても、

（これほどに、日本は近いのか）

確かに、北アメリカ大陸の西海岸は、大きいとはいえ一つの海を挟んで、日本からみたら対岸だ。だからこの街にも、船で渡ってきた人たちによる日本人街があったが、第二次世界大戦で敵国となった日系カナダ人の財産は没収され、小なりとはいえ日本人が営々と築きあげてきた街が、戦場にもならなかったのに消し去られてしまったテレビの映像が鮮明に残っている。遠い異国の地で汗水流した成果を奪われ、平安な日常が強制収容所に吸いこまれていった痛惜は、もはや影も形も感じられない。

（カメラが写し取っていたあのモノトーンの数葉の写真は、戦の膿が、毛細血管の先々まで届けられ、神経が容赦なく痛みを伝えていく前の光景だった。異国の地でおそろいの野球のユニフォームを着て、ベースボールを楽しんだ日系人たちは、これに続く時代のそんな写真を一枚も残せていない）

それが今、いったんは見捨てられた草ぼうぼうの荒地の跡に、寿司店だけでなく、大きな和食店があり、焼肉店からラーメン店の数々、さらに居酒屋まで、好みの日本食を気軽に食べられるようになっているのが、いかにも多彩な花の群れ、名もなき花が混在している草原のように西澤には思えた。

（これが徒花《あだばな》とならないのを願うばかりだ。戦闘員だけでなく、銃を持つことなど無縁であった民間人にいたる、いちいち数えきれない戦争の悲惨は、この地にまで及んできていて、その跡地に歴史の一こま一こまが新たに堆積し、固い土塊《つちくれ》に再び芽を出した花が咲いている。わずか数十年の歴史に、たいした脈絡を見出せないままに）

バンクーバーでは、イギリスに系譜をたどる街の文化に浸るべく、〝ウエッジウッド〟と英国風の名前を冠した、ドアボーイが入り口に立つ、古風なホテルを宿とした。

着いてから二、三日が過ぎた一夜、寝室と隣り合った居間で、夕方にホテルのスタッフが運んでくる氷をグラスに落とし、ウィスキーを舐めながらテレビのスイッチをひねると、たまたまカナダの新しい首相が選出され、組閣の映像が流れていた。

「あの若い人は誰なの」

「首相さ。男前だろう」

「イタリアの首相もハンサムだけれど、こちらも甘いマスクで素敵」

妻の反応に苦笑いしながら、西澤は別のことに驚いていた。ターバンを巻いたシーク教徒が大臣になっているのだ。女性も多く、その中には原住民の女性大臣も晴れやかな笑顔で所信を口にしている。それに触れると、

「これまであまり関心がなくて、初めて知ったけれど、魅力的な面白い国ね」

「これが、ダイバシティということなのだろうよ」

オープネスで様々な文化を、まずは拒絶や排除をせずに受け入れ、咀嚼《そしゃく》し、フラットに混じりあう社会の姿に唸らされる。すでに、お題目ではなくなっている。

「自由で平和で、戦争も軍隊も無縁なよう」

「いや、軍隊はある。たしかＮＡＴＯの重要な一翼も担っているはずだよ」

「お隣は、仲良しのアメリカだけなのに」

「それでも、国家の機能として、軍事力は必要と判断しているのだろう。突発事故を防ぐには、ハンドル捌きだけでなくブレーキもということかな。軍隊は、国家意識というか、国家として

の自覚と切り離せないものかもしれないね。だから、海外派兵はあくまで自国の意思で判断しているし、時には、アメリカが渦中の真っただ中にいる戦争にも〝NO〟をつきつけ、気概を示している。ベトナム戦争をカナダの首相が批判して、時のアメリカ大統領を激高させたし、アメリカからなんと言われようとも、イラクには出兵していないのに、独自の判断でアフガンには派兵しているのも、カナダらしい」

八重子の不可解そうな表情も理解できなくはない。

「安全と危険は紙一重でもあるから、その両方を見聞し、戦争の悲惨だけでなく、平和の危うさにも常に目配りしているのかもしれないよ。あのスイスでさえ、空・陸軍に船舶部隊まで保有している。しかも国民皆兵。国防意識は、国民に必須なものということさ」

「相変わらず、よく勉強している。感心してしまう」

「そりゃあ政治学専攻だからと、かっこよく応じたいところだが、本当は、若気《わかげ》であったとはいえ、政治や社会の不足に対峙《たいじ》したはずの時間を、胸を張って〝われらが日々〟だったと言い切れない無念を、引きずっているだけなのかもしれない」

この地に来て、かたくなに軍事力は無用と固執するのも、ひたすら強兵を願うのも、偏狭な思い込みに過ぎず、ダイバシティの柔軟さと対立するものであるのを痛感させられる。地政学には一顧だにせず、集団ごとにこれしかないの社会正義を標榜して、相克し合い、時には近親憎悪で仲間を殺し、挫折していった光景が、ざらついた映像のようによみがえってくる。

（自分たちが描けなかった〝遠く〟とは、こういう風景だったのかもしれない）

掛け声だけに過ぎた時間を惜しみ、かすかに悔いた。

翌日、ラーレで目にしたスクールバスと同じ色で同型のバスが、この地でも子どもを乗せて走っているのを目にして、さらに溜息が漏れてしまう。他国とはいえ、よき制度と判じれば、導入するのに躊躇していない。

（四人の孫たちは、このような情景に染まっていけるなら、我々どころか親をも超えて、さらに〝遠く〟まで行けるのかもしれない。さりながら、歴史は不条理で不可思議なもの。進むつもりだったのに、後ずさってしまう危うさを常に内包している）

第一次世界大戦の後には、それぞれの歴史を浚《さら》い直して、新たな政治体制が各地で生まれたのを、学生時代のサークルで確かめあった。それが今、わずか百年に満たぬ時を経て、政教分離して新たに旅立ったはずの国家が両者を再び合致させようと混乱し、多くの社会主義国がこの大戦の前に戻ったように、党名を冠した王朝や独裁の体制となっている。決してもとには戻れないのに、様々な懐旧の狂気が、それぞれに正義を掲げて取っ組み合い、いつまでたっても帰趨が落着しないのに、西澤は溜息をついてしまう。

（ナショナリズムに煽《あお》られ、ポピュリズムに振り回され、そして宗教に謎をかけられてしまい、この一世紀は、行きつ戻りつ、戻りつ行きつだった。とにかく時は過ぎてゆき、誰とて一直線に老いて死に向かっていくのが人の世なのに、それを抱きかかえる歴史を覗いてみると、回遊したり、迷走したり、だ)

ずっと前に、弓子が祖母の春子から、ローマ教皇の『回勅』について教えられたと、荘輔を通じて又聞いたことがあった。その時は、クリスチャンでもない西澤には初耳の言葉でもあったので、なんという祖母と孫の会話かとあきれただけだったが、この地に来て、数年前に亡くなった市井の一老女に、そんな言葉や背景を話題にあげるだけでもと、頭を下げたくなる。

また、居間で眺めている毎朝のニュース番組では、ほとんどのキャスターが赤い花を胸につけているのにも気がついていた。日本から持ってきたほうじ茶のパックに湯を注いですすりながら、隣に座った八重子がぽつりと一言。

「まるで赤い羽根募金ね。同じようなものかしら」

その朝、レストランでホテルの男性スタッフに問うてみると、よく聞いてくれたとばかりに、コーヒーを注ぎ終えたドリップポットを持ったまま、理解しきれない八重子の渋い表情は気にもとめずに、丁寧に説明してくれた。リメンバランス・デイという十一月十一日の戦没者追悼記念日に、第一次世界大戦で英国自治領の一員としてヨーロッパ戦線に参加し、戦場に散った多くの先人たちを悼んで、感謝を花言葉とするポピーを身につけるようになり、それが今は平和を願う象徴ともなっているという。

第一次世界大戦が終結したのが、百年近い前の十一月十一日だというのを、西澤は初めて認識した。主戦場は日本から遠く離れていたから、開戦の年や背景、前年のロシア革命とセットにしての終戦の年しか覚えていない。これが、欧米の人々にとっては身近な戦争であったのを、戦場から離れていたカナダで気づかされた。日本史の教科書に、あの大戦がどのように記されていたのか。たしか大戦景気やドイツ人捕虜への人道的な厚遇には触れていたはずだが。日本も東端の戦場に派兵し、海軍はヨーロッパまで海を越えたはずなのに、歴史上の出来事としては、この大戦とは疎遠でさえある。

(戦争は、戦場の遠近にかかわらず、深入りせずに、軍事面でも小さな係わりだけで済むなら、おもに経済的な出来事かもしれない)

カナダ独立の足がかりにもなった戦争の惨禍を記憶から消さないため、毎年その日が近づくと続けてきて、周知された習慣になっていると誇らしげに語り、注文も取らずに戻っていったが、すぐに引き返してきた。

「誰かに強制されるものでもありません。だから、あなたがたもつけたらどうでしょう。もはや敵も味方もないのです」

また去りかけ、再び踵《きびす》を返すと、どうでもいいことを忘れていたというふうに、朝のメニューを広げたままの八重子に、注文するものを訊ねてきた。西澤も慌てて卵料理やパンの種類を選んだ。第二次世界大戦中はどうだったのか聞いてみたかったが、問うた途端に長広舌《ちょうこうぜつ》が始まりそうなので、聞きそびれてしまった。よく呑み込めていない様子の八重子に、男が話した概略を説明してやると、いたく感激した表情で、

「私たちも、つけてみましょうよ」

首をひねる夫に、不満げに口をとがらせる。

「いい話じゃない」

「こういうことで、異国の習慣に迎合するというのは、どうもね」

「郷に入ったら郷に従えばいいじゃないの」

「そうはいってもな」

その日の昼時、ほとんどの市民は車で海峡に架けられた橋上を通うが、西澤たちは船頭一人の渡し船で湾を渡り、バンクーバー市場のある小島に足を運んだ。着いてすぐに、市場の建物の入り口近くに少年たちが並んで、赤いポピーのピンブローチを配っているのが目に飛び込んできた。気がつかないふりをして通り過ぎようとする夫を横目に、八重子が近づき、後方にぽかんと立っている西澤を指さしながら二人分を受け取った。

「お気に入りの帽子にかざす、というわけにもいかないでしょう」

からかうように見上げてから、

「これで、よーし」

建物の陰で、有無を言わせず、西澤のコートの左襟に真っ赤な花のピンを刺し、夫の胸を軽く叩いた。

［完］

北澤　繁樹（きたざわ　しげき）

1947年　長野県大町市に生まれる
1971年　早稲田大学政治経済学部政治学科卒業
1971年から2007年まで株式会社大林組に勤務

著書：『葦雀の夏 ― ファンファーレがなくとも、馬はゴールを目指す』（東京図書出版）
『名は惜しめども ― 畠山重忠の父』（さきたま出版会）
『偃武の都 ― 藤原道長・保昌と和泉式部』（東京図書出版）
他

桐は遠くに

2018年11月11日　初版第1刷発行

著　者　北 澤 繁 樹
発行者　中 田 典 昭
発行所　東京図書出版
発売元　株式会社 リフレ出版
〒113-0021　東京都文京区本駒込 3-10-4
電話（03）3823-9171　FAX 0120-41-8080
印　刷　株式会社 ブレイン

ISBN978-4-86641-177-4 C0093
Printed in Japan 2018
落丁・乱丁はお取替えいたします。

ご意見、ご感想をお寄せ下さい。
［宛先］〒113-0021　東京都文京区本駒込 3-10-4
東京図書出版